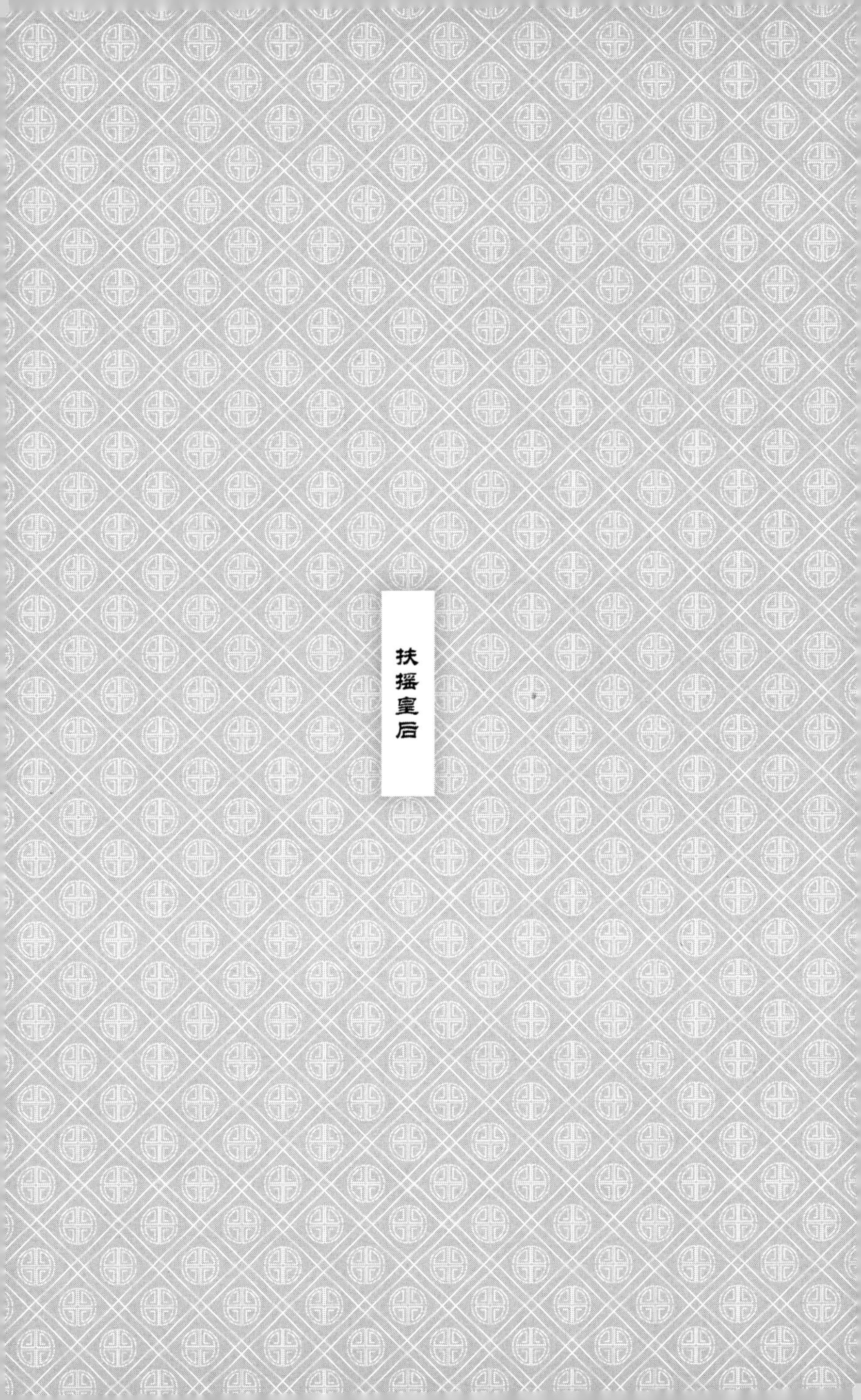
扶搖皇后

부요황후 11

초판1쇄 인쇄 2020년 10월 30일
초판1쇄 발행 2020년 11월 17일

지은이 천하귀원 天下歸元
옮긴이 김지혜

펴낸이 박대일
편집 이문영 · 박지해 · 임유리 · 신지연 · 곽현주
마케팅 임유미 · 손태석
일러스트 리마
디자인 박현주

펴낸곳 파란미디어
출판등록 2004년 9월 14일 제313-2004-00214호

주소 03992 서울시 마포구 동교로23길 14 국제빌딩 6층
전화 02.3141.5589 영업부 070.4616.2012 편집부
팩스 02.3141.5590
전자우편 paranbook@gmail.com
카페 http://cafe.naver.com/paranmedia
페이스북 http://www.facebook.com/paranbook

ISBN 978-89-6371-827-9(04820)
978-89-6371-770-8(전13권)

扶搖皇后
11
부요황후
천하귀원天下歸元 지음 | 김지혜 옮김
파란

차례

7부 궁창 장청

나찰의 달밤

전북야는 말없이 서 있었다.

그의 얼굴은 횃불이 드리운 음영에 잠겨 딱딱하게 굳은 윤곽밖에 보이지 않았지만, 모호한 어둠 속에서도 두 눈만은 형형하게 빛나고 있었다.

그의 눈이 바닥에 엎드려 울고 있는 아란주에게 고정됐다. 야윈 등을 둥글게 웅송그린 그녀는 방패가 되어 줄 어미의 날개를 잃은 어린 새처럼, 세상의 냉혹한 바람 속에서 파들파들 떨고 있었다.

그것은 아란주가 아니었다. 그가 아는 아란주는 저렇지 않았다.

그가 아는 아란주는 허리에 차고 다니는 요도를 휘두르면서 그를 좇아 온 천하를 누비는, 오색찬란한 소녀였다. 그가 면박을 주고, 도망치고, 노려보고, 가시 돋친 말을 해도 땋은 머리를 휘날리면서 싱긋 웃어 버리면 그만, 언제나 변함없이 자신만만하던.

'너, 마음에 들었어!'

'난 네 첫 번째가 될 거야, 처음이자 유일한 여자!'

'너 말고 다른 사내들은 하나도 눈에 안 차!'

그토록 밝고 솔직하며, 불꽃처럼 강렬하게 다가온 소녀.

아란주는 그의 눈길도, 세상 사람들의 눈길도 두려워하지 않았다. 만날 때마다 항상 잘 정돈되고, 화려하고, 선명한 모습이었으며 하루하루 새롭고 즐거워 보이기만 했다.

아란주가 세상으로부터 어떤 평가를 받고 어떤 고통을 겪는지, 그는 알지 못했다. 그러다가 오늘에서야 아란주의 마음속이 온통 붉게 입을 벌린 상처투성이고, 아무도 보지 않을 때면 피를 철철 흘린다는 사실을 알게 되었다.

그동안 너무 무심했던 것이다. 사내들이야 어느 정도 얻어맞아도 끄떡없도록 태어나지만, 아란주는 다르다는 것을 미처 헤아리지 못했다.

아란주는 여인이었다. 태생이 세상의 잣대로부터 자유롭지 못한.

긴 세월 그를 쫓아다니면서 아란주는 이미 심적으로 완전히 소진된 상태였다. 거기다가 더 깊고, 무겁고, 치명적인 상처까지 더해졌다.

그가 부요를 사랑하게 되었다는 사실.

끝을 기약할 수 없는 술래잡기를 벌이는 동안에는 그래도 앞날에 대한 조금의 기대가 있었을 것이다. 그러나 그의 눈길이 오직 부요만을 향하게 되고부터는 마지막 한 가닥 희망마저 잃었을 테고, 그것은 아란주의 운명에 내려진 사형 선고나 다름없었으리라.

혈육을 잃은 아픔에 정신제어술의 위력이 겹치자 안 그래도 붕괴 직전이었던 최후의 방어선이 종국에는 무너져 내렸고, 아란주는 자신이 무슨 말을 하는지도 모르는 상태로 세인들 앞에서 속마음을 털어놓는 중이었다. 가슴을 꽉 메우고 있던 후회를, 절망을, 상실감을, 서글픔을, 마침내 고스란히 쏟아 내고 있는 것이다.

전북야는 눈을 감았다. 눈가에 맺힌 물기가 희미하게 빛을 반사했다.

이 적막 속에서 소리 없이 조여드는 것은 누구의 심장인가? 북을 치듯 쿵쿵거리는 소리와 함께 간헐적인 둔통이 몰려왔다. 심장의 둔탁한 진동이 속내 깊숙이 감춰 뒀던 아픔을 끌어올렸다. 가슴이 뒤틀리고, 경련을 일으켰다.

아팠다. 아픈데, 어디에서부터 기인한 아픔인지가 확실치 않았다.

아란주 때문일까?

아니면 그저 자신 안에 원인이 있는 걸까?

짙은 무력감과 처량함이 한데 뒤섞여 소용돌이치며 목구멍까지 치받쳐 올랐다.

너무나 떫고도 쓰라린 감각, 영원토록 풀리지 않을 울혈 덩어리가 목구멍을 틀어막고 있는 기분이었다.

그래, 아란주의 아픔과 그의 아픔이 어찌 별개의 것이겠는가. 실상 그와 아란주는 똑같은 처지였다.

사랑의 아픔에 빠져 헤어나지 못하는, 희망 없는 추종자들. 자신만만한 척 설쳐 대며 상대의 뒤를 쫓지만, 그러는 동시에 도저히 좁혀지지 않는 거리를 절감하고 슬퍼하는 사람들. 이 순간이 바로 그러했다.

맹부요, 나를 봐라. 아니, 봐 주지 않는대도 괜찮다.

우리도 결국은 이기적인 인간 군상 중 하나일 뿐이다. 자신이 원하는 사랑을 하고, 자신이 원하는 방향으로 나아가고, 그 과정에서 펼쳐지는 주위 풍경은 눈길 한 번 더 주는 법 없이 무심히 지나치는.

만약 쉬이 방향을 튼다면 아란주는 아란주가 아니고, 부요 너도 맹부요가 아니고, 나도 전북야가 아니겠지. 사랑은 결코 적선이 아니니까.

맹부요는 막 전북야를 향해 눈을 돌리자마자 자신이 실수했다는 걸 깨달았다. 그녀로서는 단지 무의식적인 반응에 불과했으나 전북야에게는 상처가 될 행동이었다.

이 시점에 전북야는 쳐다봐서 어쩌자고? 전북야한테 주주를 받아 달라고 빌기라도 하게?

그건 주주부터가 원치 않을 것이요, 전북야 쪽에서도 절대 응할 리 없는 일이었다.

맹부요는 흑단처럼 검고 묵직한 전북야의 눈빛을 마주하는 순간 그의 속내를 읽어 냈고, 그의 선택을 명확히 확인할 수 있었다.

그는 주주를 위해 세상 풍파를 막아 주고, 주주의 적들을 처치해 주고, 주주를 일생 친우로 곁에 둘 수는 있었다. 그러나 그가 주주를 품에 안고 직접 상처를 싸매 줄 일은 결코 없을 것이다.

오늘 주주가 그의 가슴을 울렸음은 사실이나 그 감동은 사랑과는 무관한 것이었다. 그가 사랑하는 여인은 유일무이하며 대체 불가한 존재이기에.

그녀는 그로 인하여 아프고, 그는 다른 여자로 인하여 아픈, 뫼비우스의 띠처럼 돌고 도는…… 결코 벗어날 수 없는 사랑의 굴레.

맹부요는 그 속에서 혼돈을 조장해 죄 없는 이들에게 상처를 주게끔 되어 있는 운명이었다.

이내 눈을 내리깐 그녀는 주먹을 감아쥐면서 조용히 한 걸음 뒤로 물러섰다. 숨 막히게 무거운 고통과 무력감 속에서 그녀가 할 수 있는 일은 침묵뿐이었다.

오주 일곱 나라를 마음대로 휘젓고 다닌들 그게 무엇이 대단하랴. 결국은 무정한 하늘의 뜻에 장난감처럼 놀아나는 신세에 지나지 않는데.

아란주의 울음소리가 서서히 잦아들었다. 여러 해 동안 가슴속에 눌러 담아 두었던 응어리를 한 번에 폭발시킨 후, 그녀는 산산이 부서져 텅 비어 버렸다. 의식의 마지막 한 가닥 끈마저 마치 금방이라도 끊어질 가냘픈 거미줄처럼, 여름밤의 바람에 위태롭게 휘청이고 있었다.

"어마마마!"

바닥에 엎드려 웅얼거리던 아란주가 궁문 쪽을 향해 연신 머리를 조아렸다.

"저도 데려가세요……. 저도 데려가 주세요……."

아란주는 몇 번이고 같은 말을 반복했다. 눈물이 모조리 말라 버리고 목소리도 제대로 나오지 않게 된 그녀는 비로소 조금씩 평정을 되찾아 가고 있었다.

"이제부터는 쭉 어마마마 곁에 있을게요……."

광장 여기저기서 한숨 소리가 흘러나오기 시작했다. 처음에는 공주를 아니꼽게 보던 사람들도 이제는 충격을 받고 생각에 빠진 얼굴이었다. 몇몇 여인들은 아까부터 작게 흐느끼고 있었다. 소녀의 고백에 담긴 황량한 절망이 과거 그녀의 행실을 비난하던 이들의 마음마저 움직인 것이다.

끈기와 신념이라는, 세상에서 가장 고귀한 감정이 발하는 절대적인 광휘 앞에서는 누구든 경외감이 들 수밖에 없는 법이었다.

그 와중에도 아무런 동요가 없는 사람이 하나 있었으니, 바로 강철이었다.

그는 오로지 정신제어술을 행하는 데만 온 신경을 쏟고 있었다. 정신제어술이라면 충분히 자신이 있었기에, 이번만큼은 그 누구도 도중에 술법의 맥을 끊어 놓지 못하리라는 게 강철의 생각이었다. 그는 이참에 후환이 남지 않도록 공주를 아예 깨끗이 해치워 버릴 작정이었다.

아란주가 중얼거리는 소리를 듣는 동안 강철의 입가에는 비릿한 웃음이 피어났다. 이제 남은 것은 마지막 한마디뿐이었다. 이미 망가진 아란주의 정신을, 다시는 주워 모으지 못할 가루로 만들어 버릴 결정타.

그가 막 입을 열려는 때였다. 홀연 긴 도포를 입은 남자가 아란주 곁으로 다가가 어깨에 가만히 손을 올리더니, 그녀를 일으켜 세웠다.

아까부터 아란주 뒤편에 서 있던 인물이 앞으로 몇 걸음 나선 게 딱히 이상해 보일 사안은 아니었다. 아란주를 일으키는 동작도 자연스럽기만 했다. 광장에 모인 인파는 그때껏 정서적 충격에서 헤어나지 못한 상태였고, 남자의 행동을 수상하게 여기는 사람은 없었다. 그러나 그 순간 강철은 어째서인지 가슴이 덜컥 내려앉았다.

남자가 아란주의 어깨를 토닥이는 게 보였다. 구경꾼들의 눈길이 미치지 않을 각도였지만, 남자의 손끝에서는 희미한 광채가 발산되고 있었다. 남자의 손길이 닿자 아란주의 눈동자를 뒤덮고 있던 무엇인가가 순식간에 걷히고, 맑은 눈빛이 되돌아왔다.

남자가 고개를 들어 강철을 쳐다봤다. 길게 늘어진 옷소매가 아란주의 어깨를 덮고 있었다. 곧이어 아란주도 따라서 고개를 들더니 강철을 향해 눈을 돌렸다.

강철은 눈이 마주치자마자 아란주의 눈빛이 완전히 달라졌음을 발견했다. 아까는 투명하게 빛나는 수정이었다면, 지금 그녀의 눈은 햇살 아래의 바다였다.

천지간의 모든 광채가 한데 모여 물결을 따라 찬란히 반짝이는, 그러면서도 깊이를 가늠할 수 없는 바다. 그 바다가 강철의 눈앞에서 고요히 부유하고 있었다. 태고로부터 변함없는 태양의 광휘를 머리에 이고서.

강철은 무언가에 홀린 것처럼, 자기도 모르게 바다를 뚫어져라 응시했다. 당장 그 환하고도 광활한 푸른빛 속으로 걸어 들어가고 싶었다.

그런데 느닷없이 바다가 들끓기 시작했다. 폭풍이 첩첩 파도를 말아 올렸다. 파도가 점점 더 거세지면서 끝도 없이 몰아닥쳐 그를 차츰차츰 포위했다.

뭔가 잘못되어 가고 있다는 생각이 들었다. 강철은 바다로부터 도망치기 위해 안간힘을 다해 몸부림을 쳤다.

바로 그때, 머릿속에서 '티잉' 하는 소리가 울렸다. 한계까지 잡아 당겨진 악기의 현이 장력을 못 이기고 끊어지는 것 같은 소리였다.

뒤이어 아란주의 질문이 들려왔다.

"왕족들은 다 어디 있지?"

"왕족들은……."

대답이 입 밖으로 나오는 찰나, 강철은 몸 안에서 심상치 않은 감각을 느꼈다. 아득히 먼 어딘가의 거대한 손이 물리적 공간을 초월해 그의 심장을 가차 없이 틀어잡고 쥐어짜는 것만 같았다. 질문에 답하지 못하도록.

아란주가 다시 한번 물었다.

"왕족들한테 무슨 짓을 했지?"

머릿속에서는 대답을 종용하는 목소리가 천둥처럼 울리는데, 그 와중에 심장은 피투성이로 뒤틀려 우그러들었다.

강철은 한 치의 양보도 없는 힘겨루기 사이에 끼어 갈기갈기 찢겨 나가고 있었다. 허망하게 벌어진 입으로 촉박한 헐떡임이 드나들고, 낯빛은 시퍼렇게 질렸다가 종잇장처럼 새하얘지기를 반복하고, 이마에서는 식은땀이 뚝뚝 떨어졌다. 그 상태로는 한 음절도 입 밖으로 낼 수 없었다.

그쯤 되자 광장을 가득 채운 구경꾼들도 낌새를 챘다. 사람들은 갑작스럽게 뒤집힌 판도에 아연실색했다.

조금 전까지만 해도 아란주 공주가 의식을 완전히 장악당한 채 여인으로서 무엇보다 민감한 속 이야기까지 줄줄 불지 않았던가.

이번 대결은 당연히 공주의 패배로 끝나려니 했건만, 어느 틈에 상황이 역전된 거지?

군중이 미처 주의를 기울이지 못하는 사이, 아란주의 어깨에 손을 올리고 있던 남자가 미간을 살짝 찌푸렸다.

아란주가 갑자기 질문의 각도를 바꿨다.

“최근에 저지른, 양심에 찔리는 짓으로는 뭐가 있지?”

“그게, 뭐가 있냐면…….”

왕족들의 영혼과 무관한 질문이 나오자 지금까지 받던 압박이 조금 누그러졌는지, 강철이 더듬더듬 대답을 내놨다.

“형수하고 둘이…….”

광장에 술렁임이 번져 나갔다. 경악한 표정의 구경꾼들을 배경으로 아란주의 질문이 이어졌다.

“형수하고 뭘 했길래?”

“남녀 간의 일을 했지!”

강철의 얼굴에 웃음기가 떠올랐다.

“내가 또, 한번 찍은 여자는 반드시 차지하고 말거든…….”

“양심에 찔린다더니?”

“형수가 자살했어…….”

주위의 웅성거림 속에서 아란주가 냉소를 흘리더니, 다음 질문을 던졌다.

“근래 제일 기분 좋았던 일은 뭐지?”

“형수하고…….”

“제일 좋아하는 일은 뭐지?”

"형수하고……."

"제일 즐거운 일은 뭐지?"

"형수하고……."

"제일 짜증 났던 일은 뭐지?"

"형님은 왜 하필 그때 집에 와서……."

"제일 유감스러웠던 일은 뭐지?"

"조카 애들까지 죽이고 싶지는 않았는데……."

광장은 이제 난장판이었다.

정신제어술로 끌어낸 대답은 절대 거짓일 수가 없었다. 다시 말해 형수를 강제로 욕보이고 친형과 그 자식들을 몰살한 자가 바로 이 나라의 재상이라는 뜻이었다.

아란주가 한층 더 싸늘해진 웃음을 머금고서 물었다.

"그 강력한 술법은 어떻게 수련한 거지?"

"어린애들로. 내 수련 방법은 음양의 교접을 기본으로 해서……."

"애들을 얼마나 죽였지?"

"그것까지는 기억이 잘……."

심판들이 벌떡 일어나더니 성큼성큼 자리를 벗어났다.

아무리 부풍이 무공보다 술법을 높이 치고 숭상하는 나라라고 해도 수련 방식에 적용되는 도덕적 기준만큼은 엄격했다. 타인의 생명을 앗아 가며 수련하는 술법은 부풍에서 '흑술'이라 칭해지며, 특히 어린아이들을 제물 삼는 방식은 흑술 중에서도 가장 잔인하고 질 나쁜 것으로 인식되어 있었다.

흑술을 익힌 자들은 조정에서 관직을 맡을 수 없었고, 사회적 멸시의 대상이자 죽어 마땅한 쓰레기 취급을 받았다.

본인 입으로 사실을 고백해 버렸으니 이제 발강 왕실에 강철이 발붙일 곳은 없을 터였다. 그러나 정작 강철 본인은 전혀 자각이 없는 듯, 입가에 편안한 웃음기마저 머금고 있었다.

햇살이 부서지는 저 푸른 바다, 보고만 있어도 가슴이 탁 트이는구나…….

주변에서 욕설이 쏟아졌다.

아란주는 거기서 고삐를 늦추지 않았다. 의도적으로 말을 빙빙 돌리던 끝에 드디어 핵심 질문이 나왔다.

"지금까지 죽인 사람 중에 제일 강렬한 인상을 남긴 건 누구지?"

"왕후. 그 나이에도 미색이 쓸 만하더군. 워낙 고귀한 신분이기도 했고……."

마치 폭탄이라도 떨어진 것처럼 인파 한복판에서 왁자지껄한 소리가 터져 나왔다.

아란주가 비명 같은 포효를 내지르면서 지면을 박차고 뛰어올랐다. 하얗게 질린 얼굴로 한 장 이상 솟구쳐 오르는 그녀를 뒤에 있던 장손무극이 재빨리 내리눌렀다. 그가 아란주의 혈도를 제압해 전북야에게 던지자 전북야가 엉겁결에 아란주를 넘겨받았다.

"죽여 버리겠어!"

맹부요가 강철을 향해 돌진했다. 분노의 불길에 휩싸인 그녀가 흑색 화염 덩어리처럼 허공을 갈랐다. 신형이 공기와 마찰하면서 천둥이 치는 듯한 파공음이 울렸다.

장손무극이 다급히 외쳤다.

"목숨은 붙여 둬야 하오!"

맹부요는 허공에서 이를 악물었다. 지금 자신이 공격을 가하면 정신제어술에 걸려 온전한 상태가 아닌 강철은 단박에 묵사발이 될 게 뻔했다. 그러면 발강 왕족들의 행방은 영영 알아낼 수 없을 것이다.

곧이어 그녀가 팔을 들자 소매에서 털 뭉치 두 개가 동시에 쏘아져 나갔다.

"가서 긁어 버려! 인정사정 볼 거 없이!"

주인 말이라면 껌뻑 죽는 구미리가 금빛 잔영을 남기면서 날아가 강철의 얼굴을 제대로 긁어 놨다. '촤앗' 소리와 함께 깊숙한 발톱 자국 열 개가 새겨지고, 먹물처럼 흩뿌려진 선혈이 얼굴을 따라 뚝뚝 떨어졌다.

주인 비위 맞추기가 목적인 구미리와 달리 원보 대인은 진짜 원한을 품고 돌진해 갔다. 원보 대인이 젖 먹던 힘까지 쥐어짜 날린 발차기에 강철의 왼쪽 눈알이 '푸숙' 하고 터져 나갔다.

강철이 비명을 지르는 동시에, 그의 옷소매에서 암녹색 도마뱀 한 마리가 튀어나왔다. 뾰족한 이빨과 발톱을 바짝 세운 도마뱀이 꼬리를 철퇴처럼 휘둘렀다.

구미리와 원보 대인이 공중에서 방향을 틀어 서로 눈빛을 교환했다. 둘이 처음으로 의견 합치를 본 순간이었다.

당장 도마뱀을 덮친 구미리와 원보 대인은 각자 도마뱀 다리 두 개씩을 잡고 좌우 양쪽으로 몸을 날렸다.

좌앗!

강철의 괴수는 발톱 한 번 제대로 휘둘러 보지 못하고 도마뱀에서 '토막뱀'이 되어 버렸다. 그야말로 눈 깜짝할 새에 벌어진 일이었다.

나름 학자풍의 분위기가 돌던 강철의 얼굴은 잠깐 사이에 완전히 딴판으로 망가져 있었다. 강철의 비명 속에서 마침내 바닥에 착지한 맹부요가 놈의 목울대를 덥석 움켜쥐었다.

"어떻게 죽여 줄까?"

제 손에 붙잡힌 사내를 노려보며, 맹부요가 살벌하게 인상을 구겼다.

"통쾌하게? 아니면 잔인하게?"

강철은 뭘 고르고 말고 할 수 있는 형편이 아니었다. 그는 제발 살려 달라고 애걸하는 표정으로 몸을 기괴하게 뒤틀어 대고 있었다.

맹부요의 손아귀에 붙잡힌 채로 하반신 관절이 점점 오그라들다가 나중에는 온몸이 공처럼 말린 강철이 어느 순간 갑자기 사지를 활짝 펼쳤다. 그러더니 '푸흡' 하고 어마어마한 양의 피를 뿜어냈다.

새로 토한 피와 앞서 얼굴에 흐르고 있던 피가 합쳐져 땅바닥으로 후드득 쏟아졌다. 그 이후로 강철은 더 이상 오그라들지도, 팔다리를 펼치지도 못했다. 그저 아무 소리 없이 축 늘어졌을 뿐.

숨이 끊어진 것이었다. 기괴한 죽음이었지만, 그렇다고 전혀 예상치 못했던 결말은 아니었다.

맹부요는 강철의 시신을 보며 분노와 허탈감을 동시에 느꼈다. 아까 목을 틀어쥐면서 손의 악력으로 식도를 막아 버리는 한편 혈도까지 제압해 두었던 상황, 입 속에 숨겨 둔 독약을 삼키거나 또 다른 방식으로 자살했을 가능성은 전무했다. 혼술 비슷한 술법에 조종당하다가 입막음을 위해 살해당한 게 틀림없었다.

분에 받쳐 시체를 땅바닥에 패대기치고 벌떡 일어서는 순간, 한 가닥 의문이 맹부요의 머릿속을 스쳤다.

장손무극의 정신제어술로도 입을 열지 못했을 정도로 강철을 철저하게 장악하고 있었던 걸 보면 상대는 분명 대단한 술법력을 가진 자였다.

그런 자가 대체 왜, 애초에 장손무극이 강철의 의식을 파고들도록 그냥 놔뒀을까?

그걸 원천적으로 차단할 능력까지는 못 돼서? 아니면 무언가 다른 이유 때문에?

어쨌든 강철은 이미 죽어 버렸다. 죽을 짓을 하고도 잘만 살아 있더니, 막상 절대로 죽지 말아야 시점에 냉큼 죽어 버린 것이다.

한숨을 푹 내쉰 맹부요가 뒤편을 돌아봤다. 그녀의 눈이 충격과 분노, 그리고 혼란에 휩싸인 군중을, 혈도를 제압당한 채 전북야에게 안겨 있는 아란주를, 생각에 잠긴 장손무극과 서늘한 눈의 운흔을 차례로 훑었다.

아란주의 위신을 세워 주겠다고 벌인 일이었건만, 변수에 변수가 겹쳐 결과적으로는 아픈 상처만 남겨 주고 말았다.

그 시각, 머나먼 하늘가에서는 먹구름이 소용돌이치며 몰려오고 있었다.

발강 천정 18년 6월 29일.

발강 국왕의 막내딸인 아란주 공주가 궁문 앞 광장에서 재상 강철과 술법 대결을 펼쳤다. 그 과정에서 왕족을 모해하고 정권을 장악한 재상의 악행이 만천하에 드러났고, 이후 조정 신료들은 왕궁의 통제권을 공주에게 넘겼다.

궁에 진입한 공주는 밀실에서 발강 국왕을 찾아냈다. 이로써 옥체가 미령하여 폐관 수련 중이라던 재상의 발표에서 뒷부분은 완전히 날조였음이 밝혀졌다.

다만, 국왕의 옥체가 미령함은 사실이었다. 정신이 또렷하지 못한 것으로 봐서는 모종의 술법에 당한 듯했다. 그 밖에 나머지 왕자와 공주들의 행방은 찾을 길이 없었다.

아란주 공주는 강철이 남긴 잔당들을 대대적으로 색출해 전원 면직시키고, 왕궁의 방어 태세를 재정비했다. 이번 사건을 계기로 어린 공주도 지난날의 방황을 접고 그간 소홀했던 왕족으로서의 의무에 마음을 쏟기 시작하는 듯했다.

공주가 그 긴 세월 동안 자신의 목표를 꺾지 않은 건 타고난 성품이 굳셌기에 가능한 일이었다. 그런 성품을 가진 왕가의 여식이 관심 영역을 애정에서 정치로 돌리면, 그곳에서 또한 특유의 강인한 광채를 발하게 되는 것이 진리였다.

광장에서의 대결과 그 과정에서 공주가 보인 눈물은 그녀를 '발강의 수치'로 여겼던 대풍성 백성들의 인식을 완전히 바꿔놓았다. '남자에 미쳤다'는 평가는 '지고지순한 순정'으로 탈바꿈했고, 사내를 쫓아 온 천하를 누비고 다녔던 행동은 용기로 받아들여졌다.

술법이야 뭐, 재상이 자기 입으로 악행을 털어놓도록 만들었을 정도면 더 말할 필요가 있겠는가. 이제 공주는 '발강의 자랑'이라 불리기에 부족함이 없었다.

특히 여인들 사이에서 아란주의 지지층이 빠르게 확대되고 있었다. '나만 사랑해 줄 사람을 만나서 둘이 평생을 함께하고 싶다.'는 말에 크게 감명받은 대풍성 여인들은 공주 주도하에 '부인이 떠다 준 씻을 물을 걷어차는' 부풍의 남편들을 향해 자성을 촉구하고 나섰다.

7월 초아흐레.

국왕은 정무를 돌볼 수 없는 상태요, 여타 왕자와 공주들은 전원 실종된 고로, 중신들의 요청에 따라 아란주 공주가 섭정을 맡게 되었다.

그러는 동안 아란주의 곁에는 줄곧 맹부요가 있었다. 맹부요는 미종곡에서 얻은 노획물을 일행들에게 나누어 주는 한편, 일부는 본인이 사용하면서 무공 수련에 박차를 가했다.

특히 암벽에서 채취해 뇌동과 절반씩 나눈 오색화와 옥고는 그녀가 가진 광명 속성의 강맹한 진력과 찰떡궁합이었다. 벌써부터 진기가 슬슬 용솟음치는 느낌이 드는 게, 다음 경지로의 상승이 머지않은 듯했다.

효과가 좋으면 주변인들과 나누고 싶어지는 게 당연지사. 맹부요는 제일 먼저 아란주를 찾아갔다. 하지만 아란주는 오색화와 옥고를 거절했다.

"난 이제 무공 수련은 필요 없을 것 같아."

책상 위에 놓인 부풍 지도에 붓으로 연신 무언가를 표시해 가며, 아란주가 말했다.

"지금까지 준 괴수 내단만으로도 도움이 많이 됐어. 앞으로는 술법 연마에만 전념하려고."

"주주."

집중 중인 아란주를 방해하고 싶지는 않았지만, 맹부요는 마음먹고 입을 열었다. 근래 들어 만날 때마다 항상 바쁜 모양새라 말 몇 마디 제대로 나누기도 힘들었기 때문이었다. 오늘도 그냥 돌아설 수는 없었다.

"너 요즘…… 나하고 거리를 두려는 느낌이야."

아란주의 눈은 여전히 지도에 가 있었으나, 붓을 잡은 손이 흠칫 굳어졌다. 짧은 침묵이 흐른 후, 붓을 내려놓은 아란주가 한쪽에 시립해 있던 관원을 밖으로 내보냈다.

"그럴 리가."

책상 뒤편에서 돌아 나온 아란주가 맹부요의 어깨를 보듬어 안으며 미안한 듯 웃었다.

"그냥 조금 바빠서 그래."

맹부요의 눈에 비친 소녀의 눈빛은 익히 알던 그대로 맑았지만, 그 안에서 빛나던 거칠 것 없는 자유로움은 예전만 못했다. 어쩌면 미리 정해진 성장의 수순을 밟고 있는 것뿐인지도 몰랐다. 세인들은 아란주의 이러한 성장을 흐뭇하게 바라보고 있을 것이다.

그러나 맹부요는 씁쓸한 기분이었다.

그녀는 요도를 휘두르면서 전북야에게 이미 첫 번째가 있거든 그 여자를 죽여 버리라고 소리치던 주주가 그리웠다. 생일날 술잔을 두드리면서 사랑과 신념에 관해 일장연설을 펼치던 주주가 그리웠다. 천살 황궁에서 그녀와 서로 얼싸안고 만담을 주거니 받거니 하던, 어여쁘고 영리한 공주가 그리웠다…….

지난날은 오늘 앞에서 하루하루 죽어 가고, 내일은 오늘 이후로 하루하루 태어난다 했던가. 과거의 희로애락은 결국 시간과 운명에 묻혀 버리기 마련이었다.

맹부요는 탄식을 흘리면서, 그새 더 앙상해진 아란주의 어깨를 마주 안았다. 장손무극한테 듣기로, 정신제어술에 걸린 상태에서 한 행동은 당사자의 기억에 남지 않는다고 했다.

그 덕분에 맹부요는 마음이 많이 놓였다. 그 편이 주주에게는 잘된 일이라고 생각했다. 마음속 응어리를 토해 내되, 그로

인해 한 번 더 상처받는 사태는 피할 수 있는 거니까.

다만 근래 주주가 과하게 정무에 몰두하는 모습을 보다 보면 의심이 들기도 했다.

주주는 정말로 자기가 한 말을 기억하지 못하는 걸까?

맹부요의 어깨에 살며시 기대어 있는 소녀는 그녀보다 살짝 작은 키였다. 여름날임에도 맞닿은 살갗에서 가슴속까지 스미는 서늘함이 전해졌다.

활짝 열린 창문을 통해 바람이 불어 들어왔다. 바람에는 창가 아래에 핀 치자꽃과 저 멀리 연못에 핀 수련의 청아한 향이 실려 있었다.

책상 위에 놓여 있는 지도가 바람결에 날려 사락거렸다. 무심결에 소리를 따라 고개를 돌린 맹부요가 이내 눈을 가늘게 좁혔다.

"소당을 치려고?"

지도에는 먹물로 세 갈래의 진군 경로가 표시되어 있었다. 셋 다 소당 변경 지대에서 가장 큰 성으로 곧장 통하는 노선이었다.

"맞아."

아란주가 자세를 바로 했다.

"저쪽에서 먼저 시작했는데, 나라고 한 방 못 먹이란 법 있어?"

"주주."

맹부요의 말투에 망설임이 섞여 들었다.

"적의 정체가 소당이라고 확신하는 거야?"

"소당이 아니면?"

아란주가 말했다.

"미종곡에서 소당족 놈들이 우리 발강 주술사의 명패를 차고 다니는 거 봤잖아. 대풍성에 와 보니 소당 출신인 강철이 조정을 장악하고 있었고. 그자가 정적들을 제거하고 나서 빈자리에 꽂은 관원 대부분이 과거 소당에서 거느리던 측근들이야. 게다가 아바마마한테 걸려 있는 술법도 소당족이 쓰는 고술의 일종인 '몽고'라고. 모든 단서가 소당을 지목하는데 나더러 손 놓고 있으라는 거야?"

"주주, 그렇게 단순히 생각할 문제가 아닌 것 같아."

맹부요의 미간에 주름이 잡혔다.

"좀 더 신중할 필요가……."

"신중할 시간이 어디 있어!"

아란주가 재깍 말을 잘랐다.

"발강 왕족 전원이 놈들 손아귀에 있다고. 먼저 움직이지 않으면 앞으로 계속 질질 끌려다니게 될 거야. 놈들이 이것저것 조건을 붙이기 시작한 뒤에 쳐들어가느니, 내가 아직 자리를 못 잡았으리라 생각하고 있을 지금 허를 찌르는 게 나아."

맹부요도 그 의견에는 전적으로 동의했지만, 실체 모를 불안감이 다시 한번 아란주를 말리도록 그녀를 종용했다.

"주주, 안 그래도 최근 나라에 큰일이 있었잖아. 바로 옆에서는 탑이족이 호시탐탐 발강을 노리는 중이고. 지금 움직이는 건 아무래도 좋지 않……."

"방해하지 마!"

아란주가 느닷없이 언성을 높였다. 깜짝 놀라 입을 다문 맹부요가 멍하니 아란주를 쳐다봤다.

"신중해라, 신중해라, 그건 너나 할 수 있는 소리지!"

아란주가 책상을 짚고 있던 손으로 지도를 구겨 쥐었다. 지도가 쭈글쭈글하게 접히자, 진군 노선을 표시한 검은색 화살표가 마치 왕조 교체기의 전쟁이 피워 낸 시커먼 화약 연기처럼 사방으로 엇나갔다.

격분해 손을 부들부들 떠는 아란주가 손만큼이나 불안정하게 떨리는 목소리로 말했다.

"형제자매들은 적에게 붙잡혀 가서 죽었는지 살았는지도 모르고, 아버지는 제정신이 아닌 채로 병석에 누워 있고, 비참하게 능욕당하고 죽은 어머니의 복수는 아직 하지도 못한 게, 그게 너라고 생각해 봐. 너는 성공했고, 강하고, 마음만 먹으면 못 할 일이 없고, 말 한마디면 그 많은 수하들이 우르르 움직이잖아. 그런 네가 어떻게 알겠어. 내가 지금 얼마나 피가 마르는지, 얼마나 괴로운지!"

그새 얼굴에서 핏기가 싹 가신 아란주가 서재 뒤편 칸막이 쪽을 가리켰다.

"내가 왜 서재를 못 떠나는지 알아? 이 방 뒤편이 바로 어마마마가 치욕적으로 살해당한 곳이라서야. 여기에 내 혼등이 숨겨져 있었어! 내가 대완 국경 지대에서 갑작스럽게 쓰러졌던 건 악의적인 공격 때문이 아니라 어마마마가 죽기 직전에 나한테 건 술법 탓이었어. 딸이 돌아와서 위험에 빠지는 걸 막으려고! 어마마마는 내가 차라리 바깥세상에서 사내 뒤꽁무니나 쫓아다니며 살길 바라셨지, 자기 복수를 하는 건 원치 않으셨어! 마지막 순간을 나한테 술법 거는 데 낭비하지 않았다면 강철의 손아귀에서 도망칠 수 있었을지도 모르는데……. 그동안 내가 해 드린 게 뭐가 있다고. 곁을 지켰던 시간이 고작 며칠이나 된다고. 이 판국에 어머니의 복수조차 제대로 못할 거면 살아서 뭐 해!"

아란주 못지않게 창백한 얼굴로 책상 모서리에 기대서 있던 맹부요가 잠시 후 입을 열었다.

"주주, 복수하지 말라는 게 아니야. 우리도 벼르고 있기는 마찬가지니까……."

"됐어!"

아란주가 단칼에 말을 잘랐다.

"지금까지 받은 도움만도 많아. 다들 더 신경 쓸 거 없어!"

맹부요가 주춤거리며 뒤로 물러섰다. 어둡게 가라앉은 눈동자가 점차 젖어 들었다.

그녀가 어렵사리 다시 입을 연 건 한참이 지난 뒤였다.

"주주, 혹시…… 내가 미워서 그래?"

아란주의 어깨가 움찔했다. 분노, 흥분, 혼란의 한복판에서 갑자기 번쩍 깨어난 듯한 모습이었다.

그러고도 잠시간 망연한 눈으로 벽만 뚫어져라 쳐다보던 아란주가 마침내 완전히 정신을 차리고 눈길을 벽에서 거두더니, 머리카락을 쥐어뜯으면서 중얼거렸다.

"아아……. 그런 게 아니라……."

아란주의 손가락이 신경질적으로 머리카락 사이를 헤집어 댔다. 맹부요는 그런 아란주를 다독여 주려 손을 뻗다가 도중에 멈추고 말았다.

아란주가 고개를 들더니, 우는 것만도 못한 웃음을 지어 보이며 기어들어 가는 소리로 말했다.

"아니야, 아니야……. 그냥, 그냥 요즘 너무 지쳐서……."

급한 걸음으로 다가온 아란주가 맹부요를 끌어안았다. 그러고는 아무런 말 없이, 닭똥 같은 눈물만 뚝뚝 떨궜다.

맹부요가 아란주를 토닥여 주며 나지막이 속삭였다.

"너무 무리하지 않아도 돼……."

말을 맺기도 전에 그녀의 손등 위로도 눈물 한 방울이 툭 떨어졌다. 살갗 위로 서늘하게 번지는 눈물에 마음마저 젖어 드는 것 같았다.

이 넓은 세상에 남자와 여자로 태어나 애정의 올가미에 걸린 이들. 가는 마음 가누지 못한 것을 어찌 그들의 잘못이라 하랴. 그럼에도 서로의 잘못에 얼싸안고 눈물 흘리누나.

서재에서 나오는 길, 맹부요의 마음은 커다란 바윗덩이라도 들어앉은 것처럼 무거웠다. 가슴이 짓눌려 숨조차 쉬기 힘들 정도였다. 어디 탁 트인 데 가서 잠시 앉아 있기라도 해야겠다는 생각에, 그녀는 처소로 이어지는 길을 벗어나 연못으로 향했다.

연못가에서는 누군가 낚시 중이었다. 멀리서 보기에도 자태가 신선처럼 고아했다. 인물은 위로 길쭉하고 구멍이 숭숭 난 물가 정원석 꼭대기에 가부좌를 틀고 앉아 있었다. 정원석보다 훨씬 청신하고 운치 있는 모습으로.

연보라색 옷자락이 바람결에 넓게 흩날리자 눈 내린 후의 서늘함을 닮은 고귀한 향내가 퍼졌다.

그의 손에 들린 백옥 낚싯대 끝에서는 머리카락으로 만든 낚싯줄이 유유히 흔들리고 있었다. 그런데 어찌 된 게 낚싯대랑 낚싯줄만 있고 미끼와 낚싯바늘은 보이질 않았다.

아, 아니구나.

미끼로 보이는 것이 달려 있기는 달려 있었다. 동그랗고 똥똥한 데다가 하얀 털까지 보송보송한 게, 일반적인 미끼의 외형과는 사뭇 달라서 그렇지.

원보 대인이 낚싯줄 끄트머리를 물고 매달려 달랑거리면서, 짧은 꼬리로 수면에 촐랑촐랑 물결을 일으키고 있었다. 물고기를 찾느라고 눈망울을 요리조리 약삭빠르게 굴리며.

그러나 유감스럽게도 대인은 미끼로 쓰이기에는 덩치가 너무 크고 둔했다. 게다가 꼬리털도 과하게 북슬북슬해서 지나가는 물고기들의 식욕을 전혀 자극하지 못하고 있었다.

둘을 발견한 맹부요는 생각이고 뭐고 할 것도 없이 즉각 발길을 돌렸다. 아직 눈가가 빨간데, 장손무극이 봤다가는 분명 귀찮아질 것이었기에.

그런데 돌아서서 채 몇 걸음 떼기도 전에 누군가 옷자락을 잡아당기는 느낌이 들었다. 뒤를 돌아봤더니 옷깃에 낚싯줄이 걸려 있었다.

등 뒤에서 웃음기 섞인 말소리가 날아들었다.

"월척이 걸렸군!"

맹부요는 어쩔 수 없이 연못가로 걸어가서 정원석 아래쪽에 쪼그리고 앉았다.

"누굴 낚으려고 그러고 있었어요?"

"물론 그대지."

장손무극이 단번에 그녀를 안아 올려 품에 가뒀다. 맹부요가 불만을 표시하자 그가 말했다.

"이 좁은 데 나란히 앉고 싶거든 어디 재주껏 해 보시오. 그러다가 연못에 떨어져서 옷이 착 달라붙게 젖는 것도 나로서는 만족스러운 그림일 듯하니."

맹부요가 아는 장손무극은 언행일치가 무섭게 잘 되는 인물이었다. 작정하고 그녀를 연못에 던져서 젖은 몸을 구경하고도 남을 작자라는 뜻이었다. 지금으로서는 얌전히 있는 게 최선이었다.

멍하니 연못에 핀 수련을 바라보던 맹부요가 잠시 후 작게 한숨을 내쉬었다.

"차라리 꽃으로 태어날걸. 사람 노릇하는 것보다는 훨씬 좋았을 텐데."

"기분 상하는 일이라도 있었소?"

장손무극이 그녀의 뺨을 주물럭거렸다. 왼쪽과 오른쪽을 번갈아 가며 쭉쭉 잡아당기는 게, 웃는 얼굴을 만들어 보려는 것 같았다.

맹부요가 그의 손을 탁 쳐 내면서 쏘아붙였다.

"장난하지 마요!"

뾰족한 말을 아무렇지 않게 흘려보낸 장손무극이 그녀를 안고 그윽하게 속삭였다.

"속없이 웃던 그대가 그립소. 앞니 두 개, 어금니 두 개가 들여다보이던 그 웃음……."

그러자 맹부요가 홱 고개를 틀어 앞니 네 개, 어금니 여섯 개가 들여다보이도록 흉악한 웃음을 지어 보였다.

"한 번쯤 져 주고 넘어갈 수는 없는 건가?"

장손무극이 맹부요의 어깨에 얼굴을 묻고 깊게 숨을 들이마셨다. 연못 가득 만개한 연꽃보다도 더 좋은 향기가 났다.

"아아, 안 되겠군. 나한테 져 주면 그건 맹부요가 아니지."

그 말에 피식 웃어 버린 맹부요가 결국은 답답한 심정을 견디다 못해 아란주가 소당을 치려 한다는 사실을 장손무극에게 털어놨다.

이야기를 듣고 난 장손무극은 아란주의 진군 계획 같은 것은 일단 제쳐 두고, 다른 질문부터 했다.

"아란주가 서럽게 했소? 그대에게 화풀이를 하던가?"
하여간, 눈치가 귀신이라니까. 주책맞게 무조건 편들어 주는 건 또 어떻고.
그를 쓱 한 번 흘겨본 맹부요가 할 수 없이 해명을 덧붙였다.
"난 아무렇지도 않아요. 주주가 요즘 많이 힘들었나 봐요. 지금 같은 때에 나랑 스스럼없이 웃고 떠들면 그게 오히려 비정상이죠."
"부요……."
무언가 고뇌에 빠진 것처럼 보이는 장손무극이 잠시 후 그답지 않게 머뭇머뭇 운을 뗐다.
"아란주와는 조금 거리를 두는 편이 좋겠소. 아무래도 불안하군……."
"그게 무슨 뜻이에요?"
눈썹을 치켜세운 맹부요가 자세를 바로 하며 물었다.
"지금 주주 의심해요? 아니 어떻게 주주를!"
"정말로 의심스러웠다면 진작 그대에게 알렸겠지."
장손무극은 여전히 생각이 많은 얼굴이었다.
"단지 지금 같은 관계는 적절치 않다는 생각이오."
"거봐, 의심 맞네!"
맹부요가 기가 찬다는 양 코웃음을 쳤다.
"장손무극, 본인은 너무 고귀하셔서 생각도 그렇게 고귀한 쪽으로만 하나 봐요? 혼자 구름 위에서 중생들 굽어보고 계셔서 좋겠네! 아란주가 어떤 애인지는 당신도 알고 나도 알아요.

함께한 시간이 얼만데, 그동안 내내 가식을 떨 수 있는 애가 절대 못 된다고요. 안 그래도 힘들어 죽으려고 하는 애를 꼭 그런 눈으로 봐야겠어요?"

장손무극이 짧은 침묵 끝에 입을 열었다.

"부풍은 기묘한 땅이오. 사람 마음을 조종하는 술법쯤이야 이곳에서는 흔하지. 아란주와 그대 사이의 미묘한 관계를 누군가가 악용하려 들 수도 있소."

"지금 아란주가 조종당하고 있다는 소리예요?"

맹부요의 질문은 단도직입적이었다.

"술법은 못 쓰지만 당신 무공 중에도 엇비슷한 계열이 있는 것 같던데, 아란주가 정상인지 정도는 딱 보면 알지 않아요?"

장손무극이 잠시 간격을 두고 답했다.

"조종당하고 있지는 않소."

"아하, 그러셔요?"

열불이 뻗친 맹부요가 그를 밀쳐 내고 아래로 내려갔다.

"태자 전하, 나한테 관심 가져 주는 거 고마운 일인 건 아는데요, 내가 당신 세상의 전부가 되는 건 절대 사절이에요. 오로지 나한테만 관심 쏟느라 인간으로서 응당 갖춰야 할 배려심, 동정심, 이해심 등등, 별거 아닌 것 같아도 사람한테 없어선 안 될 마음들을 내팽개치지는 말라고요. 난 당신이 구름 위의 신 말고, 그냥 사람이었으면 좋겠으니까!"

맹부요가 앞을 가로막는 원보 대인을 제치고 쿵쿵거리며 멀어져 간 후, 홀로 남겨진 장손무극은 묵묵히 연못을 바라보고 있다가 이내 낚싯줄을 느릿느릿 손가락에 감기 시작했다. 뒤엉킨 마음을 정리하듯이 한 바퀴, 또 한 바퀴…….

아주 오랜 시간이 지나, 그의 입술 사이로 나지막한 탄식이 흘러나왔다.

"과거에는 구름 위의 신이었을지 모르나, 그대를 만난 후의 나는 갈 곳 잃은 영혼에 지나지 않게 되었다오."

발강 천정 18년 7월 14일.

아란주가 인접국 소당을 무릎 꿇리고 인질을 구출하고자 기습 군사 작전을 감행했다. 그러나 기습이라는 말이 무색하게도, 소당은 미리 대비라도 하고 있었던 것처럼 비정상적으로 신속한 대응을 펼쳤다.

소당군과 발강군은 소당 국경 지대 열일성에서 사흘간 한 치의 양보도 없는 대치를 벌였다. 이로써 그간 유지되어 온 부풍의 평화와 균형은 순식간에 종말을 맞이했으며, 처음의 기습 작전은 평원에서의 공성전으로 그 성격이 급변했다.

조각조각 찢어진 천하 만 리에 패권 쟁탈전의 화염이 타오르기 시작하고, 칼날의 번뜩임이 광활한 강산 골짜기를 하얗게 비추었다.

전투가 교착 국면에 접어들고부터 아란주는 뚜렷하게 조바심을 드러냈다. 종일 서재에 틀어박혀 대신들과 회의를 여느라 입가에 물집까지 잡혔을 정도였다. 상황이 제일 긴박하게 돌아간 며칠 동안은 눈에 핏줄이 벌겋게 서도록 꼬박 날밤을 새우기도 했다. 그러면서도 아란주는 절대 맹부요 일행에게 도움을 청하지 않았다.

결국에는 보다 못한 전북야가 서재에 쳐들어가 막료들이 그린 전략도를 모조리 찢어발긴 후, 새로이 전투 계획을 세웠다. 그러고는 부풍까지 그를 따라온 소칠을 변장시켜 발강군 부장으로 투입했다.

맹부요도 철성을 전장으로 파견했다. 전쟁 경험이 없는 철성에게 소칠이 좋은 교과서가 되어 주리라 생각해서였다.

소칠은 안 그래도 너무 오래 쉬어서 손이 근질거리던 참인지라 싸움만 시켜 준다면 무조건 좋았다. 누굴 위해 싸우는지, 혹은 누구와 함께 싸우는지 따위는 그에게 중요한 문제가 아니었다.

8월 초이레.

소칠이 공성에 실패하고 달아나는 척 열일성 안에 있던 소당군을 성 밖 호수까지 유인해 냈다.

가을 초입의 호수에는 밤안개가 자욱하게 끼어 있었다. 방향을 잃고 우왕좌왕하던 소당군은 미리 병사들과 함께 매복 중이던 철성의 손에 거덜이 났다. 이때부터 전북야가 군의 중추를 맡고 소칠이 전방에서 적을 섬멸하면서 전세가 급전환됐다.

소당군이 패퇴를 거듭하며 사기가 크게 꺾이자 아란주도 마침내 압박감에서 벗어나 웃는 얼굴을 보였다. 맹부요는 그런 아란주의 모습이 무척 기쁘고 안심이 됐다.

한번은 둘이 전황에 대해 의견을 교환하는데, 아란주가 다행스럽다는 투로 말했다.

"곁에 부요, 네가 있었기에 망정이지, 너하고 인연이 닿아서 주변국 걱정을 덜지 않았다면 이번 전쟁은 엄두도 못 냈을 거야. 국경 맞대고 있는 선기도 그렇고 무극도 그렇고, 부풍에서 내란이 일어나면 옳다구나 하고 덤벼들 게 분명한 나라들이니까. 그런데 지금은 네가 있으니 그런 걱정을 안 해도 되잖아."

맹부요가 소리 내 웃었다.

"내가 우리 주주를 아까워서 어떻게 치겠어."

말을 해 놓고 보니 가슴이 철렁했다.

대완은 발강하고만 국경을 공유하지만, 무극은 부풍 전체와 맞닿아 있는 나라가 아니던가. 정치적 이익을 최우선 가치로 여기는 장손무극에게 지금의 부풍은 사냥하기 딱 좋은 먹잇감일 터.

혹여…… 장손무극이 움직인다면?

생각이 거기까지 미치자 심장이 주체할 수 없이 쿵쾅거리기 시작했다.

깨어서는 천하를 한 손에 틀어쥐고 취해서는 미인의 무릎에 눕는 것이야말로 사내들의 궁극적 이상이라던가. 정상급 정객인 장손무극이라면 자연히 천하 통일의 야망 정도는 품고 있지 않을까?

게다가 그 냉정한 태도. 다들 주주가 당한 일에 가슴 아파하는 상황에서도 장손무극만은 무심한 관찰자의 입장에 서서 주주를 조심하라는 소리를 했다. 현재 입지를 고려하나, 가진 포부를 고려하나, 그가 부풍에 손을 뻗치는 것은 필연적인 수순으로 보였다.

하지만 또 달리 생각하면, 그럴 리가 없지 싶기도 했다. 장손무극이 정말 그 정도로 냉혹한 실리주의자였다면 전북야와 종월이 황위에 오르도록 그냥 놔뒀을 턱이 있나.

설마하니 연적들한테도 안 한 짓을 그녀에게 각별한 의미인 주주를 상대로 저지를까?

생각을 바꾸자 한결 마음이 놓였다. 헛웃음이 입술 사이를 비집고 나왔다.

무슨 그런 엉뚱한 상상을 다 했는지. 며칠 전 연못가에 들은 말이 못내 실망스러워서였을 것이다. 근래 들어 영 정신이 딴 데 팔린 사람처럼 보여서 좀 의심스러운 것도 있었고.

하여튼 터무니없는 상상력하고는!

그녀가 아는 장손무극은, 그게 아무리 그녀를 위한 일이라고 해도, 아란주를 해칠 사람이 절대 아니었다.

며칠이 더 흘러 8월 15일이 왔다.

본래 이날은 가족 친지들이 함께 모여 단란하게 보내는 명절이었으나, 다들 명절의 '명' 자도 입 밖에 내지 않았다. 행여나 아란주의 아픈 구석을 건드릴까 저어되어서였다.

그런데 날이 저물자 웬 궁녀가 찾아와 말을 전했다. 공주님께서 유상정에서 달구경을 하자 하신다며.

일행이 유상정에 당도해 보니 굽이진 도랑 안에서 푸른 물결을 따라 술잔이 둥실둥실 떠다니고, 정자 지붕 아래에서는 수정으로 된 등이 수면에 비친 달그림자와 그 달 속에 흐르는 구름을 반사하며 찬란하게 빛나고 있었다.

정자 안에 근사하게 한 상을 차려 놓고 기다리던 아란주가 일행을 발견하고는 미소 지으며 마중을 나왔다. 성큼성큼 안으로 들어선 맹부요가 하늘을 올려다보며 씩 웃었다.

"오늘 달 진짜 동그랗다. 그냥 동그랗기만 한 게 아니라 엄청 예뻐!"

그 말에 다들 고개를 들어 위를 쳐다봤다. 말마따나 옮은 붉은색 달이 영롱한 산호 구슬처럼 하늘에 박혀 있었다.

그런데 달을 본 아란주가 놀라는 표정을 지었다.

"달 색깔에는 신경을 안 쓰고 있었는데, 저거 아무래도 부풍 전설에 등장하는 나찰의 달인 것 같아!"

"나찰의 달?"

재빨리 의자 하나를 차지한 맹부요가 운흔과 장손무극까지 얼른 끌어다가 옆에 앉혔다. 이로써 전북야와 아란주는 나란히 붙어 앉을 수밖에 없는 처지가 됐다.

둘이 서로 눈치를 보는가 싶더니, 전북야는 의자에 앉아 몸을 반대쪽으로 비스듬히 틀었고, 아란주는 시선을 떨궜다.

아란주의 의기소침한 표정은 잠시뿐이었다. 남들이 보기 전에 재빨리 시선을 든 그녀가 살갑게 모두에게 술을 권했다.

맹부요는 뭐가 뭔지 헷갈렸다. 근래 전북야가 아란주 대신 군사 작전도 짜 주고 그러길래 둘이 좀 편해졌나 했더니만. 지금 모양새를 봐서는 대체 뭐가 어떻게 돌아가는 건지 알 길이 없었다.

아란주가 분위기를 바꿔 보려는 듯, 뒤늦게 나찰의 달에 대한 설명을 내놨다.

"부풍에 떠도는 전설인데, 저렇게 산호처럼 불그스름한 달이 뜨는 날에는 술법에 평소보다 훨씬 강한 힘이 실린다고 해. 이런 날 정상급 주술사가 술법을 시전하면 귀신도 도망갈 만큼 엄청난 위력이 발휘된대."

"오호? 엄청난 위력이라 하면, 예를 들어?"

맹부요가 빙글빙글 웃으며 물었다.

"막 산도 옮기고 바다도 엎어 버리고 그러나?"

"무슨 황당무계한 요술인 줄 알아?"

아란주가 눈을 흘겼다.

"내가 들은 이야기 중에 제일 신기했던 건 30년 전, 나찰의 보름밤에 부풍의 대무신大巫神이 이민족 우두머리와 술법 대결을 벌여서 하룻밤 사이에 상대편을 멸족시켜 버린 일화야. 물론 대무신도 그날 이후로 모습을 감춰 버리기는 했지만. 그 대결이 벌어지기 전에 대무신은 이미 불사의 몸을 얻은 상태였다고 하는 사람들도 있어. 신선이 되어 하늘로 올라갔다는 거지.

진짜인지는 확실치 않아도.”

“무신이라…….”

맹부요가 피식 웃으며 말했다.

“호칭 한번 거창하네!”

이때 장손무극이 불쑥 질문을 던졌다.

“대무신의 이름은 무엇이었는지, 그와 대결을 벌였다는 이민족은 어떤 종족이었는지 알 수 있겠소?”

“까먹었어요.”

아란주가 겸연쩍게 웃었다.

“이따가 들어가서 찾아볼게요. 《부풍이지扶風異志》에 기록이 남아 있을 거예요.”

“자, 마십시다, 마셔!”

맹부요가 큼지막한 술잔을 들어 올렸다.

“우리랑 무슨 상관이라고 그걸 또 찾고 앉았어!”

그러면서 주량 대결이나 한판 붙자는 식으로 아란주를 끌어당겼다.

“자, 자, 쭉쭉 들이켜. 오늘은 다 같이 끝까지 달리는 거다!”

맹부요는 아란주의 기분을 띄워 줄 요량으로 팔을 걸어붙이고 나서서 이쪽저쪽 술을 권했다.

“자, 운흔, 삼생의 행운을 누리고…….”

“주주, 사시사철 재물 운이 트이고!”

“전북야, 오복이 따르시고!”

“장손무극, 칠성 님이 보우하사 하는 일이 다 순조로우시고…….”

“어음……. 원보는 팔방의 보배를 얻고…….”

“구미리는……. 어, 그래! 구사일생하고…….”

밤이 깊어서야 술 트림을 하며 일어서려던 맹부요가 탁자 위 빈 그릇들을 우르르 엎었다. 그러더니 주는 술을 꼬박꼬박 받아 마시느라 이미 만취한 주제에 급기야 자작 중인 전북야를 운흔 쪽으로 휙 밀어 보냈다. 그런 다음 자기를 붙들려는 장손무극까지 한쪽으로 밀쳐 버리고, 아란주를 끌어안고서 비틀비틀 정자 밖으로 향했다.

장손무극이 쫓아와서 그녀의 귓가에 대고 조용히 말했다.

“부요, 나찰의 달이 뜬 밤이니 조심하는 것이 좋겠소. 오늘은 내 옆방에서 자도록 하오.”

“에이, 비켜! 그냥 떠도는 전설 가지고. 내가 그까짓 달이나 겁낼 사람이에요?”

장손무극을 밀쳐 낸 맹부요가 아란주를 가까이 끌어당겨다가 속닥거렸다.

“아유, 주주. 오늘 나찰의 달인지 뭐시기인지가 떴다는데, 너랑 같이 자도 돼? 나 좀 지켜 주라. 어디서 흉악한 놈이 나쁜 마음이라도 먹고 들이닥치면 어떡해.”

“됐거든? 네가 흉악한 마음 안 먹으면 다행이다!”

살짝 취기가 올라 볼이 발그레해진 아란주는 맹부요를 밀어내지 않았다.

“베개 챙겨 오께.”

맹부요가 어눌한 발음으로 웅얼거렸다.

본인 처소로 향한 그녀는 처소 문밖에서 또다시 장손무극을 맞닥뜨렸다. 문밖을 지키고 있던 장손무극이 그녀를 보고 안도의 한숨을 내쉬었다.

"저쪽에서 자는 것은 안 되오."

"또 혼자 무슨 헛생각 하는 거예요?"

맹부요가 그를 밀쳐 냈다. 베개를 가지러 왔을 뿐이라는 말을 하려는데, 갑자기 술 트림이 올라오는 통에 정작 하려던 말은 꿀꺽 되삼켜졌다.

곧이어 비틀거리며 방 안으로 들어가서 침상 위에 풀썩 엎어진 맹부요는 베개만 챙기려던 처음 생각과 달리 그대로 노곤하게 늘어지고 말았다.

뒤쪽에서 장손무극이 따라 들어오는 소리가 났다. 그는 침상 가장자리에 앉아 그녀의 머릿결을 가만가만 쓸어내렸다. 나직한 탄식이 방 안을 떠도는 동안, 한참이나 그의 눈길이 느껴졌다.

몸을 일으킨 장손무극이 그녀의 신발을 벗기고, 이불을 덮어 주고, 등불을 끈 후 조용히 밖으로 나갔다. 맹부요는 취기 탓에 도저히 몸을 가눌 수가 없었다. 베개에 얼굴을 파묻고 있던 그녀는 그대로 잠들어 버렸다.

시간이 얼마나 흘렀을까, 급작스럽게 눈이 번쩍 떠졌다. 눈을 뜨자마자 하늘가에 걸린 기묘한 붉은색 달이 시야에 들어왔다. 목이 탔다. 탁자에서 찻잔을 집어 들어 꿀꺽꿀꺽 비우고 나자 정신이 좀 드는 것 같았다.

베개만 가져가려고 했었는데, 어쩌다가 잠들어 버렸지? 주주를 계속 기다리게 만든 거 아니야?

시간이 그리 오래 지나지는 않았음을 확인한 그녀는 베개를 끌어안고 방을 나섰다.

주주의 처소까지 가는 길은 조용했다. 발강 왕궁에는 호위병이 많지 않았다. 각종 진법과 술법이 1차 방어선이 되어 주고 있기 때문이었다.

머리 위에 걸린 붉은색 달이 지면에 희미한 은홍색 광채를 던지고 있었다. 침침하고 불결한 핏빛 같은.

까닭 없이 심란해진 맹부요가 달빛 아래에 우뚝 멈춰 섰다. 걸음을 멈추는 동시에 오감이 활짝 열리면서 바람결에 섞인 말소리가 포착됐다.

장손무극의 음성이었다.

"……그녀는 모르도록 해라……."

"……국경 지대 병력을 이동……."

"……기다려라, 이쪽부터 정리하고……."

무슨 소리야? 대체 지금 그게 무슨 뜻인데?

내가 몰라야 하는 게 뭐야?

멀쩡한 변경 수비군은 왜 이동시켜? 무슨 일을 벌이려고?

장손무극은 저녁 내내 정신이 딴 데 팔린 모습이었다. 게다가 평소에는 취한 틈을 타 어디라도 지분대느라 그리 바쁘던 사람이, 오늘은 아무 짓도 하지 않고 방에서 나갔다. 베개를 가지러 왔을 때 문 앞을 지키고 있길래 또 추근대려고 납셨구나 했건만, 지금 생각해 보니 단지 방에 돌아오는 걸 확인하려고 기다리고 있었던 것 같았다.

맹부요는 그대로 굳어 선 채 눈썹을 찌푸렸다. 오늘 밤 아란주의 침전에 가는 것을 집요하게 반대하던 장손무극의 모습이 떠올랐다. 거기에 며칠 전 나눈 이야기까지 기억나자 순간 소름이 쫙 끼쳤다.

서늘한 보름달 아래에서, 그녀는 손끝부터 발끝까지 온몸이 차갑게 식는 걸 느꼈다.

잠깐 정신이 빠져 있는 사이에 사람 그림자 하나가 홀연히 시야를 스쳐 갔다. 체형을 보아 하니 장손무극인 것 같았다. 맹부요는 즉각 뒤를 따라붙었다.

그가 연보라색 옷자락을 펄럭이며, 마치 무게가 없는 듯이 바람 속을 날아 첩첩 지붕을 넘는 게 보였다. 현재 발강 안에서 저 정도로 고매한 경공술을 자랑할 사람은 오로지 장손무극 하나뿐일 터였다. 그는 곧장 아란주의 침전으로 향하고 있었다.

맹부요는 뒤를 쫓아가면서도 쿵쾅거리는 심장을 주체할 수가 없었다. 아란주의 침전이 가까워질수록 심장이 조여들었다. 누군가 거대한 돌덩이가 달린 쇠사슬로 심장을 칭칭 동여매 놓은 것 같았다. 쇠사슬이 잡아당겨질 때마다 생살이 사정없이 헤집어졌다.

장손무극, 당신 대체 무슨 짓을 하려는 거야?

그녀가 지켜보는 앞에서 장손무극이 아란주의 침전으로 날아 들어갔다. 그는 소리 없이 전각 안 내실로 흘러들었다.

불그스름한 달빛이 창가에 흐드러지게 쏟아지고 있었다. 창호지에 기다란 그림자가 비쳤다…….

내 마음 돌덩이가 되어서

달빛이 창호지에 비친 그림자를 기묘하리만치 길게 늘여 놓았지만, 무슨 동작을 하는지는 똑똑히 알아볼 수 있었다. 그림자가 허리를 굽히더니 아란주를 향해 일 장을 날렸다.

맹부요가 즉시 안으로 뛰어들면서 두말없이 팔을 뻗었다. 상대의 손바닥을 중간에 가로막고자 함이었다.

그녀의 동작을 따라 세찬 바람이 일고 살기가 휘몰아쳤다. 그러자 상대가 훌쩍 물러나면서 그녀를 등지더니, 깃털처럼 가볍게 몸을 날려 거리를 벌렸다.

맹부요가 상대를 쫓아 지면을 박차고 오르는 찰나였다. 돌연 선뜩한 감각이 앞가슴을 파고들었다.

화들짝 놀라 가슴팍을 내려다보자 분수처럼 뿜어져 나오는 피가 눈에 들어왔다. 그녀 자신의 피였다. 선혈이 실내에 흩뿌려지면서 소름 끼치게 붉은 무지개다리를 그려 냈다.

핏빛 분수 너머에서 칼날이 싸늘하게 번뜩이더니, 어렴풋이 아란주의 얼굴이 스쳐 갔다. 맹부요는 머릿속을 때리는 천둥소리를 들었다.

주주? 주주가 왜…….

생각이 미처 뚜렷한 형태를 갖추기도 전에 옆쪽에서 누군가의 손이 불쑥 치고 들어왔다. 그 손에는 백옥으로 만든 병이 들려 있었다. 정체불명의 인물이 병 입구를 기울여 그녀의 피를 받더니, 피식 웃다가 갑자기 그녀를 움켜잡으려는 듯 손아귀를 뻗어 왔다.

맹부요는 일찰나 밭은 숨을 들이켰다. 그러고는 가슴에서 올라오는 격통을 참으며 팔을 들어 상대방의 손을 내리쳤다. 다음 순간, 가볍게 몸을 틀어 그녀의 공격을 피한 상대가 불그스름하게 비쳐 드는 달빛 속으로 홀연 모습을 감추었다.

맹부요는 치명적인 부상을 입은 상태였지만, 그렇다고 기민한 순발력까지 죽은 건 아니었다. 일단은 목숨을 부지하는 것이 급선무, 그녀는 지붕을 뚫고 나갈 요량으로 위쪽을 향해 도약했다.

그런데 중간쯤 솟구쳐 올랐을까, 눈앞에 보이는 풍경이 급작스럽게 전환됐다.

지붕이 온데간데없이 사라지더니 그 자리에 산호색 보름달이 나타났다. 달빛을 배경으로 장손무극이 연보라색 옷자락을 휘날리며 가공할 장력이 실린 손바닥을 뻗고, 창백한 얼굴의 아란주가 증오로 가득 찬 표정으로 칼을 내질렀다.

장손무극이 일 장을 날리고, 아란주가 칼을 내지르고. 다시 장손무극이 일 장을 날리고, 아란주가 칼을 내지르고…….

흡사 영화의 한 장면이 반복 재생되고 있는 듯이, 똑같은 상황이 눈앞에서 되풀이됐다. 이 쓰라린 순간의 기억을 절대로 잊지 못하도록, 그녀의 뇌리 깊숙이 박아 넣으려는 것 같았다.

장면이 반복될 때마다 맹부요는 배신당하고, 기만당하고, 칼에 찔리는 아픔을 몇 번이고 다시 맛봐야 했다. 그녀의 의식 속에서 신념과 확신이 모조리 씻겨 나가고, 산산이 깨진 믿음으로 인한 고통만이 남아 뼈에 사무칠 때까지, 장면은 마치 생의 윤회와도 같이 끝을 모르고 거듭됐다.

눈앞이 아찔했다. 머릿속에서 속절없이 휘청이던 가느다란 현이 한계를 넘는 진동에 쇳소리를 냈다.

맹부요는 추락했다.

추락 직전, 뇌리를 스친 말이 있었다.

'부풍에 떠도는 전설인데, 산호처럼 붉은 달이 뜨는 날에는 술법에 평소보다 훨씬 강한 힘이 실린다고 해. 이런 날 정상급 주술사가 술법을 시전하면 귀신도 도망갈 만큼 엄청난 위력이 발휘된다는 거야.'

맹부요가 마침내 정신을 차렸을 때, 눈앞은 혼돈이었다. 바람도, 달도, 별도, 빛도 없었다.

그렇다고 완벽한 암흑은 아니었다. 몽롱한 회색. 한 점 생기 없이 창백한 색채가 주위를 온통 메우고 있었다.

그 회색빛 속에서 누군가 나지막이 읊조렸다.

"원래는 피만 조금 가져갈 생각이었는데, 지금 보니 아주 훌륭한 보조재가 되겠어……."

맹부요가 냉랭하게 외쳤다.

"누구냐!"

상대의 차분한 음성에는 성별을 특정할 만한 단서가 전혀 포함되어 있지 않았다.

곧이어 피식 웃은 상대가 대답했다.

"네 주인이다."

"웃기시네!"

맹부요가 가차 없이 쏘아붙였다. 하지만 상대는 여전히 웃고 있는 것 같았다.

"너는 아주 강해. 무공도, 심지도, 어느 쪽이나 최절정에 가깝지. 무릎 꿇리기가 쉽지는 않겠지만, 수고를 감수할 만큼 탐나는 물건이야. 결과야 어떻게 되든 시도는 해 봐야겠군."

맹부요는 손바닥으로 가슴팍을 지그시 눌렀다. 칼에 찔리기는 했으나 심장이 정통으로 꿰뚫린 것은 아니었다. 피비린내 나는 전장에서 신물이 나도록 단련된 그녀였기에, 백이면 백 방심할 수밖에 없는 순간에조차 최소한의 방어 태세는 잊지 않았던 것이다.

무슨 일이 있어도 자기 가슴을 무방비 상태로 남에게 내어 주지 말 것.

언젠가 장손무극으로부터 배운 원칙이었다.

그가 충고하기를, 무릇 상급자의 위치에 있는 사람이라면 때로는 감정적 요소 일체를 배제할 줄도 알아야 한다고 했다. 의심해야 할 때는 의심하고, 신뢰해야 할 때는 신뢰할 줄 아는 자세가 필요하다고.

칼날이 빗나간 그 미세한 거리가 그녀의 목숨을 살렸다. 다만 지금 그녀는 피를 너무 많이 흘려 체력이 바닥을 친 상태였다. 반대로 상대방은 컨디션 최고조의 그녀에게도 밀리지 않을 수준의 실력자였다. 아니, 어쩌면 그녀 이상의 강자인지도 몰랐다. 여기서 살아 나가려면 극한의 집념이 필요했다.

포기하지 말자!

남이 파 놓은 함정에 맥없이 떨어져 이대로 혼돈 속에서 죽고 싶지는 않았다.

죽더라도 궁창에서 죽으리라.

죽음은 그토록 간절하던 희망에 일순간이나마 닿아 본 이후의 일이었다.

맹부요는 품 안으로 손을 집어넣어 더듬더듬 환약을 찾았다. 미종곡에서 사냥한 등지를 원료로 만든 약. 정신제어술을 무력화시키는 효능이 있다고 했다.

단, 일반적으로는 술법에 완전히 걸린 다음에 치료 개념으로 복용하는 약이기 때문에 사전 예방 효과는 장담할 수가 없었다. 게다가 상대가 시도 중인 술법이 정확히 정신제어술이 맞는지도 지금으로서는 확인 불가였다.

그래도 무엇에든 희망을 거는 편이 그 반대보다는 낫겠지.

손이 막 앞섶으로 들어간 직후, 상대가 소맷자락을 휘둘러 그녀의 팔을 때렸다. 그 바람에 환약이 들어 있는 작은 주머니가 데굴데굴 굴러서 어딘가 구석으로 들어가 버리고 말았다.

"많이 고통스러울 거야, 그렇지?"

상대의 목소리가 짐짓 침통하고 애달프게 변했다.

"사랑하는 사람에게 기만당하고, 아끼는 친우에게 배반당했으니 얼마나 고통스럽겠어!"

눈앞에서 회백색 풍경이 뭉게뭉게 소용돌이치는가 싶더니, 아란주의 침전을 향해 몸을 날리는 장손무극의 뒷모습을, 이어서 그가 손바닥을 내뻗는 모습을 만들어 냈다. 동시에 아까 바람결에 실려 왔던 말소리가 몇 번이고 귓가를 맴돌았다.

"……그녀는 모르도록 해라……."

"……국경 지대 병력을 이동……."

"……기다려라, 이쪽부터 정리하고……."

"왜 나를 속였어?"

충격적인 장면과 대화 위에 침통하고도 애달픈 목소리가 얹혔다. 상대가 연신 내쉬는 한숨이 맹부요의 머릿속을 휩쓸고 지나갔다.

"나를 속였어! 속였어……. 그토록 애절하던 맹세의 말은 어찌하고, 이제 믿을 수 없어……."

머릿속에 핏빛 폭풍이 휘몰아치고 있었다. 무질서한 장면들과 어수선한 상념들이 파도처럼 밀려왔다.

혼란스러운 와중에 정말 그랬는지도 모르겠다는 생각이 들었다. 정말로 속았나 싶었다.

의식 속에서 누군가 똑똑히 말하고 있었다. 그렇다고 인정만 하면, 복종하기만 하면, 이 지독한 고통에서 벗어날 수 있을 거라고…….

하지만 맹부요는 이를 악물고 잇새로 세 글자를 천천히 씹어뱉었다.

"아니야!"

일순 멈칫한 목소리가 이내 말투를 바꿨다. 아까보다 훨씬 통절해진 말투에서 희미한 분노가 묻어났다.

"왜 나한테 숨겼어? 뭘 숨기고 있는 거야?"

환영들이 발톱을 세우고 사납게 덤벼들었다. 이번에는 한층 더 선명한 장면들이 아까보다 빠르게 반복됐다. 머릿속에 공포영화를 빠른 배속으로 틀어 놓은 것 같았다.

장손무극이 훌쩍 몸을 날리고, 침전 안으로 사라지고, 손바닥을 내지르고……. 심지어는 기습을 성공시킨 장손무극이 그녀 쪽을 돌아보며 싸늘하게 웃는 장면까지 너무나 그럴듯하게 추가되어 있었다.

꼭 진짜처럼, 진짜처럼……. 진짜야, 진짜야…….

머릿속에서 누군가 집요하게 속삭이고 있었다.

진짜야, 진짜야, 진짜야…….

"왜 나한테 숨겼어? 뭘 숨기고 있는 거야?"

대체 누가 하는 소리지?

아아, 나야, 내 목소리야! 내가 분노에 차서 힐문하고 있어. 한 자 한 자 내뱉을 때마다 가슴에 쐐기가 박히면서.

나야……. 아니, 아니야……. 나야, 나야……. 아니…….

머릿속이 칼날에 난도질당하는 것 같았다. 혼란스러운 장면들과 귀청을 때리는 저주와도 같은 목소리에 휩쓸려 휘청이던 맹부요는 두 팔로 머리를 감싸 안았다. 악다문 치아에 입술이 찢겨 가느다란 핏줄기가 흘러내렸다.

잠시 후, 그녀의 입에서 아까와 마찬가지로 단호한 한 마디가 터져 나왔다.

"아니야!"

목소리가 또 한 번 바뀌었다. 이번에는 의심에 가득 찬 말투였다.

"……거기는 뭐 하러 간 거예요? 왜 아란주하고 같이 못 자게 했는데요? 내가 보면 안 되는 무언가가 있어서였어요?"

지금까지 본 것보다 한층 더 불편하고 자극적인 광경이 펼쳐졌다. 머릿속에서 느린 화면이 질금질금 재생됐다.

장손무극이 빤히 들리는 그녀의 외침을 무시하고 아란주를 향해 주저 없이 팔을 뻗고 있었다…….

맹부요는 머리를 부여잡고 바닥에서 나뒹굴었다. 격렬하게 몸부림을 치는 와중에 상처가 벌어져 피가 새빨갛게 바닥을 적셨다. 그녀는 피가 쏟아지는 것도 느끼지 못한 채, 머릿속을 때리는 충격에 저항하는 데만 온 힘을 쏟아붓고 있었다.

눈앞에 자욱하던 회백색이 점차 엷어지고, 그 자리에 어둠이 내려앉기 시작했다. 그것은 핏빛 섞인 암흑이었다.

세상사란 이토록 쓰라리고 쓰라린 것이었던가.

"아니야!"

상대의 목소리가 처절해졌다.

"……진심이라고 했으면서, 결국 국익 앞에서는 아무것도 아니었어!"

"아니야!"

목소리가 애통해졌다.

"……장손무극, 당신이 나를 저버릴 줄이야!"

"아니야!"

목소리가 씁쓸해졌다.

"……왜 솔직하게 말하지 않고? 지금껏 함께한 시간이 얼마인데, 내 믿음을 배반했어!"

"아니야!"

목소리가 의문과 고통에 젖었다.

"주주, 내 유일한 자매. 나한테 왜 그런 거야……."

"아니야!"

목소리가 경악으로 물들었다.

"실은 내가 미웠구나? 주주 너, 정말로 나를 미워하고 있었어!"

"아니야!"

울컥, 맹부요가 피를 토했다. 곱고도 애처로운 핏빛이 사방으로 튀었다. 맹부요는 그 핏빛을 보지 못했다. 그녀의 세계는 진작부터 훨씬 더 새빨간 지옥에 잠겨 있었기에.

하늘과 땅이 온통 불타고 있었다. 그녀는 부글부글 끓는 용암 한복판에서 고통에 몸부림치면서도, 남은 정신력을 총동원해 미혹과 맞서 싸웠다. 소중한 정인과 친구에 대한 신뢰가 환각과 기만에 의해 무너지는 걸 더는 용납할 수 없었다.

주변인들에 대한 신뢰는 그녀를 과감히 앞으로 나아가게 하는 정신적 원동력이었고, 지금껏 그녀를 단단히 지탱해 준 기둥이었다. 그것을 잃는다면 맹부요는 더 이상 맹부요일 수 없을 것이다.

지난날 장손무극에게 약속하지 않았던가. 그를 믿겠노라고!

아니야! 결단코 아니야!

여덟 번의 '아니야!'를 내뱉는 데 그녀가 가진 끈기와 의지 전부가 소진됐다. 물론 온 천하를 통틀어 이만한 끈기와 의지를 가진 이는 오로지 맹부요뿐일 터였다.

나찰의 달밤, 막강한 술법과 치명적인 부상의 이중고 속에서도 마지막까지 '아니야!'를 외친 강인한 여인.

옆에서 그녀를 지켜보는 인물도 적잖이 당황한 듯 일순 숨을 멈췄다. 온갖 극단적 수단을 동원한 정신적 압박에, 더할 나위 없이 정교한 환각까지 가세했건만.

설마하니 부상으로 약해질 대로 약해진 맹부요가 세뇌에 끝까지 저항할 줄 누가 상상이나 했겠는가. 지금껏 불가능이라

여겨졌던 일이었다!

맹부요를 지켜보고 있는 인물은 자신이 펼친 술법의 잔혹성과 무서움을 세상 누구보다도 잘 알았다. 그것은 파괴이자 무너뜨림이요, 살육이자 비틀림이었으며, 인간의 정신에 가할 수 있는 극악의 학대였다.

오늘의 술법을 완성하기까지 쏟아부은 시간과 노력이 얼마인가. 이 정도면 사람이 아니라 귀신이 상대라 해도 의식을 궤멸시켜 환각에 무릎 꿇릴 수 있으리라 믿어 의심치 않았건만.

대체 얼마나 깊은 정과 믿음이 있어 그녀를 지금껏 누구도 거역하지 못했던 이신대법移神大法에 이토록 결연하게 저항하도록 만드는가?

대체 얼마나 운이 좋아야 이렇듯 한결같이 깊은 정과 믿음을 얻을 수 있는 것일까?

공기 중에 적막이 흘렀다. 이따금 울리는 출처 불명의 '탁탁' 소리를 빼면, 들리는 소리라고는 맹부요가 버둥거리며 내뱉는 묵직한 헐떡임이 전부였다.

줄곧 이어지던 말소리가 멈추었음은 술법을 시전한 사람이 몹시도 당황했다는 뜻이었다. 지금껏 전례가 없던 일이 벌어지고 있었다.

불그스름한 달은 어느덧 서편 하늘로 자리를 옮긴 뒤였다.

나찰의 달밤, 술법의 위력이 폭증해 천지를 뒤흔들고 신령을 물리치는 날. 10년에 한 번 하늘이 내리는 기회가 절세 무쌍의 의지력에 막혀 아무런 소득 없이 끝나 가고 있었다. 그토록 심혈을 기울여 포석을 놓았건만, 성공을 목전에 두고 일을 그르칠 수는 없었다.

나지막한 탄식이 바람결 사이로 흩어졌다. 감탄인 듯 연민인 듯, 혹은 아쉬움 같기도 한 소리였다.

"네 의지를 장악할 수 없다면 차선책으로 육신이라도 활용하는 수밖에……."

길고 가느다란 손가락이 느릿느릿 맹부요를 향해 뻗어졌다.

맹부요는 좀처럼 초점이 잡히지 않는 눈을 커다랗게 뜬 채 주변 소리에 귀를 기울이고 있었다. 그녀의 눈앞에 펼쳐져 있던 회백색 안개는 어느덧 피처럼 붉게 변한 뒤였고, 상대의 모습은 안개에 가려 윤곽 정도만 희미하게 구분 가는 게 고작이었다.

새빨간 안개 속에서 뱀이 혓바닥을 날름대는 것 같은 소리가 들려왔다. 그런데 소름 끼치는 소리만 계속 나지, 한참이 지나도록 정작 면전에 들이닥친 것은 없었다. 아마 의도적으로 최대한 느리게 움직이고 있는 것 같았다.

상대는 심리전의 귀재였다. 말 한마디, 동작 하나하나에 적의 의지를 무너뜨리려는 의도가 깔려 있었다.

미세하게 쉭쉭거리는 소리가 마침내 얼굴 바로 앞까지 왔다는 느낌이 들었다. 매끈한 비단 띠 같은 물체가 그녀의 뺨을 유연하게 스치고 지나갔다. 그것을 잡아채려 번개같이 손가락을 뻗었지만, 그것은 그녀의 손을 피해 순식간에 자취를 감췄다.

그러나 시야에 잡히지 않는다고 소리까지 감춰지는 것은 아니었다. 귀에 들리는 기척을 쫓아 허공을 낚아채자 '착' 하고 가늘디가는 꼬리 같은 것이 손가락 사이에 걸렸다.

맹부요는 명주실처럼 가느다란 그것을 놓치지 않도록 꽉 붙들고 공중에 패대기쳤다. 정체불명의 생명체가 그녀의 손안에서 축 늘어졌다.

또 한 번 놀란 듯 상대가 픽 웃으며 말했다.

"역시 대단하군. 그 몰골로 '아비阿飛'를 처치할 줄이야. 감탄스러워질 지경인걸. 그나저나 천하제일의 맹독을 가진 뱀을 잃고 말았으니 아까워서 어쩌나. 살에 닿는 것은 물론이고 냄새만 맡아도 반드시 목숨을 잃게 되어 있는 극상품이었건만."

말이 끝나기도 전에 맹부요가 털썩 쓰러졌다. 그러더니 새파랗게 질린 얼굴로 비명조차 지르지 못하고 몸부림을 치기 시작했다. 그녀가 한바탕 뒹굴고 난 자리에는 어김없이 얼룩덜룩한 핏자국이 남았다.

점차 약해지는 맹부요의 숨소리를 들으며 기분 좋게 웃어젖힌 상대가 짐짓 다정한 투로 말했다.

"구미리만 있으면 세상 어떤 고술이든 해결된다고 하지만, 내가 쓴 고술을 푸는 데는 다른 부위가 아닌 구미리의 내단이 필요해. 그 짐승을 차마 못 죽인 탓에 네가 죽게 되었구나."

사뿐한 발걸음으로 상대가 가까이 왔다. 그 목소리에서 아쉬움이 배어났다.

"사실 내가 바란 것은 살아서 내 말에 복종하는 너였는데. 쓸모가 아주 많을 것 같았거든. 운만 따라 주면 천하를 내 발밑에 둘 수도 있겠구나 싶었지. 하지만 이렇게 된 이상 네 죽은 몸뚱이밖에 얻을 수 없겠구나……. 네가 너무 완강하게 거부하는 걸 어쩌겠어. 차선책을 택하는 수밖에."

상대가 손가락을 뻗는 듯한 기척이 났다. 둘 사이의 거리가 족히 1미터는 남았을 시점부터 벌써 휘몰아쳐 오는 돌풍이 느껴졌다. 흡사 천신의 손가락이 운명의 목을 조르고자 강림하는 것 같았다.

그때였다. 구석으로 굴러가서 끊어질락 말락 하는 호흡을 간신히 이어 가고 있던 맹부요가 느닷없이 바닥을 박차고 도약했다. 그녀는 뛰어오르면서 한 손으로 앞서 흘린 약 주머니를 잡아채는 동시에 다른 손으로는 시천을 뽑았다.

칠흑의 광채가 핏빛 분노로 들끓는 파도가 되어 성벽처럼 까마득하게 치솟았다. 강철로 만들어진 것 같은 파도가 거칠게 포효하며 날뛰었다.

수천 개의 칼날이 사방으로 쏘아져 나가듯, 날카로운 광채가 석 장 밖까지 뻗쳤다. 자잘한 핏방울이 주변을 휩쓸고, 여기저기서 무너지고 터지는 소리가 울렸다.

맹부요가 혼신의 힘을 끌어모아 펼친 일격이었다!

화들짝 놀란 상대가 신음을 흘렸다. 그쪽도 절정 고수가 전력을 다해 펼친 필살의 한 수를 정면으로 받아 낼 엄두는 안 나는지, 재빨리 뒤로 물러났다. 그리고 다음 순간 물러나다 말고 무엇을 발견했는지는 몰라도 '앗!' 하면서 팔을 들어 올렸다.

맹부요는 그 틈을 노려 신속하게 후퇴했다. 방금까지만 해도 분명 같이 죽자는 식으로 앞만 보고 돌진하던 그녀였건만, 빠져나갈 기회가 오자 바닷속을 헤엄치는 물고기처럼 미끈하게 태세를 전환했다. 전방을 향한 돌격이 후방으로 훌쩍 몸을 날리는 동작으로 전환되기까지, 그 사이에 중간 단계 같은 것은 전혀 필요치 않았다.

'쾅' 하는 소리와 함께 그녀의 등이 뒤편 벽과 충돌했다. 흩날리는 선혈 속에서 그대로 벽을 뚫고 나간 맹부요는 자욱한 흙먼지를 배경으로 마치 한 마리 매처럼 날렵하게 방향을 꺾었다. 몸을 틀자마자 따스한 광선이 얼굴을 비추는 동시에 핏빛으로 물든 시야가 환하게 밝아졌다.

날이 밝은 것이다!

모두가 허무맹랑한 전설로만 취급했으나 알고 보니 실재했던 나찰의 달밤, 그 밤은 이미 지나간 뒤였다.

햇빛이 살갗에 닿는 찰나, 맹부요의 머릿속에서는 천둥 같은 굉음이 폭발했다. 조금 전까지 뇌리를 휘젓고 다니던 혼돈의 힘이 마지막 여세를 몰아 그녀의 의식을 후려친 것이었다.

맹부요는 약 주머니에서 허겁지겁 환약을 한 움큼 꺼내, 무슨 약인지 살피지도 않고 일단 입에 밀어 넣었다.

이때 뒤쪽에서 옷자락이 펄럭이는 소리가 들려왔다.

즉각 몸을 날린 그녀는 젖 먹던 힘을 다해 질주하기 시작했다. 시야는 온통 붉은색뿐, 다른 건 아무것도 보이지 않았다. 그나마 고강한 공력이 그 자체로 평형 감각이 되어 주었기에 넘어지는 건 면할 수 있었다.

그녀는 자신이 어디로 가는지도 모르는 채 무작정 내달렸다. 광기에 가까운 질주였다.

들쭉날쭉 높이가 제각각인 기와지붕들을 넘고, 꼬불꼬불한 골목길을 지나, 울퉁불퉁한 산야를 가로질러, 고원을 오르락내리락 질주했다. 그러다가 나중에는 자신이 왜 달리고 있는지 그 이유조차 잊어버렸다.

머리가 깨질 것 같은 두통이 끈질기게 그녀를 괴롭혔다. 잔혹한 정신적 고문이 남긴 후유증이었다. 세뇌의 여파가 집요하게 뇌리를 맴돌았다. 그 여파가 머릿속을 후려칠 때마다 그녀는 과거와 현재를 조금씩 잊어 갔다.

기억 상실이라는 막장극은 피하고 싶었기에, 그녀는 틈틈이 주머니를 뒤져 약을 꺼내 먹었다.

약 주머니는 가지고 다니기 편한 환약으로만 채워져 있었다. 종류별로 크기가 구분되어 있기는 했지만, 그녀는 평소 어떤 약이 크고 어떤 약이 작은지를 일일이 외워 둘 만큼 세심한 성격이 못 됐다. 지금 상황에서는 느낌상 이거다 싶은 걸 먹는 수밖에 없었다. 독약은 따로 보관해 뒀고 현재 주머니에 든 것들은 모두 치료제인 만큼, 대충 주워 먹어도 큰 문제는 없으리라는 게 그녀의 생각이었다.

그러나 아무리 치료제라고 해도 마구잡이로 섞어 먹었을 때는 예상 밖의 부작용이 초래되는 법이었다. 맹부요에게 닥친 부작용은 간헐적인 의식의 혼탁 상태였다. 어떤 때는 기억이 멀쩡하다가도 돌아서면 머릿속이 텅 비어 버리곤 하는.

맹부요는 혼돈 속에서 내달리다가 어느 순간 기억이 돌아올라치면 장손무극에게 돌아갈 생각부터 했다.

그러나 애초에 방향 없이 시작된 질주였다. 시간이 지날수록 어디가 어딘지 점점 더 분간이 안 갔다. 그녀는 자신이 이미 왕성을 벗어났다는 사실조차 모르고 있었다.

무턱대고 먹어 치운 약이 혼란을 가중시켜서인지, 나중에는 장손무극의 이름이 떠오르는 빈도마저 급격히 줄어들었다.

그녀의 가슴속에 남은 것은 때때로 기억을 희미하게 스쳐가는 그림자, 그리고 어렴풋이 자신을 부르는 목소리뿐이었다. 아주 중요한 사람이 애타게 자신을 부르고 있으며, 그에게로 돌아가야 한다는 것까지는 막연히 알 것도 같았다. 그래서 기운을 내 열심히 달리는데, 오히려 그에게서 점점 더 멀어지는 것이었다.

앞이 보이지 않는 탓이었다.

적의 술법에 맞서 싸우는 동안, 맹부요가 그 극한의 상황에서 결연히 선택한 길은 자기방어가 아닌 진기를 응축하는 것이었다. 그곳에서 탈출할 방법은 진기를 모았다가 단번에 폭발시키는 것뿐이었기에.

그러느라 머리와 그 안의 의식을 보호하는 데는 충분한 힘을 쏟지 못했다. 그 결과 아마도 독성이 섞여 있었을 회백색 안개와 상대의 세뇌 공격이 머릿속에 복합적으로 작용해 울혈을 만들어 냈고, 울혈이 아래로 내려오면서 시각에 영향을 끼친 것이었다.

몸의 다른 부분을 침범한 독소는 무공으로 몰아낼 수 있어도 눈에 들어간 것은 어찌할 도리가 없었다. 세상에 무공을 수련하면서 눈알까지 단련하는 사람은 없으므로.

당시 그녀는 자신의 선택이 어떤 결과를 낳을지 똑똑히 알고 있었다. 알면서도 독한 결정을 내렸다. 적의 꼭두각시로 전락해 남들을 해치는 데 이용당하느니 차라리 눈이 머는 게 나았다.

현재의 그녀는 상당히 값어치가 나가는 몸이었다. 대완 여제라는 신분은 둘째 치고, 그보다 핵심적인 것은 그녀가 무극, 대한, 헌원에 미치는 영향력이었다.

누군가 그녀를 이용해 세 나라를 위협하고, 세 남자를 제거하려 든다면 어떤 비극이 벌어지겠는가. 상상하고 싶지도 않았다. 그러니 어떠한 대가를 지불하는 한이 있어도 절대 남의 손에 조종당하는 신세로 전락해서는 안 됐다.

'정'이란 것에 냉담한 이에게는 그 대가가 태산처럼 무겁게 느껴지겠지만, 정을 귀중히 여길 줄 아는 이에게 그 정도는 아무것도 아니었다.

눈쯤이야 멀어 버린들 어떠하리. 대신 마음의 눈이 밝은데!

맹부요가 절체절명의 위기에서도 진력을 모아 도망칠 궁리를 하고, 그 자리에서 얼마나 독한 결정을 내렸는지 알았다면 아마 그녀의 적은 더욱더 경탄을 금치 못했을 것이다. 그간 숱한 시련과 참혹한 전쟁터를 지나며 단련된 맹부요의 의지력은 세인들이 감히 범접할 수준의 것이 아니었다.

그녀는 나찰의 달밤이 끝날 때까지, 밤새 이어진 정신적 고문을 기어코 버텨 냈다.

그녀는 눈을 포기하는 대신 최후의 일격을 가할 기회를 얻었고, 결국 무사히 탈출했다.

그녀는 고술에 걸려 죽어 가는 척하면서 구석까지 굴러가 약 주머니를 손에 넣었다.

그녀는 여덟 번의 칼 같은 '아니야!'로 온전한 자아를 지켜 냈고, 소중한 사람들이 자신으로 인해 위험에 처하는 비극을 막아 냈다.

그녀는 자신이 아주 잘 해냈다고 생각했다. 의심할 때는 의심하고 신뢰할 때는 신뢰할 줄 알아야 한다는 장손무극의 가르침을 진정으로 체화한 것이다.

아란주의 처소로 향하던 길에 들은 대화는 분명 장손무극의 목소리였고, 그가 며칠째 어딘지 평소답지 않은 모습이었던 것도 사실이었다. 의문을 느끼고 따라붙은 건 그녀의 성격상 당연한 일이었다.

하지만 그 '장손무극'이 침소로 흘러들어 아란주를 공격하는 순간, 그녀는 곧바로 놈이 가짜임을 알아챘다. 창문에 비친 손이 지나치게 길쭉했기 때문이다.

그녀는 장손무극의 손이 어떻게 생겼는지 속속들이 알고 있었다. 아무리 그림자뿐이라도 해도 진짜와 가짜를 구별하는 건 어렵지 않았다.

애초에 장손무극을 정말로 의심해 본 적도 없었다.

사람이 정치판에서 놀다 보면 정치적인 사고를 하게 될 수밖에 없는 법이었다. 장손무극의 입장에 서서 그가 나라의 이익을 앞에 두고 어떤 선택을 할지 가정해 본 것은 거의 반사적으로 나온 행동이었다.

그녀가 대완에서 황위에 오른 뒤로 장손무극은 기회가 있을 때마다 임금의 도리며 위정자로서의 의무를 넌지시 그녀에게 주입하곤 했다. 돌발 사태가 닥쳤을 때 일단 정치적으로 사고하는 능력을 키워 주기 위함이었다. 장손무극 덕분에 그녀는 대담하게 의심하고 신중하게 사실 관계를 확인하는 습관을 얻었다.

그러나 습관은 어디까지나 습관일 뿐, 장손무극이 실제로 그런 비정한 선택을 하리라 여기지는 않았다. 처음부터 했던 생각이지만, 연적에게도 안 한 짓을 아란주를 상대로 벌일 리가 있겠는가?

국익과 그녀 중 하나를 택해야 하는 상황에서 그의 1순위는 어쩌면 그녀가 아닐 수도 있었다. 하지만 그는 지금껏 균형을 유지하려 최대한 애써 왔고, 가급적 충돌 상황 자체를 만들지 않으려 노력했다.

그런 당신의 마음을 나는 알지만, 과연 당신도 내 마음을 알까?

연못가에서 가시 돋친 말을 했던 건 진짜로 그에게 화가 나서가 아니었다. 그녀는 그저, 장손무극의 삶이 더 충만하기를 바랐다. 그의 세계가 오로지 맹부요 하나로 가득 차는 것은 원치 않았다.

맹부요가 전부인 세계에서 살다가 어느 날 그녀가 훌쩍 떠나 버리면, 그때는 남은 세월을 무엇으로 버틴단 말인가?

한 인간의 세상이 다채로움을 잃고 무언가 딱 한 가지에 점령당하는 것은 무서운 일이었다. 그녀는 장손무극을 그런 악몽에 빠뜨리고 싶지 않았다.

악몽은…… 차라리 자신이 꿀지언정!

고난의 도망 길

맹부요는 혼란 속에서 줄기차게 내달렸다. 드문드문 떠오르던 생각들도 시간이 지나면서 아득하게 멀어지기 시작했다. 나중에는 순간적인 상념이 뇌리를 스치는 일마저 거의 없어졌다.

그녀는 방향을 분간하지 못하고 이리저리 엉뚱한 쪽으로 무작정 달리고 있었다. 그러다가 결국에는 방향만 잃은 게 아니라 며칠이 흘렀는지, 얼마나 오래 달렸는지, 시간 감각마저도 잃어버렸다.

초반에는 어딘지 모를 산으로 접어든 것 같았다. 그녀는 그곳에서 며칠간 상처를 치료했다.

그런데 상처가 다 낫기도 전의 어느 밤, 사람들이 시끌시끌하게 떠드는 소리가 들려왔다. 문득 불안해진 그녀는 벌떡 일어나 그길로 산을 벗어났다.

그녀는 발강 왕성에서 도망쳐 나올 때부터 무일푼이었다. 하여, 달리다가 과일이나 채소 냄새가 나면 냅다 밭으로 뛰어들어 수박도 따고 옥수수도 꺾었다.

수박은 밭고랑을 쭉 내달리면서 통통통 때리다 보면 좋은 놈을 고를 수 있었다. 옥수수는 특히 욕심이 나는 작물이었다. 그녀는 한번 손을 댔다 하면 무슨 곰이 밭을 습격하듯 양 옆구리 가득 옥수수를 챙겼다.

그래도 꺾어 가는 옥수수는 얼마 안 되면서 온 밭을 다 망쳐 놓는 곰과 다른 점이 있긴 했다. 그녀는 딱 한 고랑만 살뜰하게 훑었으니까.

하루는 덜 여문 옥수수가 걸렸는지 와그작 깨물자마자 하얗고 떫은 즙이 입가를 따라 흘러내렸다. 어딘지 익숙한 느낌을 주는 맛이었다.

달리다가 멈춘 그녀는 옥수수를 들고 멍하니 하늘을 올려다봤다. 뭐라도 떠올려 보고 싶었지만, 생각나는 게 없었다.

한참 애를 써 봐도 안 되자 그녀는 환약을 꺼내서 삼켰다. 딱 한 알만. 이제 남은 양이 얼마 없어서 아껴 먹어야 했다.

약을 먹고 나서 다시 머리를 굴리다 보니 아주 오래전에 누군가 해 줬던 말이 어렴풋이 기억났다.

'세상 사람들은 저마다 집념에 사로잡혀 목표한 바를 손에 넣고자 앞만 보고 달려가지만, 사실 그것은 생각보다 가까이에 있다오.'

옳은 말일세!

맹부요는 경탄을 금치 못하다가, 옥수수를 마저 씹어 먹고 나서는 방금 무슨 생각을 했었는지 홀딱 잊어버렸다.

옥수수가 슬슬 질리고부터는 고기 맛이 그리워지는지라, 산을 넘을 때마다 산짐승을 사냥하기 시작했다.

그녀가 나타나면 온 산의 야수들이 혼비백산 줄행랑을 쳤지만, 가끔은 그녀 쪽이 줄행랑을 칠 때도 있었다. 때때로 사냥 도중에 급작스럽게 도지는 두통 탓이었다. 그녀가 궁둥이를 붙잡고 내빼면 멧돼지며 늑대들이 득달같이 뒤를 쫓아왔다.

한 번은 꽤 위험했던 적도 있었다. 바로 산짐승들에게 쫓기다가 절벽에서 떨어졌을 때였다.

낭떠러지 중간 나뭇가지에 걸려 한잠 늘어지게 자고 일어난 그녀는 눈을 뜨자마자 두통이 깨끗이 사라졌음을 깨달았다. 누군가의 목소리가 들려왔다.

"푹 잤소?"

푹 잤다마다!

그녀가 상쾌하게 기지개를 켜는데, 목소리가 또 들렸다.

"어찌 이리 여윈 것이오?"

그러게!

얼굴을 더듬어 보니 마르긴 마른 것 같았다. 큰 불만을 느낀 그녀는 한달음에 절벽 꼭대기로 올라갔다. 그런 다음, 그녀를 해치울 생각으로 그 자리를 지키고 있던 멧돼지를 잡아서 혼자 뒷다리 하나를 통째로 발라 먹었다.

산짐승 고기를 먹을 만큼 먹고 나자 이번에는 기름 맛 나는 볶음 요리 생각이 간절해졌다.

도시를 지나는 길에 코를 킁킁거리던 그녀는 음식 냄새가 제일 먹음직스럽게 나는 집으로 무작정 쳐들어갔다. 떡하니 식탁 앞에 앉아 음식을 비우고 입을 쓱 문질러 닦은 다음, 남의 집 대청 아래 돌바닥에 '쾅' 하고 손바닥 자국을 찍었다. 음식값은 나중에 와서 치르겠다는 뜻이었다.

나중에 돈을 어떻게 마련할지는 구체적으로 고민해 보지 않았다. 본인의 총명함으로 볼 때 언젠가는 해결이 되지 않겠느냐는 게 그녀의 생각이었다.

돈 문제만이 아니라 앞으로 어디로 향해야 할지도 오리무중이었다. 마음속에 두 가지 의견이 있는 것 같긴 한데, 그 두 가지는 서로 정반대를 가리키고 있었다.

어휴, 뭐가 이렇게 복잡하냐! 일단 움직이자!

출발!

걸으면 걸을수록 주변이 탁 트이는 느낌이고, 인적은 점점 줄어들었다. 공기가 갈수록 습해지면서 바람이 세졌다. 바람 속에 비릿하고도 짭조름한 내음이 뚜렷이 섞여들기 시작했다.

맹부요는 하늘을 향해 고개를 들고서 그 촉촉하게 반짝이는 바람을 한껏 들이마셨다. 햇빛은 그 어느 때보다도 포근했고, 공기는 다른 어디보다도 상쾌했다.

바람결 사이로 누군가 속삭이는 소리가 들렸다.

"부요, 우리는 언제쯤에나 같은 방향을 바라볼 수 있겠소?"

부요.

안을 부에 옥돌 요? 아, 그게 내 이름인가?

맹부요의 미간에 주름이 잡혔다. 영 마음에 안 드는 이름이었다.

과하게 여성스러워!

이때 누군가 곁을 지나치는 기척이 느껴졌다. 이 주변은 전부 바쁜 사람들뿐인 것 같았다. 그녀 혼자만 멍하니 한자리에 서서 파도가 밀려오는 소리에 귀를 기울이고 있었다.

바다.

그녀는 바다에 있었다.

비릿하고, 짭조름하고, 따스한 기운. 그 모두가 바다의 존재 때문이었던 것이다.

"부풍에는 악해라는 내해가 있고 그 악해 북쪽이 바로 절역해구야."

누군가 그녀의 귓가에 또렷하게 말했다.

"절역 해구는 악해 나찰도 북쪽에 있는데, 궁창 안쪽까지 이어져 있다고 해."

궁창. 귀에 익은 이름이었다.

그래, 궁창에 가려고 했었지!

누구를 만나러 가는 길이었더라? 누구더라? 누구였지?

그녀는 환약 한 알을 꺼내 볶은 누에콩 먹듯이 날름 주워 먹었다. 그런 다음 머릿속을 더듬어 봤다. 한참이 지나도록 성과가 없는 게, 아무래도 엉뚱한 약을 먹은 것 같았다.

그녀는 다시 주머니를 뒤져 다른 약을 입에 넣었다. 이번에는 생각나는 게 있었다.

장손무극.

달랑 네 글자가 떠오른 것뿐이었지만, 그녀는 눈치 빠르게 두 가지 단서를 이어 붙여 결론을 도출해 냈다.

궁창에 가서 장손무극을 찾으라.

좋았어!

드디어 결론을 얻었다. 그것도 목표가 아주 뚜렷한 결론을.

기분이 좋아진 맹부요가 씩 웃자 곁을 지나던 사람들이 깜짝 놀라 그녀를 훑어봤다.

주변인들의 눈에 비친 그녀는 허름한 행색에 불그스름한 눈을 한 거지였다. 그런 거지가 한창 분주한 해안가에 멍청히 서서 하늘을 보며 환하게 웃고 있었다.

시원스럽고, 해맑으며, 고귀하고, 상쾌한 웃음.

바닷가 푸른 하늘과 그 아래 흩날리는 바람과도 같이, 거지의 웃음에는 아련한 동경심을 불러일으키는 무언가가 있었다. 남루한 차림에 몸도 성치 않아 보이는 비렁뱅이한테서 저런 웃음이 나올 수 있다니, 괴이한 일이 아닐 수 없었다.

그 모습에 공연히 배알이 뒤틀린 놈 하나가 성큼성큼 걸어와 거지를 밀쳤다.

"길바닥에 박힌 돌부리도 아니고, 걸리적거리게! 꺼져!"

그러나 거지는 꿈쩍도 하지 않았다. 바람만 불어도 날려 갈 것처럼 비쩍 마른 주제에, 분명히 있는 힘껏 밀쳤는데도 미동조차 없는 것이었다.

거지가 고개를 비스듬히 틀더니 초점에 확연히 문제가 있어 보이는 붉은 눈으로 놈을 쓱 쳐다봤다.

본래 한바탕 욕지거리를 퍼부어 줄 작정이었던 놈은 그 눈빛 한 번에 목구멍이 콱 틀어막히고 말았다.

방금 무언가를 떠올리면서 미소 지을 때까지만 해도 온화하고 관용적이기 그지없던 눈빛이 한순간에 저리 살벌하게 변할 수 있다니. 예리한 칼날처럼 날아와 박힌 눈빛이 놈의 심장에 확확한 상흔을 새겨 넣었다.

평생 살면서 본 중에 최고로 날카로운 눈이었다. 지옥의 불길 속에서 천 번 만 번 벼리어진 것처럼, 암흑 한복판에서 붉고도 강렬하게 빛나는 눈.

저게 장님이 내뿜는 눈빛이라고 하면 누가 믿을까!

놈은 부둣가 불량자였고, 각지를 떠돌아다니며 온갖 종류의 인간 군상을 접해 본 덕에 사람 보는 눈 하나는 제대로였다. 하여, 거지의 눈빛에서 위험을 감지하고 허겁지겁 뒤로 물러섰으나, 때는 이미 늦어 버린 뒤였다.

거지가 심드렁하게 팔을 뻗어 그를 움켜잡더니 번쩍 들어 올려 이리저리 접고 꺾기 시작했다. 놈은 제 온몸의 뼈마디가 내지르는 비명을 생생히 들었다.

거지가 놈을 아무렇게나 공중으로 집어 던졌다.

첨벙!

통통한 몸뚱이가 공처럼 뭉친 채 열 장 밖까지 날아가 바닷물에 빠지는 소리였다. 그 소리에 부두에 있는 인원 전체가 화들짝 놀라 일손을 멈췄다.

본래 이 근방은 힘 좀 쓴다는 집단 여럿이 조각조각 구역을 갈라 관리하고 있었다. 맹부요의 행동을 경쟁 세력이 구역을 빼앗으러 와 행패를 부리는 것이라 해석한 불량배 두목이 고개를 홱 저어 신호를 보내자, 똘마니들이 그녀를 향해 우르르 몰려들었다.

일단 몰려오기는 했는데, 그들 중 누구도 선불리 덤벼들지는 못했다. 조금 전 맹부요가 보여 준 솜씨가 워낙 충격적이었기 때문이었다. 놈들은 그저 멀찍이서 맹부요를 에워싸고 주춤주춤 눈치만 봤다.

삐딱하게 말려 올라간 입꼬리 끝에 풀 한 가닥을 꼬나문 맹부요는 옷깃을 헤치고 여유롭게 바람을 맞고 있었다.

그러고 보니 뭔가가 유독 이렇게 바람 맞는 걸 좋아했던 것 같은데, 정확히 뭐였는지 기억이 나질 않았다. 그리고, 왜 '누군가'가 아니라 '뭔가'지?

한동안 머리를 굴린 맹부요가 결국 답을 찾는 걸 포기했을 때였다. 갑자기 두통이 몰려왔다. 두통은 매번 시간과 장소를 가리지 않고 눈치도 없이 들이닥치곤 했다.

소리를 꽥 지르면서 머리통을 부여잡은 맹부요는 지면을 박차고 내달리기 시작했다. 그러자 불량배들이 대번에 흥분했다.

이제 보니 빛 좋은 개살구였구나!

우르르 뒤쫓아온 놈들이 맹부요를 둘러쌌다. 주먹질과 발길질이 기왓장을 때리는 빗방울처럼 쏟아져 맹부요의 궁둥이에

'우지끈뚝딱' 꽂혔다.

무려 세 나라에서 봉작을 받은 바 있는 구소 대인 겸 대완의 황제가 남의 나라 바닷가에서 한낱 불량배들에게 쫓겨 꽁무니 빠지게 도망 다니는 신세라니.

그나마 다행인 점이라면 맹부요가 본인 신분을 까맣게 잊었고, 그 덕분에 전혀 부끄러운 줄을 모르고 있다는 것이었다.

원래 그녀의 눈은 어렴풋한 윤곽 정도는 구분할 수 있는 상태였으나, 두통으로 인해 시야가 더 흐려지면서 급기야는 아예 아무것도 분간할 수 없게 되어 버리고 말았다.

뭣도 뵈는 게 없는 상태에서 내달리던 그녀는 어느 순간 딱딱한 무언가를 정통으로 들이받았다. '쿵' 하는 소리가 나더니, 먼지가 풀풀 날려 그녀의 얼굴을 뒤덮었다. 눈앞에 금색 별들이 총총히 떠올라 빙글빙글 돌았다.

빙글빙글…….

'무려 세 나라에서 봉작을 받은 바 있는 구소 대인 겸 대완의 황제가 남의 나라 바닷가에서 한낱 불량배들에게 쫓겨 꽁무니 빠지게 도망 다니다가' 담벼락을 들이받고 까무러치는 순간이었다.

꽈당 나자빠지기 직전, 맹부요는 불량배들이 떼거리로 달려드는 소리를 들었다. 느닷없이 누군가 뛰어들어 제 몸으로 그녀를 덮었다. 다급한 외침이 들리는 것도 같았다.

"……한 번만 봐주세요, 저희 집 셋째인데 머리가 좀 모자라서……."

니미럴, 너나 모자라겠지!

여제 맹부요는 그렇게 생각하며, 암흑으로 빠져들었다.

다시 정신이 들었을 때, 맹부요의 주위에는 어둠이 내려 있었다. 아주 넓은 공간 한복판에 있는 느낌이었고, 몸 아래쪽에서 규칙적인 일렁임이 느껴졌다.

파도 소리.

아득히 멀고 광활한 수평선으로부터 달려온 파도가 맑고 깨끗하게 부서지는 소리가 들렸다.

그녀는 일어나 앉아서 파도 소리에 귀를 기울였다. 지금 자신이 있는 곳이 바다 위임을 알 수 있었다.

바닥에는 간단한 침구가 깔려 있고, 주변으로는 대충 뭉쳐 놓은 밧줄이며 층층이 쌓인 물통 등이 있었다. 배 안의 창고 비슷한 공간인 듯했다.

열려 있는 문을 통해 해풍이 요란하게 들이닥치는 가운데, 얼핏 발소리가 들리더니 누군가 물 한 사발을 내밀었다. 그녀 옆에 앉은 사람이 늘어지게 기지개를 한 번 켜고는 픽 웃으며 입을 열었다.

"형씨, 미안하게 됐어. 원래는 정신 차릴 때까지 기다렸다가 집에 데려다줬어야 했는데, 항구 두목 놈이 어시장 상납금을 내라고 하도 들들 볶아 대서 말이야. 여하튼, 거기 그냥 뒀다가는 또 언어터지게 생겼길래 바다로 데리고 나올 수밖에 없었어.”

꿀꺽꿀꺽 물을 마시고 난 인물이 이상하다는 투로 물었다.

“목 안 말라? 자다 일어나면 원래 다들 물부터 찾지 않나?”

“아.”

맹부요는 새삼 자신의 습관 하나를 깨달았다. 찬물을 곧장 들이켜는 법이 없다는 것.

왜일까?

이유를 곰곰이 더듬어 보는 와중에 문득 옆에 앉아 있는 소년의 투박한 쾌활함이 어딘지 낯설지 않다고 느꼈다. 과거에도 비슷한 성격을 가진 사람을 만나 본 적이 있는 것 같았다.

그렇다고 약을 먹어서 기억해 내기에는 너무 사소한 문제였다. 운이 따라 준다면 갑자기 생각나는 순간이 있으리라.

천천히 물을 한 모금씩 넘기는데, 멀지 않은 곳에서 누가 빤히 쳐다보는 눈길이 느껴졌다.

맹부요가 그쪽으로 홱 고개를 돌리자 상대가 얼른 눈을 돌렸다. 불그스름한 시야 안에 어색하게 꿈지럭거리는 검은색 그림자가 잡혔다.

뱃전에다 대고 담뱃대를 탁탁 터는 소리가 들려왔다. 옆의 소년이 그녀를 따라서 고개를 돌리더니 설명을 붙였다.

“아, 마씨 아저씨야. 우리 친척 아저씨인데, 이 배에서는 저분이 왕초야. 되게 좋은 분이시고.”

그러면서 곁으로 바짝 다가붙은 소년이 맹부요의 귓가에 속닥거렸다.

“원래 아저씨는 형씨를 배에 태우는 거 반대했어. 으음……. 그러니까 성질 건드리지 말고 고분고분히 굴어야 돼.”

맹부요의 입에서 피식 웃음이 샜다. 보아하니 기절하기 직전에 자기네 바보 동생이라며 그녀를 싸고돌던 게 바로 이 소년인 것 같았다.

소년은 그녀를 돕고 싶었을 테지만, 마씨 사내의 입장에서는 괜한 시비에 휘말리는 게 싫었을 것이다.

그녀가 배 안에서의 생존권을 얻기까지, 소년은 친척 아저씨에게 얼마나 사정사정을 했던 걸까. 그렇다고 맹부요가 마씨에게 악감정을 가질 성격은 아니었다.

“으응.”

맹부요는 아무렇게나 대답하고 질문을 던졌다.

“나 얼마나 잤어?”

“사흘!”

소년이 그녀의 어깨를 툭 쳤다.

“진짜 잘 자더라! 어떻게 바다 한복판까지 나오도록 안 일어나지?”

그러더니 옆자리에 누우면서 말했다.

“더 자 둬. 모래섬 근처까지 가려면 아직 시간이 걸리니까. 얼추 그쪽으로 뱅어 떼가 몰려들 철이 됐거든. 이번에 한 건 하면 앞으로 1년은 갑판에 배 까고 누워 일광욕이나 하면서 보낼 수 있을 거야.”

자세를 바꿔 큰대자로 벌렁 드러누운 소년이 중얼거렸다.

"그러려면 끼어드는 놈들이 없어야 할 텐데 말이야. 그쪽에는 상선들이 많이 오가는데, 가끔 상선도 그물을 내리곤 하거든. 그래도 해적이 안 다니는 동네라는 거 하나는 좋아……. 어라, 왜 안 자고?"

어이없다는 식으로 소년을 쳐다보며 맹부요가 물었다.

"그러는 너는 왜 여기서 자?"

"나야 당연히 여기서 자야지. 지금껏 내가 자던 데니까."

"이 배에서 제일 센 사람이 네 친척이라며. 그런데 널 창고에다 재운다고?"

조용히 입을 다물고 있던 소년이 잠시 후 그늘진 목소리로 대답했다.

"우리 아버지는 일찍 돌아가셨고……. 아저씨는 돌봐야 할 사람이 워낙 많고, 그래서……."

그러다가 금방 또 기운을 차리고 웃어 보였다.

"지금도 충분히 잘해 주시는걸! 아저씨 덕분에 배에서 돈 벌어서 어머니도 모시고 있고."

맹부요는 소년의 말에 일순 가슴이 찡해졌다. 누군가의 힘 있는 목소리가 귓가에 어렴풋이 맴도는 듯했다.

"어머니는 유리처럼 깨지기 쉬운 분이다. 무슨 일이 있어도 얼굴 한 번은 보여 드려야 해!"

바닷바람에 실려 노랫소리가 들려오는 듯도 했다.

"……막막한 벌판에 강줄기 아득한데, 나의 아이는 어디로 갔나, 알 길이 없네. 가없는 창산에 햇볕 쏟아지는데, 나의 아이는 언제 돌아오려나, 기약이 없네…….”

어머니……. 어머니…….

그래, 엄마를 찾아야 해!

그런데 어딜 가서 찾지?

보아하니 나머지는 다음에 기억이 돌아올 때를 기다려야 알 수 있을 것 같았다. 하지만 그때가 되면 오늘 떠오른 건 이미 까맣게 잊어버렸을 수도 있었다.

곰곰이 고민하다가 선실 벽면을 더듬어 본 그녀는 이내 판벽에 글자를 새겨 넣었다.

부요, 어머니, 장손무극.

오늘부터는 뭔가가 생각날 때마다 꼬박꼬박 적어 놓을 계획이었다. 총명이 둔필만 못하다는 말도 있지 않나.

옆자리 소년은 그새 곯아떨어져 코를 골고 있었다. 맹부요도 다시 바닥에 몸을 눕혔다.

흔들거리는 배의 움직임을 느끼며 팔을 베고 생각에 빠져 있자니 묘한 기시감이 들었다. 어느 지난날에도 바람 부는 수면 위에서 그녀 곁에 누워 나지막이 농을 걸던 사람이 있었지 싶었다.

'부요, 한배를 타려면 십 년의 인연을 쌓아야 하고, 한 베개를 베려면 백 년의 인연을 쌓아야 한다 했소…….'

음, 그런 소리를 잘도 지껄였던 걸 보면 풍류 넘치는 사랑꾼이었나 보다.

맹부요는 눈을 감자마자 세상모르고 잠들었다.

이리하여 마씨네 배에는 바보 아삼阿三이라는 선원 하나가 늘었다.

사실 선원이라고 부르기도 살짝 애매한 것이, 아삼은 뱃일이라고는 할 줄 아는 게 하나도 없었다. 게다가 눈도 반쯤은 멀다시피 해서 실질적으로는 그냥 무용지물에 가까웠다.

그런 바보 아삼이 유일하게 쓸모가 있는 순간은 무거운 그물을 건어 올릴 때였다. 힘이 워낙에 무지막지했으므로.

본래 뱃사람들은 쓸모없는 물건을 건사할 위인들이 아니지만, 그렇다고 산목숨을 바다 한복판에 내던질 수도 없는 노릇이었다.

바보 아삼은 뱃머리에 앉아 무릎을 껴안고서 바다 건너편을 아련히 바라보고 있을 때가 많았다. 한 번은 그런 아삼을 가지고 농지거리를 한 사람이 있었는데, 아삼이 불그스름한 눈으로 뒤를 돌아보자마자 그를 비롯한 선원들은 단체로 말문이 막히고 말았다.

눈에 거슬리기는 하는데 그렇다고 함부로 건드릴 수도 없는 대상.

선원들은 알게 모르게 아삼을 따돌리기 시작했다. 제일 안 좋은 구석 자리에 처박아 두고, 끼니는 잔반으로 때우게 하고, 날이 점점 추워지는데 이불도 챙겨 주지 않았다.

하지만 바보 아삼은 그 모든 횡포가 아무렇지도 않은 것처럼 보였다. 이불이 없으면 안 자면 그만이라고 생각하는 건지, 밤중에 소변을 보러 일어난 선원들은 가부좌를 틀고 있는 아삼을 발견하곤 했다. 대체 그러고 앉아서 뭘 하는지는 오리무중이었다.

바보 아삼을 구해 준 소년 소호小虎 역시 중간에 끼어서 피를 보고 있었다. 그러나 아무리 아삼 옆에서 잔반이나 먹는 한이 있어도, 소호는 다른 선원들이 아삼을 조롱할라치면 꼭 나서서 편을 들어 줬다.

어느 날인가는 맹부요가 뱃머리에서 바람을 쐬고 있는데, 발밑 선창에서 마 씨가 소호를 나무라는 소리가 들렸다.

"그 백치 놈하고 그만 좀 붙어 다녀라!"

그러자 소호가 항변했다.

"좋은 사람이에요!"

"사람이 좋고 말고의 문제가 아니야!"

세상 물정에 밝은 마 씨가 담뱃대를 탕탕 힘줘 털었다.

"뭐 하던 놈인지 알게 뭐냐. 너는 눈치 못 챘는지도 모르겠지만, 그놈은 우리 같은 평민이 아니야. 물 마시는 자세만 해도 우리랑은 딴판이란 말이다. 무서운 자들한테 쫓기는 대갓집 자제라든가, 아니면 조금 더 보태서 권력 투쟁에서 밀려난 관원이기라도 해 봐라. 우리가 그 뒷감당을 무슨 수로 해!"

"대갓집 자제에, 관원이요?"

소호가 웃어 버렸다.

"아저씨, 대갓집 자제는 몰라도 관원은 웃기잖아요. 몇 살이나 먹었다고 벌써 벼슬을 해요?"

"네가 뭘 알아!"

마 씨가 타박을 줬다.

"머리에 피도 안 마른 네 녀석이야 보고 들은 게 없어서 그러지, 나이가 무슨 상관이라고! 대완 여제 이야기 모르냐? 그쪽은 열아홉에 황제가 됐어!"

"알았다고요, 알았어."

소호가 불퉁하게 중얼거렸다.

"나 참, 여기서 대완 여제가 왜 나와. 바보 아삼이 대완 여제일 리가 있냐고……."

"비유도 못 하냐? 멍청한 놈 같으니!"

마 씨가 담뱃대를 아까보다 더 신경질적으로 두들겼다.

멀찍이서 둘의 대화를 듣고 있던 맹부요는 고개를 들어 피식 웃었다.

대완 여제? 귀에 익은 느낌인데, 아는 사람인가? 설마 그게 나는 아니겠지?

맹부요는 본인 몰골을 위아래로 점검해 봤다. 생선 비린내 풀풀 나는 손도 그렇고, 너덜너덜한 바짓단도 그렇고, 결론적으로 본인은 아무리 용포를 뒤집어쓴들 황제처럼 보일 재목이 아니었다.

그녀는 돛대 위로 올라가서 눈을 감고 해풍에 몸을 맡겼다. 눈이 반쯤 멀어 버린 이후로 청력을 비롯한 나머지 오감은 나날이 예민해지고 있었다.

게다가 정신적 고문을 견디는 과정에서 얼떨결에 중요한 관문 하나를 넘은 느낌이었다. 새로이 얻은 성취가 세상에 그 존재감을 드러낼 날이 조만간 도래하리라는 감이 왔다.

순간적으로 흐릿하게 떠오르는 기억이 있었다.

자신이 연마하는 무공의 최고 경지를 찍으려면 아주 중대한 관문을 넘어야 하는데, 일반적인 수련으로 될 일이 아니라 죽음의 문턱까지 갔다가 되돌아오는 극한의 경험이 필요하다는 사실이었다.

혹시 이번에 바로 그 최후의 관문을 넘은 건 아닐까?

그 무공의 이름이 무엇이고, 최고 경지란 또 무슨 말인지는 금방 또 기억이 나질 않았다.

그날 밤, 선상 창고로 돌아간 맹부요는 혈도를 짚어 소호를 기절시킨 후 진력을 이용해 경맥을 타통해 줬다. 그러자 언젠가 오래전에 자신에게 똑같은 일을 해 줬던 사람이 있는 것 같다는 생각이 들었다.

"부요, 그대가 강해지는 것이 내가 강한 것보다 중요하오."

누구 목소리지?

나직하고도 고아한 음성이 이 밤의 바닷바람처럼 그윽하게 흘러와 그녀를 휘감고 놓아주지 않았다.

맹부요는 다시 높다란 돛대 꼭대기에 올랐다. 눈길을 멀찍이 던져 봤지만, 사실 그녀는 정확히 어디를 봐야 할지 몰랐다. 무언가 중요한 것을 잃어버리고도 그게 무엇인지 모르는 지금 상황과 마찬가지로.

얼마나 중요한 것이기에 항상 가슴 한구석이 텅 빈 느낌일까. 가슴에 뚫린 구멍으로 소금기 묻은 바닷바람이 지나가노라면 불에 덴 듯 홧홧한 통증이 일었다.

그 통증 속에서, 그녀는 문득 외로움에 휩싸였다. 흡사 파도가 들고 나듯, 끊임없이 밀려오는 외로움이 고요한 밤중 홀로 상심한 이의 가슴을 때리니, 마음 가득 쓰라림이 차올랐다.

어렴풋이 그의 목소리가 들려왔다.

"부요, 용감한 이는 울기를 두려워하지 않소."

그래, 용감한 사람은 울기를 두려워하지 않아.

맹부요는 바람이 불어오는 쪽을 향해 돌아서서 조용히 돛대 위에 앉았다.

밤이 깊었다. 끝없는 어둠에 잠긴 망망대해 위에서, 배 한 척이 저 멀리 커다란 달을 향해 달려가고 있었다.

돛대 꼭대기에 홀로 앉아 있는 그림자가 창백한 달 안에 새겨지고, 달빛이 그녀의 뺨을 온통 적신 연홍색 눈물을 비췄다.

며칠이나 더 항해가 이어졌을까, 어느 날 문득 선원들이 일제히 내지르는 환호성이 들려왔다.

모래섬에 도착한 것이었다.

그 환호성을 배경으로, 맹부요는 수면 아래에서 물고기들이 밀치락달치락 떼를 지어 헤엄치는 소리를 들었다.

점차 거칠어지는 파도 소리, 은빛 그물이 던져졌다가 묵직한 수확의 기쁨을 싣고 끌어 올려지는 소리, 들뜬 웃음이 탁 트인 수면 위 반짝이는 햇살 속으로 번져 나가는 소리 역시도 들었다.

그녀는 심지어 짙푸른 해수면 밑에서 물고기 떼가 진홍색 산호와 청록색 해초 사이를 돌아다니며 영롱한 물거품을 보글보글 피워 올리는 소리까지도 들을 수 있었다.

물고기들의 빛깔은 아마도 붉은색 아니면 은색일 것이요, 푸르고 투명한 세상에서 일곱 색깔 무지갯빛을 반사하고 있으리라…….

돌연 그녀의 귀가 쫑긋 섰다. 멀리서 괴이한 소리가 감지된 까닭이었다.

아니, 더 이상 멀지 않았다. 점점 가까워지고 있었다. 세찬 바람 소리로 미루어 볼 때 거대한 선박이 섬 뒤편에서부터 이쪽의 눈을 피해 접근해 오고 있는 것 같았다.

소호가 커다란 물고기 한 마리를 안고 신나게 달려오더니 갓 잡은 생선 냄새가 얼마나 신선한지 맡아 보라며 내밀었다. 소년의 팔을 덥석 잡아챈 맹부요가 물었다.

"근처에 다른 배가 더 있어?"

"배?"

난데없는 질문에 당황한 소호가 손으로 차양을 만들고 주변을 둘러봤다.

"상선이 하나 있어. 엄청나게 큰. 그리고……, 그리고……, 그리고……."

갑자기 말을 더듬기 시작한 소호는 마지막 한 마디를 도통 완성하지 못했다. 물론 굳이 완성할 필요도 없긴 했지만, 마침 저 멀리서 처절한 비명 소리, 살려 달라는 외침, 화살이 사람 몸뚱이를 꿰뚫는 소리, 공중에 흩뿌려진 핏방울이 선창을 때리는 소리가 날아들었기 때문이었다.

그 모든 소리가 맹부요의 극도로 예민해진 고막을 관통한 후 그녀가 속한 중형 어선 위의 다른 선원들에게까지 전해졌다. 만선의 기쁨이 삽시간에 사그라지고, 거대한 공황이 대신 그 자리를 차지했다.

"금상어 해적단이다!"

"금상어 해적단이 나타났어!"

"이쪽은 출몰 지역이 아닐 텐데?"

"상선에 있던 사람들을 몰살하고 우리 쪽으로 오고 있어!"

선원들이 우당탕탕 뛰어다니기 시작했다.

하지만 망망대해 한복판에서 뛰어 봤자 어디로 뛰겠는가?

개중 하나가 모래섬까지 헤엄쳐 갈 작정으로 바다에 뛰어들었다. 그러나 '첨벙' 소리가 나자마자 곧장 끔찍한 비명이 이어졌다.

그 비명을 신호탄으로 뱃머리 옆쪽에서 바람이 찢기는 소리가 들려왔다. 굵직한 장창과 날카로운 화살이 쏘아져 오는 소리였다.

허공을 가르고 순식간에 쇄도해 온 무기들이 탈출로를 찾던 선원들의 몸을 퍽퍽 관통해 처참한 혈화를 피워 냈다. 조금 전까지만 해도 신나게 웃고 떠드는 소리로 가득하던 해역이 금세 짙은 피비린내로 뒤덮였다.

맹부요 곁의 소호는 내내 한 발짝도 움직이지 않고 있었다. 아마 충격으로 얼어붙은 듯했다.

맹부요가 툭툭 치자 그제야 퍼뜩 정신이 돌아온 소호가 그녀를 필사적으로 붙들고 선실 쪽으로 뒷걸음질 쳤다.

"아삼, 아삼! 배 뒤쪽으로 뛰어내려! 아무도 안 볼 때 얼른!"

"그럼 너는?"

"난……, 금방 따라갈게……."

어딘지 어색한 말투로 답한 소년이 온 힘을 다해 맹부요의 등을 떠밀었다.

"아삼, 미안해. 설마 금상어 해적단이 여기 나타날 줄은 몰랐어. 괜히 데려오는 게 아니었는데. 얼른 뛰어내려서 선미 쪽에 붙어 있어. 저놈들은 돈 될 만한 물건을 다 털고 나면 알아서 떠날 거야."

맹부요가 소년을 향해 돌아섰다.

이 녀석, 마씨 아저씨를 구하러 갈 생각이겠지?

그녀가 막 입을 열려는데, 맹렬한 바람 한 줄기가 들이닥쳤다. 소호를 붙잡고 고개를 기울여 바람을 피하기 무섭게 커다란 화살이 그녀 바로 옆쪽 갑판에 '퍽' 하고 박혔다. 나무 부스러기가 튀어 올랐다.

맞은편에서 누군가 걸걸한 목소리로 고함을 터뜨렸다.

"싹 다 잡아 죽여!"

바이킹 해적단

발강 천정 18년 9월.

맹부요가 치명적인 부상에 실명까지 겹친 채로 도망치다가 우연찮게 당도한 악해에서 해적을 맞닥뜨린 바로 그때, 부풍 내륙 역시 비상시국을 맞이했다. 소당 왕성 함락을 코앞에 둔 상황에 탑이족이 돌연 대규모 병력을 파견해 소당족과 손을 잡고 발강군을 상대로 협공을 펼친 것이었다.

발강군의 위기는 최전방에만 국한된 것이 아니었다. 같은 시기에 후방 지휘 체계에까지 문제가 생겼다. 핵심 지휘부가 알 수 없는 이유로 난장판이 되면서, 위급 상황을 알리는 급보가 겨울날 눈발 흩날리듯 왕성으로 날아갔다. 그러나 발강 조정은 예전처럼 절묘한 대책을 내놓지 못했다.

소당족 영역으로 파견된 발강군은 가혹한 외부 환경을 못

이기고 분열 조짐을 보였다. 발강군의 주력 장수들이 출신을 알 수 없는 소칠과 철성을 견제하기 시작하면서, 두 사람은 힘겨운 싸움에 내몰렸다.

전장에서 잔뼈가 굵은 데다가 자존심 세고 대담한 성정을 타고난 소칠은 거기에 굴하지 않았다. 분노한 그는 앞뒤가 하나도 안 맞는 발강 조정의 지령을 찢어발기고, 본인을 믿고 따르는 일부 병력만을 차출해 본진을 이탈했다. 그런 다음 소규모 분대 여럿으로 갈라져 산악 지대를 누비고 다니면서 소당과 탑이족 군대를 상대로 유격전을 벌이기 시작했다.

소칠은 전북야의 명령을 기다렸지만, 시일이 한참 지나도록 전북야에게서는 소식이 없었다. 앞으로 과연 무엇을 해야 할지 막막하고 의문스러운 상황에서, 소칠은 일단 전북야가 맨 처음 내렸던 지령을 충성스럽게 이행해 나갔다.

사실 전북야와 운흔은 전황이 급격히 악화되기에 앞서 이미 대풍성을 떠난 뒤였다. 실종된 누군가의 행방을 찾기 위하여.

예측 불허의 변란에 삼켜진 부풍의 대지 위로, 세 부족의 존망을 결정할 폭풍이 불어오고 있었다.

그리고 무극국에서는 황제가 승하하고 태자가 제위를 넘겨받았다.

"싹 다 잡아 죽여!"

걸걸한 호령 소리가 바다 위에 메아리쳤다.

사방에 피비린내가 진동하고, 수면에는 피거품이 한 꺼풀 덮였다가 밀려온 파도에 씻겨 나갔다.

첨벙, 첨벙.

묵직한 물소리가 연달아 들려왔다. 시체를 바다에 던지는 소리였다.

무공을 할 줄 아는 선원 몇몇이 이대로 개죽음을 당할 수는 없다는 생각에 칼을 빼 들고 튀어 나갔다.

바로 그때, 해적선 위에 웬 비단옷 차림의 남자가 등장했다. 지극히 우아하게 공중으로 날아오른 남자가 팔을 휘두르자 희미한 푸른색 연기가 피어 올랐다. 선원들이 비명을 지르며 쓰러졌다.

해적들이 뱃전을 치면서 환호성을 올리고 껄껄거렸다.

"저 멍청한 놈들 좀 보게! 제 무덤을 파는군! 우리 금상어 해적단의 수호신 진 공자를 모른단 말인가?"

"주제도 안 되는 것들이 까불고 있어!"

"기겁하게 해 주랴? 저분이 바로 십대 강자의 제자시다!"

"죽고 싶은 놈들은 얼른 덤벼!"

쿠웅!

강한 충격과 함께 고깃배가 일순간 한쪽으로 기울어졌다. 해적선이 이쪽 배를 다짜고짜 들이받은 것이었다.

선체에 구멍이 뚫리면서 바닷물이 콸콸 쏟아져 들어왔다. 조만간 배가 가라앉을 것 같았다.

그 와중에도 혹여나 맹부요가 화살에 맞을까, 앞을 가로막고 있는 소호가 울 것 같은 목소리로 말했다.

"엄청난 고수가 해적들을 돕고 있어, 우리는 상대가 안 돼. 빨리 뛰어내려! 뛰라니까……."

"기를 모아서 위로 올려!"

맹부요가 터뜨린 우렁찬 외침에 소호가 움찔 굳었다.

"혀를 입천장에 붙여서 기를 독맥으로부터 임맥으로 끌어오고, 십이중루에서 다시 단중혈까지 밀어 내려!"

맹부요의 손바닥이 소호를 강하게 후려쳤다.

"발바닥, 손바닥, 정수리를 하늘로 두고 단전을 열어! 하압!"

소호는 타격감이 작렬하는 동시에 몸이 갑자기 가벼워지는 것을 느꼈다. 아랫배에서부터 무언지 모를 뜨거운 기운이 솟구쳤다.

곧이어 곁에 있던 아삼이 앞쪽으로 미끄러져 나가면서 쩌렁쩌렁하게 내지르는 소리가 들렸다.

"사나이가 어찌 죽음을 두려워하리, 네가 해야 할 일을 해!"

사나이가 어찌 죽음을 두려워하리!

소호의 가슴이 뜨거워졌다.

그는 어디선가 날아와 옆쪽에 꽂혀 있던 칼을 냅다 뽑아 들었다. 이어서 해적선을 향해 달려가려다 그만 흠칫 굳어 버리고 말았다.

갑판 위를 정신없이 뛰어다니던 나머지 선원들도 다 같이 돌이 되어 버렸다. 남의 목숨을 손바닥에 놓고 쥐락펴락하는 쾌

감을 만끽하며 박장대소하던 해적들 역시 얼빠진 얼굴이 됐다.

모두의 고개가 위로 쳐들린 가운데, 남루한 옷차림의 소년이 직선으로 몸을 날려 마치 한 줄기 북극광처럼 공중을 가로질렀다. 말로 형용할 수도, 맨눈으로 포착할 수도 없는 속도였다. 소년이 아래로 내려선 뒤에도 사람들의 동공 안에는 허공에 그려진 잔영이 그대로 있었을 정도였다.

사람들은 일순 명멸하는 별빛, 스쳐 가는 노을, 지진이나 해일 직전 하늘가에 출현한 이채를 목격했다고 느꼈다. 그것은 그 자리에 있는 어느 누구도 본 적이 없을뿐더러 앞으로도 상상조차 못 할 무공이었다.

소호의 턱이 아래로 툭 떨어졌다.

무공의 '무' 자도 모르는 불량배한테도 얻어맞고 다니던 바보 아삼이 갑자기 신이 되다니? 저 정도 경공이면 해적단의 수호신도 못 따라가지 않을까?

선원들의 입도 헤벌어졌다. 그들은 눈 깜짝할 사이에 생판 딴사람이 된 바보 아삼을 보며 완전히 넋이 빠져 있었다.

저게 정말 매일같이 창고에서 자고, 잔반이나 얻어먹고, 틈만 나면 모두에게 조롱당하던 그 거지라고? 이거 설마 꿈인가?

해적들은 그저 멍청히 위만 쳐다보고 있었다.

햇빛을 받으며 날아내리는 소년의 몸에 아름다운 금색 광채가 덧씌워졌다. 긴 머리카락을 휘날리는 그 자태는 흡사 봉황을 보는 듯했고, 불그스름한 눈빛에서는 도저히 이 세상 사람 같지 않은 냉혹함과 날카로움이 풍겨 나왔다.

바닷바람이 거셌다. 그 바람을 뚫고 소맷자락을 떨치며 번개처럼, 구름처럼, 비처럼, 천둥처럼 날아온 소녀이 해적선 돛대 위에 내려섰다. 흉물스러운 금상어가 그려진, 질긴 돛이 소녀의 발길질 한 번에 '빵' 하고 찢기면서 아래로 추락했다.

그걸 본 해적들이 악다구니를 썼다. 돛에 그려진 상어는 그들의 정체성을 상징하는 문양이었다.

해적들은 방금 맹부요가 저지른 짓을 씻을 수 없는 치욕으로 받아들였다. 당장 한 놈이 칼을 휘두르며 덤벼들었다. 칼질이 퍽 현란한 것이, 자세 하나는 나름 그럴싸해 보였다.

맹부요는 상대를 깨끗이 무시하고, 느긋하게 뒷짐을 진 채 수직 돛대를 평지처럼 밟으며 아래로 내려왔다. 눈길을 줄곧 아득한 북쪽 하늘에 두고 있던 그녀가 이내 탄식 같은 소리를 내뱉었다.

"역시 높은 곳은 춥구나, 추워……."

콰드득!

무섭게 쇄도해 온 강철 칼이 그녀의 발에 짓밟혀 박살 났다. 다리를 살짝 들고, 비스듬히 꺾어, 칼날을 내리밟기까지. 먹구름 뒤편에서 번개가 한 번 번쩍하듯 순식간에 일어난 일이었다. 그녀에게 덤벼든 해적은 줄곧 자기 손에 있던 칼이 대체 어느 틈에 상대의 발밑에 깔린 건지 이해를 못 하고 있었다.

해적이 보는 앞에서 칼날이 조각조각 잘게 부서져 나갔다. 칼끝에서부터 시작된 파열이 칼자루를 쥐고 있는 손으로까지 빠르게 번졌다.

얼마 안 가 해적은 제 육중한 몸뚱이가 산산이 부서져 달빛처럼 반짝이는 칼날 조각들과 함께 빙글빙글 돌며 붕 떠올라 내팽개쳐지는 것을 느꼈다. 조금 전 펼쳤던 초식의 이름, '만천비설'을 그야말로 온몸을 던져 생생히 형상화하면서.

뒤쪽에서 소리를 지르며 몰려오던 무리 한복판에 그가 '우당탕' 내리꽂히자 해적들이 '꽥' 하고 뒤로 물러났다.

얼음꽃처럼 하얗게 반짝이는 칼날 조각들이 위쪽으로 솟구쳐 올라, 수면을 비추는 태양 아래를 빙빙 선회했다. 그러다가 일부는 남청색 창공으로 날아오르고, 일부는 짙푸른 해수면에 내려앉았다.

그 와중에도 배 위에는 피 한 방울 흘리는 사람이 없었다. 칼날 조각들의 모서리가 전부 뭉툭했기 때문이었다. 무딘 칼날은 혈도를 절묘하게 찍으면서 멍 자국을 남겼을 뿐, 살갗에 작은 생채기 하나 내지 않았다.

꼼짝 못 하고 굳어 버린 해적들의 경악에 찬 눈빛 속에서, 맹부요가 안타깝다는 양 탄식을 흘렸다.

"내가 피를 무서워해서."

"……."

홀연 누군가의 간곡한 음성이 바닷바람에 실려 오는 듯했다.

"부요, 용기에 기인한 분투라면 몰라도 분별없는 만용은 옳지 않소."

거, 누군지는 몰라도 여기 다친 사람 아무도 없다고! 나 잘했지? 잘했지……?

"진 공자! 만만치 않은 놈이 나타났소이다!"

뒤늦게야 상대의 무서움을 깨달은 금상어 해적단 두목이 외쳤다.

본래 오늘은 상선 하나만 털 작정으로 나왔다가 만선인 고깃배가 눈에 띄기에 한몫 더 잡아 볼까 했던 것인데, 웬 거지꼴을 한 무공 고수가 타고 있었을 줄이야.

일진 한번 더럽다 싶기는 했지만, 그렇다고 크게 걱정이 되는 건 아니었다. 금상어 해적단에게는 진 공자가 있으니까!

골치 아픈 상황이야 언제든 닥칠 수 있는 거고, 그럴 때마다 진 공자가 나서서 깔끔하게 해결해 주지 않았던가.

"저놈을 처리해 주시오!"

맹부요를 가리키며 분하다는 듯 소리친 두목이 한껏 기대에 부푼 눈으로 진 공자를 쳐다봤다. 여태껏 해적단이 위기에 처할 때마다 신의 가호와도 같은 도움을 줬듯이, 얼른 저 건방진 애송이 놈을 붙잡아다가 자기들 발밑에 던져 주기를 바라며. 반미치광이 놈이 발밑에서 신음하며 살려 달라고 비는 꼴을 상상하니 입꼬리가 절로 비틀려 올라갔다.

그러나 청동 가면으로 얼굴을 감춘 진 공자는 검에 손을 올리고도 뽑기를 주저하고 있었다.

해적 두목이 그런 진 공자를 채근했다.

"빨리 좀 처리해 달라니까! 저 방자한 놈 버릇을 고쳐 달란 말이오!"

이때 고개를 든 맹부요가 불그스름한 눈으로 두 사내 쪽을 쳐다보며 피식했다.

"호오? 수호신이랬나? 이름 참 듣기 좋네. 거, 뭐, 십대 강자의 제자라고? 십대 강자 누구?"

그러자 해적 두목이 의기양양한 표정으로 코웃음을 쳤다.

"너 따위가 그건 알아서 무엇 하려고?"

맹부요가 고개를 끄덕이며 동감한다는 투로 말했다.

"그러게, 귀찮게 뭘 캐묻고 앉았나."

그녀가 다리를 휙 들자, 석 장 거리에 바짝 긴장한 채 서 있는 해적 졸개 놈의 손에서 칼이 빠져나오더니, 즉시 방향을 틀어 진 공자 쪽으로 쏘아져 갔다.

"얘기는 칼로 하지!"

쐐액!

흡사 보이지 않는 손에 붙들려 움직이는 듯, 칼이 빙그르르 회전하면서 맹렬한 돌풍을 일으켰다. 그대로 사방의 해적들을 모조리 때려 엎어뜨린 칼은 마치 바다를 가르듯 인파 한복판에 길을 만들며 과녁을 향해 돌진해 갔다.

이쯤 되자 진 공자도 어쩔 수 없이 앞으로 미끄러져 나왔다. 그가 장검을 내지르자 희미한 천둥소리와 함께 푸르스름한 검광이 일었다. 그러는 동시에 검 주변으로 연무가 퍼져 나가면서 공기를 부옇게 물들였다. 딱 보기에도 비장의 절기를 꺼낸 게 틀림없었다. 진 공자는 어느 때보다도 싸움에 신중을 기하는 모습이었다.

맹부요는 희미하게 들려오는 천둥소리에서 기시감을 느꼈

다. 하지만 일순간 뇌리를 스쳤을 뿐, 그 느낌은 더는 그녀의 주의를 끌지 못했다.

그녀가 시원하게 웃어 젖혔다. 안 그래도 한 단계 더 발전한 공법이 어느 정도 위력을 내는지 확인해 보고 싶은 참이었다.

손을 들어 허공을 슬며시 쥐는 시늉을 하자 공기가 '파지짓' 하는 소리를 내더니, 하늘을 떠돌던 바람이 전부 그녀의 손아귀 안으로 모여들었다.

바람은 곧 투명한 금강저 형태를 이루었고, 그녀는 지면을 박차고 도약하면서 금강저를 휘두르다가 무시무시한 힘을 실어 아래쪽을 내리찍었다.

쩡!

바람의 금강저가 서슬 퍼런 장검과 충돌했다.

사방으로 찬란하게 뻗쳐 나가던 검광이 급격히 뒤로 밀렸다. 진 공자의 몸 역시 강풍에 휩쓸린 깃발처럼, 본인 의사와는 무관하게 후퇴를 거듭하고 있었다. 신발 뒤축이 갑판과 마찰하면서 목재가 쩍 하고 깊고 길게 갈라졌다.

맹부요는 무게 중심을 앞에 두고 상체를 기울인 자세였고, 진 공자는 허리가 뒤로 꺾인 채 밀려나고 있었다. 그 자세 그대로 한참을 미끄러져 가던 두 사람은 '쾅' 하는 소리와 함께 진 공자의 등판이 뱃전에 처박힌 후에야 겨우 움직임을 멈췄다.

진 공자의 입에서 뿜어져 나온 선혈이 초겨울 햇살 속으로 옅게 흩뿌려졌다. 지켜보는 이들이 단체로 '히익' 하고 숨을 들이켰다.

맹부요는 그런 주변 반응을 전혀 감지하지 못하는 눈치였다. 자기 손에 가슴팍이 짓눌린 채 눈을 커다랗게 뜨고 있는 남자의 창백한 얼굴 또한 보지 못하는 것 같았다.

그녀가 한 박자 늦게, 생각에 빠진 목소리로 중얼거렸다.

"엥? 십대 강자? 십대 강자가 도대체 뭔데?"

대결에 흥미를 잃은 그녀가 손을 거둬들이는 김에 상대를 밀쳐 바닥에 넘어뜨렸다.

그녀가 돌아서서 걸음을 옮기기 시작하자 혈도를 찍혀 움직이지 못하는 해적들을 제외한 나머지들은 허겁지겁 내빼느라 정신이 없었다. 조금 전까지 그렇게 기고만장하던 놈들이 과연 맞나 싶은 모습이었다.

본인의 비빌 언덕이 일격에 나가떨어지는 광경을 보고 절망적인 표정을 짓고 있던 해적 두목이 없는 용기를 억지로 쥐어짜 칼을 휘둘렀다.

"덤벼! 덤벼라! 내가……, 내가 직접 상대해 주마……."

맹부요는 손가락 하나만으로 두목을 뻥 날려서 바닷물에 처박았다.

"이놈이고 저놈이고 해 먹는 강도질, 올해는 내가 하련다!"

갑판 위에서 햇볕을 받으며 찌뿌둥한 가슴을 몇 번 편 그녀가 이내 생각에 잠긴 얼굴이 됐다. 그리고 잠시 후, 일말의 거리낌도 없이 한마디를 내뱉었다.

"지금부터 이 배는 내 거다!"

주변에 있는 해적들은 충격으로 할 말을 잃었고, 이상한 분위기를 감지한 맹부요는 고개를 갸웃하면서 사뭇 상냥하게 웃어 보였다.

"왜, 나까지 끼면 너무 좁을 것 같아? 사실 나도 네놈들 때문에 좁을 것 같거든. 그래도 이 몸이 또 엄청 민주적인 사람이에요. 선택의 기회를 주지. 뛰어내려서 상어랑 춤 한판 추고 뜨뜻한 상어 배 속으로 들어가든가, 아니면 배에 남아서 나랑 같이 일해. 먹고 살게는 해 줄 테니까."

서로서로 눈치를 살피던 해적들이 얼마 안 가 일제히 무릎을 꿇었다.

바다에서 약탈로 생계를 유지하는 건 고위험 직업군에 속했다. 오늘이야 내가 남의 가슴팍에 칼침을 놨어도, 내일은 내 가슴팍에 칼침을 맞을 수 있는 게 바로 이 일이었다.

그들이 왜 있는 정성 없는 정성 다 바쳐 가며 십대 강자의 제자를 모시고 다녔겠는가?

"두목님을 뵙습니다!"

맹부요가 호탕하게 웃어 젖혔다. 인생 참 빌어먹게도 신기하다 싶었다. 어느 날 갑자기 해적 두목이 될 줄이야.

이거 닉네임이라도 하나 지어야 하는 거 아닌가?

뭐라고 하지? 뭐라고 할까나……. 잭 스패로우?

"다들 이쪽으로 넘어와."

그녀가 맞은편 고깃배 위의 선원들을 향해 손을 흔들었다.

선원들은 바보 아삼의 대변신을 아직 받아들이지 못한 채, 침몰 직전인 배에 아슬아슬하게 매달려 있었다. 맹부요가 손짓을 계속 보내는데도 다들 초라한 표정으로 충격에 빠져 있을 뿐, 감히 건너올 엄두를 못 냈다. 줄곧 구박만 받다가 돌연 신으로 거듭난 바보 아삼이 자기들을 한 방에 쳐 죽일까 봐 무서워서였다.

대치가 이어지길 잠시, 살짝 얼이 빠진 소호가 제일 먼저 마 씨 아저씨를 끌고 뱃전으로 나와 눈치를 살폈다. 그러더니 두 선박 사이에 걸쳐 놓은 디딤판 위로 조심조심 올라섰다.

바로 그때였다. 소호를 지켜보다가 씩 웃은 맹부요가 기습적으로 옷소매를 떨치자 디딤판이 우지끈 부러졌다.

소호와 마 씨가 동시에 비명을 내질렀다. 두 사람이 허우적대면서 밑으로 추락하기 직전, 뱃전에 한 발을 올린 맹부요가 소리쳤다.

"날아!"

소호가 날아올랐다. 기겁해서 일단 마씨 아저씨부터 죽자사자 붙드는 와중에 맹부요의 외침이 귀에 꽂혔고, 그 순간 앞서 배운 구결이 떠올랐던 것이다.

구결대로 기를 끌어올리자 홀연 몸이 깃털처럼 가벼워지더니 아저씨를 붙든 채로 붕 떠올라 해적선에 사뿐히 착지하질 않았겠는가.

소호는 얼떨떨하니 자기 손발을 내려다봤다. 달라진 점은 없었다. 그렇다고 등에 날개가 돋은 것도 아니고.

맞은편에서 환하고도 고귀하게 웃고 있는 소년에게로 눈길을 돌린 소호는 울컥 눈시울을 붉혔다. 돼지고기 못 먹어 봤다고 돼지가 뛰는 것도 못 봤으랴. 소호는 자기가 고수를 만나 경맥이 타통되는 일대 행운을 얻었음을 깨달은 참이었다.

"세상 모든 선행이 보답을 받을 수 있는 건 아닐 거야. 세상 모든 연정이 꼭 결실을 이루지는 못하는 것처럼."

맹부요가 미소 지었다.

"그러나 한 번의 만남이 생의 모든 행적에 의의를 부여해 주기도 하지."

"……부요, 나는 그대를 만났기에 이번 생이 헛되지 않았다 생각하오."

어휴, 또 어떤 자식이 남의 귀에다 대고 주절거리는 거야?

맹부요는 손을 내저어 쉴 새 없이 윙윙거리는 환청 속 파리를 쫓아 버렸다.

고깃배에 남아 있던 선원들은 그제야 잔뜩 주눅이 든 채 해적선으로 넘어왔다. 그러고는 다들 맹부요를 슬금슬금 피해 한쪽 구석에 처박혔다.

"잃어버린 배는 내가 더 큰 거로 보상해 주지."

맹부요가 턱짓으로 승선 인원이 다 죽고 지금은 텅 비어 있는 상선을 가리켰다.

"저거 타고 돌아가!"

선원들이 감사하다고 거듭 허리를 숙였다.

맹부요는 예전과 딴판으로 살살 웃음을 치는 얼굴들을 쓱 한 번 흘겨본 후, 소호 한 명만 가까이 불렀다.

"소호, 해적은 그다지 전망 있는 직업이 아니야. 그러니까 남으라고는 안 할게."

그런 다음 새 부하를 시켜 아까 노략질한 보석 상자를 가져오게 했다.

"이걸로 색시 얻어서 행복하게 살아."

"여기 남고 싶어요!"

잔뜩 흥분한 소호는 황금도 제쳐 두고 맹부요의 손을 덥석 잡았다. 잡힌 손을 내려다보다 쓱 빼낸 맹부요가 웃음 지었다.

"해적질이 뭐가 좋아서? 나도 어차피……. 됐고, 가 봐."

맹부요는 다시금 붉어진 소년의 눈시울에 시선을 주지 않고 돌아섰다. 석양을 향해 뒷짐을 지고 선 그녀는 두 번 다시 소호를 돌아보지 않았다.

수평선에 걸린 낙조가 눈부시게 찬란했다. 맹부요의 곧고 가녀린 뒷모습이 핏빛 석양에 아로새겨졌다. 꾸미지 않아도 자연스럽게 배어나는 차가운 기품, 그녀는 숭배할 수만 있을 뿐 범접할 수는 없는 신상 같은 모습을 하고 있었다.

그녀를 올려다보는 소호의 뇌리에 순간 어렴풋한 생각이 스쳤다.

저 사람은 바보 아삼이 아니다. 묵묵히 선실 구석에서 자고 잔반이나 얻어먹던 부랑자가 아니요, 해적 두목이라는 현재의 신분 역시 본질이 아니다.

저 사람은 내가 속한 세상과는 완전히 다른 곳에서 온, 한없이 고귀한 존재다. 저런 존재를 만난 것은 내 인생에 가장 큰 복이고, 주제넘게 더 많은 것을 욕심내서는 안 된다.

말없이 무릎을 꿇은 소호는 쿵쿵 소리가 나도록 바닥에 머리를 조아린 후, 돌아서서 갑판을 떠났다.

맹부요는 처음부터 끝까지 한 번도 뒤를 돌아보지 않았다.

만남도, 헤어짐도, 인생사 결국은 부평초와 같더라. 모두가 이 망망대해 위에서 저마다의 항로를 가지고 있듯이, 지난 한 달여간 누구보다 그녀와 가까이 지냈던 아이도 결국은 제 세상으로 돌아가야만 했다.

오주대륙의 다른 인생들은 정해진 두 점 사이를 오가며, 돛을 올리고 출발할 때의 기쁨과 만선으로 돌아올 기대감에 차 있는데, 그녀 혼자만 앞만 보며 영영 되돌아올 수 없는 길을 걸어가고 있었다.

"부요, 그대를 붙잡을 방법은…… 정녕 없겠소?"

문득, 정체 모를 누군가가 귓가에 속삭였다. 듣는 것만으로도 가슴이 아려 오는 말투로.

피식 웃어 버린 맹부요는 석양이 남긴 잔광 속에서 느릿느릿 손을 들어 가슴께를 지그시 눌렀다.

없어……. 그런 건…….

"규칙이 영 시원찮구먼."

상석을 떡하니 차지하고 앉은 해적 맹부요가 금상어 해적단의 제법 그럴듯한 행동 강령을 사정없이 깎아내렸다.

바다 위 비좁은 공간에서 시커먼 사내들끼리 자극과 고독을 극단적으로 오가는 생활을 반복하다 보면 크고 작은 마찰이 생기는 거야 당연지사였다. 그러므로 해적들에게는 반드시 엄격한 행동 강령이 필요했다. 예를 들면 개인 간의 싸움이라든가 도박을 금지하는 등의.

"각종 의사 결정에 있어 모든 구성원은 동등한 표결권을 가진다."

맹부요가 손을 휘휘 내저었다.

"고쳐. 모든 결정은 대장이 내린다."

다음 항목이 이어졌다.

"재물을 훔친 자는 무인도에 버린다……. 고쳐. 재물을 훔친 자는 도둑맞은 물건 주인들이 돌려 가며 따먹는다."

"……."

"도박을 금지한다……. 고쳐. 도박해도 되는데, 진 놈은 밧줄로 묶어서 상어 밥으로 던져 준다."

"이긴 사람은요?"

누군가 쭈뼛쭈뼛 물었다.

"고래 밥으로 던져 줘!"

"……."

"개인 간의 싸움을 금한다……. 싸워도 되는데, 진 놈은 우리가 약탈한 상선에 내려놓는다."

듣던 해적들이 전원 입을 다물었다.

차라리 죽는 게 낫지!

"이긴 사람은요?"

이번에도 겁 없는 놈 하나가 물었다.

"나랑 한 판 붙는다. 이기면 대장 시켜 줄 거고, 지면……."

맹부요가 씨익 웃자 새하얀 송곳니가 번뜩 빛났다.

"어떻게 될까?"

"……."

"유시[1]에는 반드시 취침한다……. 그냥 날밤 새워도 돼."

이제는 아무도 토를 달지 않았다. 새 대장이 저런 소리를 할 때는 다른 꿍꿍이가 더 있을 게 뻔했으므로.

"취침 시간 한 시진 밀릴 때마다 하루씩 바다 수영이다."

종일 바다 수영이라니……. 차라리 그냥 자살을 하라고 해!

"그리고 하나 추가."

맹부요가 의자에서 일어섰다.

"이제부터 무고한 사람들을 함부로 죽이지 말 것."

해적들이 일제히 황당한 표정으로 고개를 들었다.

약탈로 밥 먹고 사는 우리더러 사람을 죽이지 말라니? 호랑이한테 고기 먹지 말라는 거하고 뭐가 달라?

"도적질에도 지켜야 할 도리가 있는 거다!"

맹부요가 허공에다 대고 주먹을 휘둘렀다.

"철학, 격식, 도덕, 지조를 갖춘 새 시대의 해적이 한번 되어 보자고!"

---

1 오후 5시에서 7시 사이.

그러고는 다시 한번 주먹을 불끈 쥐며 외쳤다.

"이제부터 우리는 독보적 특색을 갖춘 조직으로 거듭난다. 약탈을 일삼지 않으며, 죄 없는 사람들을 함부로 죽이지도 않을 것이다. 우리는……."

다들 '우리는 이제 해적질을 그만둘 것이다.'를 기다리고 있는데, 맹부요의 말이 이어졌다.

"우리는…… 보호비를 걷는 해적이 될 것이다!"

해적들이 멀뚱멀뚱 서로를 쳐다봤다.

보호비를 걷어? 이건 또 무슨 소리래?

"여기까지."

설명 따위는 당연하게 생략이었다.

"너희는 하라면 그냥 하는 거야. 내가 일일이 설명까지 해주고 있을 의무는 없지."

물론 설명의 의무는 없었다. 여기서는 주먹이 곧 발언권이니까.

입을 딱 다문 해적들이 슬그머니 진 공자를 곁눈질했다. 진 공자는 아까부터 한 마디도 안 하고 앉아 있었다.

지금껏 지극정성으로 건사한 걸 생각해서라도 우리가 이렇게 설움당하는 상황에서는 좀 나서 줘야 하는 거 아니야?

그러나 진 공자는 마저 침묵을 지켰다. 주변의 뿔난 눈빛도 본체만체했다. 해적들은 결국 찍소리도 못 하고 물러갈 수밖에 없었다.

해적들이 전부 나가고, 창가에서 달을 올려다보며 생각에 빠져 있던 맹부요도 슬슬 잠자리에 들려고 했다. 그런데 진 공자가 그때껏 자리를 지키고 있는 게 아닌가.

진 공자 쪽으로 돌아서서 벽에 등을 기댄 그녀가 팔짱을 끼고 상대를 쳐다봤다. 직감이 말해 주고 있었다. 과거에 알고 지내던 자라고.

선실 내에 정적이 흘렀다. 이 순간 남자의 눈동자에는 수천수만 마디의 말이 담겨 있었다. 놀람, 아픔, 기쁨, 안타까움……. 수없이 많은 감정이 그 안에서 어지러이 교차하고 있었다.

한참이 지나, 마침내 그가 조용히 입을 열었다.

"부요……."

바다 위에 달은 휘영청 밝은데, 아득히 먼 곳에서 같은 달을 보아 줄 이 계시려나.

푸른 물결 반짝이는 수면에 상현달이 그림자를 드리우고 있었다. 일렁이는 달그림자 안에 나란히 뱃전에 앉은 두 사람의 모습이 비쳤다.

술 한 병을 곁의 남자에게 건넨 맹부요가 나머지 한 병으로 자기 목부터 축인 다음 싱긋 웃었다.

"배에 좋은 술이 없더라고. 말 오줌 맛이지만, 아쉬운 대로 마셔야지, 뭐."

남자는 술병을 그냥 손에 든 채 그녀만을 하염없이 바라보고 있었다. 머리부터 발끝까지 구석구석을 훑던 눈길이 맹부요의 연홍색 눈에 다다라 멈추었다.

일순 아픈 눈빛을 내보인 남자가 잠시 후 입을 열었다.

“부요, 어쩌다가…….”

“묻지 마. 나도 모르니까.”

맹부요가 손을 휘휘 내저었다.

“무슨 술법 같은 거에 당했는지, 기억이 잘 안 나. 그나저나 본인 정체부터 밝혀야 하는 거 아닌가?”

“나는…….”

남자가 힘겹게 입술을 달싹였다. 세상에서 제일 어려운 질문이라도 받은 것 같은 모습이었다.

잠시 후, 그가 손을 얼굴로 가져가 청동 가면을 벗었다.

“혹시 기억나?”

맹부요가 눈에 있는 대로 힘을 주고 남자의 얼굴을 살펴봤다. 또렷이는 안 보여도 얼추 잘생긴 것 같았다. 빼어난 이목구비에 온화하고 고상한 분위기. 다만, 얼굴빛이 조금 창백한 편이었다.

그러고 보니 오주대륙 귀족 대부분이 저런 얼굴색이었던 것 같은데. 어디 대단한 집안 도련님쯤 되시려나?

맹부요가 예의를 차려 미소 지으며 되물었다.

“내가 그쪽을 기억해야 하는 건가?”

그 말에 눈빛이 어두워진 남자가 곧 애써 웃으면서 말했다.

"꼭 그럴 필요야 없지. 기억 못 할 수도 있어. 고작 얼굴 몇 번 본 게 전부인 사이니까. 아주 오래전에 서로 데면데면한 이웃으로 지냈었는데, 나중에 네가 이사를 가 버렸거든. 아, 내 이름은 진경陳京이야."

이웃? 어디서 씨알도 안 먹힐 소릴!

맹부요가 다시 한번 남자를 흘겨봤다. 역시 아는 얼굴이라는 느낌이었다.

이 순간 그녀의 잠재의식이 보인 반응은 무척 복잡하고 미묘했다. 뭔가 기분이 나쁘기도 하고, 그냥 시큰둥한 것도 같고, 가책도 조금 느껴지고, 어쩐지 망연자실한 기분이기도 하고. 흐릿하지만 분명 그런 감정들이 들었다.

속이 왜 이렇게 어수선하지? 남자를 상대로 이렇게 이상한 기분이 들다니, 대체 예전에 어떤 관계였길래?

속내를 감춘 채 술 한 모금을 넘긴 그녀가 물었다.

"그럼 나는 누구지?"

"맹부요."

남자가 답했다.

"'회오리바람을 타고 구만리 장천을 오른다.'[2]의 회오리바람, 부요."

"맹부요."

맹부요가 되뇌었다.

---

2 《장자》에 나오는 말.

그래, 바로 이거지 싶었다. 안을 '부'에 옥돌 '요'처럼 여자 같은 이름이 본인의 것일 리가 있나.

"너는 구만리를 솟구쳐 올라 하늘에 이를 폭풍이야."

남자가 조용히 말했다.

"대붕이 날면 참새 떼가 놀라 흩어지니, 한낱 참새가 만 리를 나는 대붕의 비행을 어찌 헤아릴까. 너는…… 닿고 싶어도 감히 닿을 수 없는 존재야."

감히 닿을 수 없는, 아득한 하늘 꼭대기의 맹부요.

그는 부요의 사형 연경진이었다. 현원산에서 그녀의 비수에 피를 본 날, 그는 이번 생의 가장 큰 행운을 놓치고 말았다.

그날 이후로 부요는 오주 곳곳을 거침없이 날아다녔다. 무극국 장군에서 대한 한왕으로, 헌원국 국사로, 대완 여제로 변신을 거듭했고, 구소라는 이름으로 십대 강자 반열에 합류하기까지 했다. 한 여인이 해낼 수 있는 모든 일을 해내고 최고로 높은 정점에 오른 것이다.

그녀는 처음부터 하늘 꼭대기를 누빌 봉황으로 태어났고, 세속의 흙먼지 속을 기어 다니는 그는 그녀의 봉포 끝자락조차 만져 보지 못할 운명이었다.

배원과 연살을 차례로 보낸 그해, 모든 의욕을 잃은 그는 상연으로 돌아간 지 얼마 지나지 않아 관직을 반납하고 유랑 길에 올랐다.

물론 아버지는 하나밖에 없는 아들이 타향을 정처 없이 떠도는 꼴은 못 본다며 극구 반대했다. 그런 연유로 어쩔 수 없이 아버지에게 사실을 털어놓게 되었다. 연씨 집안의 또 다른 핏줄이 지금 태연에 있노라고.

그 이후에 무슨 일이 있었는지는 굳이 알고 싶지 않았다. 속세의 인간사는 결국 손끝을 스쳐 지나는 바람과 같았다. 어차피 붙잡을 수 없는 일들일랑 내버려 두고 하늘가에 휘도는 구름이나 구경하는 게 낫겠지 싶었다.

그녀가 선기국에서 황위에 올라 국호를 대완으로 바꾸었을 때, 부풍에 와 있던 그는 소식을 듣고 나서 자조 섞인 웃음을 흘렸었다.

급기야는 황제라니. 그녀는 무한한 기적을 창조하고 있었고, 그는 그런 그녀로부터 무한히 멀어지고 있었다.

그때 문득 떠오른 생각이 있었다. 부풍의 바닷바람은 반드시 대완으로 향하게 되어 있으니, 바다 위에서 그녀를 부르면 바람이 외침을 그녀의 귓가에까지 실어다 주지 않을까?

그런 이유로 그는 작은 배 한 척을 타고 바다로 나갔고, 세월을 잊은 채 창해와 명월 사이를 부유하기 시작했다.

그러나 한 치 앞을 알 수 없는 게 세상일이듯 바다 역시 언제 어떻게 뒤집힐지 모르는 곳이었다. 해상에서 폭풍에 휩쓸린 그는 해적선을 만나 가까스로 목숨을 건졌다. 사람 죽이기를 밥 먹듯이 하는 해적 소굴에 오래 머무르고 싶은 마음은 추호도 없었지만, 그 뒤로 뭍으로 향하는 배를 만나기란 좀처럼 쉽지 않았다.

일단은 해적들에게 목숨을 빚진 것이 사실이었기 때문에,

가끔 한 번씩은 어쩔 수 없이 그들을 돕기도 했다.

그럴 때마다 생각했다.

이제 정말 밑바닥까지 추락했구나, 도적의 앞잡이 노릇을 하면서 피비린내 풀풀 나는 공양이나 받아먹고 있다니.

만약 이 사실을 그녀가 안다면……, 그녀가 안다면 지금까지보다 더 경멸당하겠지?

그녀가 자신을 얼마나 더러운 인간으로 생각하는지야 예전부터 너무나 잘 알고 있었다.

대완에서 황위에 오른 그녀와 해적선에서 노략질이나 하는 자신이 이번 생에 접점을 공유할 일은 절대 없겠거니 했다. 그런데 부풍 바다 위에서 그녀와 재회하게 될 줄이야.

다시 만난 그녀는 남루한 옷차림에, 기억과 시력을 모두 잃은 상태였다. 그러나 엉망진창인 겉모습과 관계없이 그녀만의 고귀한 기품은 여전했다. 세상에는 아무리 진흙탕에서 뒹군들 티끌 한 점 묻지 않는 사람도 있는 법이다.

연경진이 나직하게 흘린 탄식이 물비린내 섞인 바람 속으로 번져 갔다. 곁에서 한숨 소리를 들은 맹부요가 고개를 갸웃하면서 웃었다.

“닿을 수 없다는 게 정확히 무슨 뜻이길래 그렇게 한숨을 푹푹 쉬시나?”

대답을 내놓으려던 연경진은 멈칫 굳어 버리고 말았다. 살짝 말려 올라간 맹부요의 입꼬리가 그리는 웃음이 너무나 밝고 깨끗해서였다. 두 사람이 함께였던 시절의 그 꾸밈 없는 웃음처럼.

순간 가슴이 요동쳤다.

알려 주지 말자, 알려 주지 말기로 하자.

처음부터 새로 시작해 보겠다는 욕심은 아니었다. 그게 망상에 불과하다는 것쯤은 잘 알고 있었다. 생각만으로도 헛웃음이 입가를 비집고 나올 만큼.

부요는 보통의 여인들과 달랐다. 기억은 온전치 못할지라도 여전히 영리하고 날카로웠다. 분명 그녀의 가슴이 그는 아니라고 말할 것이다. 그녀를 다시 얻는다는 것은 애초에 가망 없는 일이었다.

그는 다만, 잠시라도 좋으니 자신을 미워하지 않는 그녀와 시간을 공유하고 싶었다. 둘 사이의 거북한 기억을 지워 버리고, 적의도 경멸도 섞여 있지 않은 그녀의 웃음을 조금 더 볼 수 있었으면 했다.

하루라도 더, 하루라도 더.

"그냥 네가 어쩐지 멀게 느껴져서."

그가 늦은 답을 내놨다.

"사실 못 만난 지 벌써 여러 해잖아. 근래 어떻게 지냈는지도 잘 모르고."

"아."

고개를 끄덕인 맹부요가 말을 이었다.

"하긴, 오래 못 봤는데 서로 뭘 얼마나 알겠어."

한 손으로 뱃전을 붙잡은 맹부요가 바람을 맞으며 술을 꿀꺽꿀꺽 넘겼다. 그러는 사이 바람결에 실려 공중으로 흩어진 머리카락 몇 가닥이 연경진의 얼굴을 간질였다.

스치는 향기.

연경진은 눈을 감고 어느 때보다도 가까운 그녀와의 거리에, 윤기 흐르는 머리카락에서 그윽하게 풍기는 향내에 집중했다. 그리고 다시 눈을 떴을 때, 물기 어린 시야에 비친 바다는 유독 일렁였고 별빛은 금방이라도 쏟아져 내릴 듯했다.

맹부요의 눈은 줄곧 앞쪽에 고정되어 있었다. 찬란하게 반짝이는 별 하나가 박혀 있는 그곳은 대륙 최북단, 극북의 땅이었다.

목구멍을 화끈하게 덥히며 내려간 술과 섞여, 가슴속에서 누군가의 목소리가 묵직하게 맴돌고 있었다.

"그대에게 알려 주고 싶었소. 인생이 아무리 무상하다 하여도 그 안에는 영원히 변치 않는 기억과 신념 또한 존재함을. 10년이 가도, 20년이 가도, 한평생이 가도……, 언제까지고 첫날과 같은."

이리하여 부풍 악해에는 퍽 독특한 해적단이 하나 생겨났다. 이들은 행실이 참으로 점잖아 함부로 사람을 죽이는 법이 없었다. 상선을 만나도 화물 총액의 2할에 해당하는 통행료만 받고 그냥 보내 줬으며, 가끔은 다른 해적단에게 습격당하는 상선을 구출해 주기도 했다. 물론, 이때도 화물 총액 2할의 수고비는 어김없이 청구됐다.

그런가 하면 이들에게는 상당히 흉악한 면모도 있었다. 바다에서 동종 업계 종사자들과 마주치면 울며불며 물로 뛰어들 때까지 두들겨 패는 게 기본이었다. 어쩌다가 한 번씩은 경쟁 해적단이 장악 중인 섬을 무력으로 빼앗기도 했다.

사실상 금상어 해적단은 그다지 전투력이 높은 집단이 아니었지만, 이들에게는 극강의 힘과 파렴치함을 갖춘 두목이 있었다. 금상어 해적단의 두목은 혼자서도 배 한 척 정도는 가볍게 끝장낼 수 있는 무공의 소유자였다.

그러나 쓸데없이 힘 빼는 걸 극도로 싫어해서, 항상 상대편 두목에게 일대일 대결을 제안한 뒤 칼등으로 한 방에 때려죽이는 식의 쉬운 길을 고집했다. 두목이 죽고 나면 졸개들이야 얌전히 말을 들을 수밖에 없었다.

금상어 해적단은 나날이 명성을 얻었고, 그 휘하로 들어오는 해적선도 점점 늘어났다. 그리하여 나중에는 부풍 근해 제패를 코앞에 둘 정도로까지 성장했다. 피 보는 일 없이 오로지 돈만 뜯는 해상 방파가 만들어진 것이다.

어느 정도 덩치가 커지고 나자 맹부요는 특유의 악취미적 센스를 발휘해 해적단의 이름을 '바이킹'으로 바꾸었다. 부풍 바이킹 해적단의 탄생이었다.

근방을 지나다니는 상선들은 해적단의 이러한 변화를 쌍수 들고 환영했다. 돈 뺏기고 목숨까지 헌납하던 시절에 비하면

남는 장사인 까닭이었다.

해적단이 훨씬 커졌는데도 대우가 오히려 더 인간적으로 변했고, 게다가 화물 가격 2할이면 항해 내내 안전을 보장해 준다니, 좋지 아니한가!

이리하여 맹부요의 바이킹 해적단은 악해 역사상 가장 호평받는 도적 집단으로 자리매김했다.

부풍에서 해상 무역에 종사하는 어느 부호가 바이킹 해적단 두목에게 초대형 비단 깃발을 보냈다는 이야기도 전해졌다. '백성들의 든든한 수호자, 우리 고장의 행복 전달자'라는 문구를 박아서.

행복을 전달하는 해적 맹부요에게는 사실 해적질보다 훨씬 중요한 계획이 있었다. 그녀는 쉼 없이 배를 갈아 치우고, 노련한 선원들을 가려 뽑고, 수중 작전에 특화된 전투 인원을 양성하는 중이었다. 절역 해구에 대해 알아본바, 그쪽은 지형이 워낙 험해 보통 배로는 진입 자체가 불가능하다는 정보를 얻었기 때문이었다. 그녀에게는 만반의 준비가 필요했다.

그 밖에 또 한 가지, 틈틈이 뇌리를 스치는 상념이 있었으나 맹부요는 좀처럼 상념의 뚜렷한 윤곽을 포착할 수가 없었다. 일단은 내버려 두고 기억나기를 기다리는 게 최선일 듯했다.

그러는 동안 그녀의 곁에는 항시 충성스러운 참모 연경진이 있었다. 맹부요는 세세한 문제에 신경 쓰는 걸 귀찮아하는 성격이었고, 해적단 일보다는 무공 수련에 투자하는 시간이 더 많았다. 그녀가 내던져 둔 일은 대부분 연경진이 대신 나서서 처리했다. 합이 기가 막히게 맞는 두 사람은 바다 위에서 거의 무적에 가까웠다.

유독 저항이 거센 해적단 한두 개가 아직 남아 있기는 했지만, 어차피 맹부요는 딱히 해상 제패의 야망 같은 걸 불태우고 있지 않았다. 궁극적 목표에 방해만 되지 않는다면 말 안 듣는 놈 한둘 정도는 눈감아 줄 수 있었다.

이 날 바이킹 해적단은 언제나처럼 바다에서 보호비를 수금하는 중이었다. 상선 선원들이 군말 없이 은자를 옮겨 오자 연경진이 뱃머리로 나와서 직접 개수를 맞춰 보기 시작했다.

덕분에 할 일이 없어진 맹부요는 짐짓 위엄 넘치는 자세로 서서 바람을 즐기고 있었다. 넓은 챙을 까뒤집은 모자, 이마에 묶은 빨강 두건, 검은색 안대……. 머리끝부터 발끝까지 완벽한 해적 착장을 갖추고서.

그녀는 온통 모호한 붉은색뿐인 수면을 보며 예전에 누군가 했던 말을 떠올렸다.

'그대를 내 시야 안에 두어야겠소. 잠시라도 눈을 뗐다가는 또 사라질지도 모르니.'

이제 당신도 내가 안 보이고 나도 당신을 못 보니 우린 영영 서로를 찾을 수 없겠지.

이때 홀연 배 한 척이 기척 없이 해적선 쪽으로 접근해 왔다.

쐐액!

향전 한 발이 날카롭게 울면서 날아들었다. 목표물은 뱃머리에 우뚝 서 있는 맹부요였다. 유성과도 같이 돌진해 오는 그 기세가 얼마나 무시무시한지, 화살이 당도하기도 전에 맹렬한 돌풍이 먼저 불어닥쳤을 정도였다.

맹부요가 손을 쓱 들어 올리자 '탓' 소리와 함께 화살이 손아귀에 잡혔다. 그녀의 무심한 손놀림 한 번에 화살이 '빠각' 하고 두 동강 났다.

때마침 아침노을이 하늘 가득 번져 나가고 있었다. 찬란한 노을빛을 배경으로, 공중에 높이 들린 섬섬옥수가 미끈한 선을 그려 냈다.

그녀가 손가락을 튕겨 '딱' 소리를 냈다. 화살에 실린 힘에 감탄을 표한 것이었다. 평범한 화살을 이렇게 멋들어지게 쏘아 보내는 건 절정 고수가 아니고서야 불가능한 일이었다.

맹부요는 살짝 놀란 채로, 화살이 날아온 쪽을 향해 돌아섰다. 어디서 이런 고수가 튀어나왔는지 궁금했다.

"두목님, 호랑이 이빨 해적단입니다!"

졸개 녀석 하나가 달려왔다.

"줄곧 우리한테 안 굽히던 놈들이에요! 우리랑 마주칠까 봐 남쪽 해역에 처박혀서 안 나온다고 알고 있었는데, 오늘은 대체 무슨 배짱으로 먼저 시비지?"

"호랑이 이빨?"

맹부요가 읊조렸다. 그녀는 옆으로 돌아서다가 말고 멈춘 채였고, 커다란 모자에 가려진 얼굴은 반쪽만 보일 듯 말 듯 밖으로 드러나 있었다.

그녀의 눈길이 맞은편 배에 꽂혔다. 돛에 호랑이 이빨이 그려진 검은색 배가 느리게 접근해 오고 있었다.

어렴풋하지만, 갑판 위에서 누군가 활을 들고 뱃전 가까이 걸어오고 있는 듯했다. 그자의 걸음걸이는 안정적이었으나, 활을 든 손은 파르르 떨리고 있었다.

한 걸음 한 걸음 인물과 맹부요 사이의 거리가 좁혀졌다. 맹부요가 그를 향해 호기심에 찬 눈길을 던졌을 때였다. 마침 곁에서 고개를 든 연경진의 표정이 급변했다.

나찰 심해

남자가 다가오고 있었다. 늘씬한 체형, 날렵한 발걸음. 아주 젊다는 느낌이었다.

맹부요의 얼굴은 넓은 해적 모자에 가려 윤곽만 드러나 있었다. 언제나처럼 인피면구를 쓰고 나온 그녀는 수려한 소년의 모습이었다.

항상 인피면구를 챙기는 건 누군가의 당부가 어렴풋이 기억에 남아 있어서였다. 남들 앞에서 함부로 진짜 얼굴을 보이지 말라던.

상대가 떨림을 주체하지 못하는 게 느껴지는지라, 지금 그녀의 눈길에는 의문이 서려 있었다.

자칭 진경이라고 본인을 소개한 남자에게서도 심상치 않은 반응이 감지됐다. 긴장한 듯, 흥분한 듯, 침울한 듯, 서운한 듯, 묘한 반응이었다. 온화한 성품의 진경은 일관되게 약간 우울한 분위기였지, 지금처럼 복잡한 감정을 드러낸 적은 거의 없었다.

활을 든 저 남자 때문인 걸까?

피식 웃고 난 그녀가 부러진 화살을 높이 들어 올렸다.

"어디서 온 뉘신가? 화살에 촉이 안 달린 걸 보아 하니 피를 볼 의도는 없었던 것 같은데?"

파앗!

새하얀 털 뭉치가 조금 전 그 화살을 압도하는 빠르기로 쏘아져 와 번개처럼 맹부요의 목덜미를 향해 달려들었다. 그러나 맹부요가 어디 정체불명의 생명체에게 호락호락 급소를 내어줄 위인인가. 팔을 뻗어 단번에 물체를 낚아챈 그녀가 손아귀에 힘을 주다가 눈썹을 찌푸렸다.

"쥐 새끼?"

손아귀에 짓눌려 죽는다고 찍찍거리던 쥐 새끼가 이내 그녀의 손가락을 부여잡고 기쁨에 겨워 대성통곡을 했다.

처음에는 보들보들하던 털 뭉치가 점점 축축해지는 걸 느낀 맹부요는 기겁을 해서 그것을 집어 던졌다.

"이게 어디다 오줌을 지려!"

듣고 있던 누군가는 돌이 됐고, 털 뭉치는 충격에 빠졌다……. 오줌싸개로 내몰린 생명체가 맹부요의 갑작스러운 태도 변화에 당황한 나머지 갑판에 엎어져 통곡을 하기 시작했을 때였다. 활을 든 남자의 발치에서 또 다른 금색 털 뭉치 하나가 굴러 나와서는 우는 녀석을 가리키며 낄낄거렸다. 그러더니 곧 도도한 자세로 맹부요를 향해 진격해 갔다.

주인님이 너는 몰라도 나는 알아보실걸?

맹부요는 새로 등장한 털 뭉치의 색깔을 제대로 구분할 수가 없었다. 얼추 무슨 짐승이 뛰어오고 있구나 짐작하는 참인데, 순간 여우 특유의 노린내가 코끝을 스쳤다.

썩을! 이번 놈은 위생이 더 엉망이잖아!

즉각 전투태세를 갖춘 맹부요가 소리쳤다.

"일단정지!"

그러자 짐승이 흠칫 멈춰 섰다.

"뒤로 후퇴!"

맹부요의 명령이 떨어졌다.

"3보 후퇴해서 뒤로 돌아! 그대로 손 머리에!"

눈이 동그래진 녀석은 이내 제 처지가 앞 타자보다 나을 게 없음을 깨달았다. 주인님의 기묘하게 붉어진 눈을 보니 뭐가 문제인지 알 것도 같았다. 녀석은 얌전히 물러나 뒤로 돌아서서 앞발로 머리통을 싸쥐었다.

갑판에 엎어져 통곡을 하던 털 뭉치가 그 모습을 보고 찍찍거리며 웃음을 터뜨렸다. 울음을 그친 녀석이 이내 데구루루 굴러 일어나더니 그 자리에 쪼그리고 앉았다. 그러고는 앞발을 입에 문 채, 이상할 정도로 까칠한 맹부요의 눈치를 살살 살피기 시작했다.

저거 정상이 아닌데, 심상치가 않아!

털 뭉치 둘이 소기의 목적 달성에 실패한 뒤로도 겁대가리를 상실한 놈이 하나 더 남아 있었다.

이번에는 길고 비쩍 마른 체격에 얼굴은 문짝에 끼어 눌린 것처럼 생긴 놈이었다. 뒤늦게 낑낑거리며 디딤판을 건너온 놈은 방금 큰 좌절을 경험한 두 마리에게는 눈길도 주지 않고 곧장 맹부요에게로 달려들었다.

"흐어엉……. 주인님! 여기서 돈 좀 만지셨어요? 아니 돈을 많이 버셨으면 저한테 말하셨어야지, 장부 관리라도 해 드릴 거 아닙니까! 저 기생오라비 같은 놈을 어떻게 믿고 맡겨요! 저거 아주 야금야금 돈 빼서 뒷주머니 차고도 남을 놈……."

맹부요의 입가에 경련이 일었다.

오늘 만나는 것들마다 전부 왜 이래? 언제 봤다고 친한 척에, 앞뒤 안 가리고 달려들지를 않나.

혹시 호랑이 이빨 해적단 놈들이 술수를 부리는 건가?

그나저나 아까 오줌 싸고 간 털 뭉치는 촉감이 친숙하던데, 전에 만져 본 적이 있나?

이 순간에도 빼빼 마른 키다리는 뜨거운 눈물을 흩뿌리며 그녀에게로 달려오고 있었다.

음, 무공은 별 볼 일 없어도 경공술은 꽤 하겠군.

뱃머리에 쪼그리고 앉은 맹부요가 손바닥을 앞으로 쑥 내밀었다.

"정지!"

그러자 빼빼 마른 키다리가 '착' 하고 그 자리에 멈춰 섰다.

역시나 경공이 훌륭한 자였다.

거기 서서 눈동자를 굴리던 키다리는 그제야 털 뭉치 두 개를 발견했다. 하나는 엎어져서 통곡하다가 막 일어난 참이었고, 다른 하나는 벽을 보고 서서 머리통을 싸쥐고 있었다. 그 꼴을 보고 나자 조심해야겠다는 생각이 퍼뜩 들었다.

아이고야! 주인님이 진짜로 미쳐 버려서 한 대 치기라도 했다가는 그길로 황천행일 텐데!

사실 키다리와 털 뭉치들은 완전히 맹부요의 안중 밖이었다. 그녀는 아까부터 말없이 서서 감정을 억누르느라 노력 중인 듯한 남자만을 노려보고 있었다.

“묻는 말에 대답 안 했을 텐데.”

맹부요가 한마디를 내뱉자 키다리가 무척 안심한 양 두 손을 가슴에 포갰다.

아아……. 역시 주인님 맞네. 세상천지에 주인님 말고 누가 또 저렇게 말이 짧고 시건방지겠나.

“설마…… 기억 못 해?”

남자가 입을 열었다. 그의 음성은 서늘했고, 약간 잠겨 있었다. 원래가 잠긴 목소리라기보다는 감정이 격해진 것이 연유인 듯했다.

“부요, 너…… 어떻게 된 거지?”

“아는 사이?”

비로소 감을 잡은 맹부요가 뱃머리 돌출부에 앉아 있다가 희희낙락 아래로 내려왔다. 그녀는 성큼성큼 남자 쪽으로 걸어

가서 덥석 손을 잡았다.

"멀리서 벗이 찾아와 주니 어찌 기쁘지 않으리! 와아, 사람 인연이라는 게 진짜 어디서 어떻게 만날지 모르는 거라더니! 실례지만 존함이 어떻게 되시나? 고향은 어디시고? 나하고는 언제 어떻게 알게 된 사이인지? 괜찮다면 생년월일시랑 쓰리 사이즈도 좀 알려 주실 수 있나? 아, 뭘 그리 꼬치꼬치 캐묻나 하겠지만, 귀하에 대한 전면적이고, 직관적이며, 과거와 현재, 미래를 넘나드는 심도 있는 이해를 위한 절차니까 양해 부탁드리고."

한껏 친한 척을 하며 손을 잡는 찰나, 남자가 흠칫하는 게 느껴졌다. 남자의 손바닥은 서늘하게 식어 있었고 손가락은 파르르 떨리고 있었다. 얼굴을 힐끔 보니 표정이 살짝 굳은 것도 같았다.

아하, 진짜 친한 사이 맞네. 내가 여자라는 걸 알고 있어!

곧바로 손을 놓은 그녀가 이번에는 털 뭉치들을 상냥하게 집어 들면서 계엄령을 철회했다.

"어이, 거기 두 덩어리, 미안했다. 오해가 좀 있었지 뭐야. 앞발 내려. 어휴, 들고 있느라 힘들었겠네."

그녀의 양손에 각각 잡힌 두 마리는 당장에 손가락을 부둥켜안고 엉엉 울기 시작했다. 그러면서도 뒷다리로는 서로 발길질을 날리느라 바빴지만.

야이, 꺼지라고 좀! 징그럽게도 들러붙어 있네!

맹부요는 촐싹대는 두 털 뭉치 때문에 정신이 몹시 산란했다. 천하의 맹부요 선장이 수중에 들어온 짐승조차 단속하지 못해서야 어디 면이 서겠는가.

이내 회심의 미소를 지은 그녀가 양손에 쥐고 있던 두 마리를 '팡' 서로 맞부딪뜨렸다. 마침내 쌈박질이 중단되고, 두 털뭉치는 눈앞에서 뱅글뱅글 도는 별을 보며 꼴까닥 넘어갔다.

"앗!"

그 모습에 놀란 남자가 말했다.

"부요, 어떻게 그런 짓을……. 원보하고 구미잖아!"

"원보?"

멀뚱멀뚱 하늘을 올려다보던 맹부요가 잠시 후 반색하며 눈을 빛냈다.

"쥐 새끼!"

그러고는 남자 쪽으로 고개를 돌리더니, 잔뜩 흥분해 그의 어깨를 붙들었다.

"장손무극!"

"나는……."

남자의 어깨가 경직됐다.

"엊그저께 기억났어!"

맹부요가 품 안에서 허름한 판자때기를 꺼냈다. 판자 위에는 지렁이 기어가는 글씨체로 이런저런 단어들이 새겨져 있었다. '장손무극네 쥐 새끼, 원보.'라든지, '쥐 새끼=원보, 원보=장손무극네 쥐 새끼, 노신의 삼단 논법대로면 쥐 새끼=장손무극.' 등이었다.

맹부요는 지금 무척이나 기뻤다.

“그쪽이 바로 장손무극인 거지!”

으쓱한 기분도 들었다.

“드디어 혼자 힘으로 뭔가를 기억해 냈어!”

그녀는 한참을 조잘조잘 떠들어 대고 나서야 상대방이 실의에 빠진 채 난처하게 서 있다는 사실을 깨달았다. 그녀가 의아해서 물어보았다.

“내가 잘못 알았나?”

얼굴에 짙은 눈길이 느껴지길 잠시, 이내 상대방이 조용히 말했다.

“운흔이야.”

“운흔…….”

맹부요가 판자때기를 더듬기 시작했다. 지금까지 꽤 오랜 시일이 흐르는 동안, 그녀는 기억이 띄엄띄엄 되돌아올 때마다 그 안에서 찾아낸 이름들과 인상의 조각들을 하나도 빠짐없이 기록해 두었다.

“십대 강자, 종월, 장한산, 불련, 전북야……. 아! 운흔!”

얼굴이 환해진 그녀가 판자를 운흔에게 보여 줬다.

“봐, 빨강인 거! 느낌이 안 좋은 이름은 까만색으로 칠해 놨고, 떠올렸을 때 기분 좋고 가슴이 훈훈해지는 이름은 빨강으로 해 놨어. 그쪽은 빨강이고.”

운흔은 아무런 말 없이 맹부요를 바라봤다. 바람에 흩날리는 흑발을, 그녀의 뿌듯한 웃음을, 나무판 가득 삐뚤빼뚤하게 새겨진 붉은색과 검은색 글자를, 초점이 확연히 안 맞는 불그스름한 눈을, 그럼에도 여전히 환하고 상쾌한 표정을…… 눈에 담았다. 맹부요는 눈도, 기억도 온전치 못한 상태였다.

실명, 그리고 기억상실.

대체 얼마나 참혹한 일을 당했기에 천하에서 다섯 손가락 안에 꼽히는 고수가, 이미 무학의 정점에 선 지 오래인 맹부요가 이 지경이 된 걸까.

시력을 잃고 도망치다가 바다까지 흘러오다니. 비바람을 몰고 천하를 뒤흔들었던 화려한 과거도, 기나긴 여정 동안 생사를 함께한 사람들도, 지난날의 기쁨과 슬픔도, 눈물 젖은 눈가에 번지던 웃음도, 웃음 짓는 입꼬리에 내려앉던 눈물도, 전부 잊은 채로…….

그녀가 겪은 것이 얼마나 악몽 같고 지옥 같은 고통이었는지, 그는 감히 상상조차 할 수 없었다. 그렇게 잔혹한 경험을 하고서도, 그녀는 변함없이 밝고 시원스러웠다.

그가 배 위에서 처음 그녀를 발견했을 때, 그녀는 흐려진 눈으로도 바다를 보려 노력하고 있었다. 그의 화살을 낚아채고서는 손으로 경쾌한 '딱' 소리를 냈다. 기억을 잃었다고 해서 그대로 모든 것을 놓아 버리지 않고, 삐뚤빼뚤한 검은색과 붉은색 필적 속에서 한 글자 한 글자 흩어진 생의 맥락을 더듬어 찾아냈다.

포기하지 않고, 단념하지 않고, 무의미한 슬픔에 시간을 허비하지 않고, 좌절에 빠져 무기력해지지 않고.

맹부요는 그 어떤 난관에도 굴하지 않는, 밟힐수록 강해지는, 역풍을 뚫고 하늘을 오르는, 누구보다도 용감하고 의연한 여인이었다.

온통 핏빛으로 물들어 버린 세상에서도 오색영롱하게 살아가는 여인!

운흔은 가슴이 꽉 막힌 기분이었다. 짭짜름한 눈물을 머금은 울혈 덩어리가 가슴 중간에 먹먹하게 걸려 있는 것 같았다.

울혈이 처음 치받쳐 올라온 건 호랑이 이빨 해적단의 배에서 그녀의 뒷모습을 발견한 순간이었다. 그때부터 지금까지, 그는 가슴을 갑갑하게 틀어막은 그 울혈을 삼킬 수도 없었고, 그렇다고 토해 낼 수도 없었다. 그것이 바로 그가 줄곧 문장다운 문장을 뱉지 못하고 서 있었던 이유였다.

한참이 흘러, 마침내 그가 나지막이 입을 열었다. 이 순간 부드럽게 불어오는 바닷바람에게만 들려주고픈 속삭임 같은 목소리로.

"부요, 거기 내 이름이 있어서…… 기뻐."

"운흔!"

마음이 급한 맹부요가 운흔을 끌고 선실로 들어가면서 당장 질문을 쏟아 냈다.

"나에 대해 알고 있는 게 엄청 많을 거야, 그렇지? 말해 줘,

전부 다 듣고 싶어! 진경처럼 매사 모르는 척하고 시치미 떼지 말고."

운흔이 멈칫했다. 배 위에서 맹부요를 발견한 이후로 줄곧 그녀에게만 집중하느라 곁에 누가 있었는지는 신경을 쓰지 못했던 것이다. 그러고 보니 아까 시야 가장자리에 낯익은 윤곽이 잡혔던 것 같기도 했다.

그가 고개를 들어 주위를 둘러보는 찰나, 누군가의 뒷모습이 선창 모퉁이를 돌아 사라졌다. 얼굴은 미처 못 보았으나 체형이 눈에 익었다.

잠시 찌푸린 표정으로 생각에 잠겨 있다가, 그 묘한 느낌을 일단 접어 두기로 한 운흔이 차분하게 말했다.

"오래 찾아다녔어. 너를 찾으려고 나도 해적이 됐고."

맹부요가 '어?' 하더니, 곧이어 웃음을 터뜨렸다.

"호랑이 이빨 해적단 두목? 찾느라 고생 많이 했지?"

피식 웃어 버린 운흔은 이내 회상에 빠진 눈빛이 됐다.

맹부요에게 변고가 닥친 그 밤, 하늘에는 붉은 달이 걸려 있었고 바람이 울부짖는 소리는 음산했다. 세 남자가 다급히 현장으로 달려갔지만, 가는 도중에 갑자기 주변 풍경이 급변했다. 그들은 어느새 발강 왕궁이 아닌 엉뚱한 곳에 서 있었다.

장손무극의 말로는 절정의 술법, 신귀반운술神鬼搬運術이라고 했다.

셋은 부요가 위험하다는 생각에 속이 타서, 어떻게든 자신들을 가둔 진법을 뚫어 보려고 시도를 거듭했다. 마침내 피의 맹세가 진을 파한다는 전설을 떠올리고 한 명씩 피를 낸 결과, 조건을 만족시킨 것은 극양의 기운을 가진 전북야의 피였다. 전북야는 군말 없이 자기 팔을 그었다. 하마터면 동맥이 끊어질 뻔했을 정도로, 깊게.

그러나 가까스로 진법에서 탈출했을 때는 이미 한발 늦어버린 뒤였다. 부요는 그사이에 사라지고 없었다. 아란주의 침전에서 발견된 것은 바닥을 적신 선혈이 전부였고, 아란주는 무슨 일이 벌어졌는지 까맣게 모르고 있었다.

전북야가 그 즉시 부요를 찾아 왕궁을 떠났고, 운흔은 갈라져서 찾는 편이 효율적이라는 생각에 따로 움직일 준비를 했다. 장손무극도 당연히 부요 찾기에 나서리라 생각했으나, 하필 그때 무극국 황제가 붕어했다는 소식이 날아들었다.

장손무극은 그날, 부요가 변고를 당하기에 앞서 부황의 병세가 위중하다는 전갈을 미리 받은 모양이었다. 만일을 대비해 변경 수비군을 재배치하고, 부요에게 상황을 알린 후 무극국으로 돌아가려고 했으나 이야기를 꺼내기도 전에 갑작스럽게 일이 터진 것이었다.

끔찍한 재난을 당해 생사가 불확실한 부요, 그리고 갑작스러운 죽음으로 아들에게 영영 안녕을 고한 부황.

삶에서 제일 중요한 두 사람을 동시에 떠나보내게 된 장손무극은 세상 가장 어려운 선택에 직면했다.

운흔은 당시 장손무극의 표정이 어땠는지 기억하고 있었다. 그토록 강대한, 모든 것을 가진 남자가 그 순간 보여 준 표정은 말로 설명하기 힘들었다. 엷은 아침 햇살 아래, 의지할 데 없이 외로이 서 있는 장손무극의 모습에 운흔마저 가슴이 아파 탄식이 나올 지경이었다.

마지막에 이르러 장손무극은 원보와 구미를 운흔에게 맡겼다. 두 녀석이 부요를 찾는 탐지기 역할을 해 줄 거라며. 그리고 덧붙이기를, 만약 내륙에서 찾지 못하거든 바다로 가 보라고 했다.

당시 장손무극이 건넨 말은 정확히 이러했다.

'분명 살아 있을 것이오. 집념이 남다른 여인이니까. 생명이 다하지 않은 이상, 설령 나를 잊고 운 공자를 잊었다 해도 바다로 가는 것만은 잊지 않았을 것이오. 기어서라도 바다까지 가서 궁창으로 향할 테지.'

그저 담담한 어투였으나 그 안에 담긴 것은 너무나도 깊은 이해와 체념, 그리고 명료한 현실 인식이었다.

장손무극은 떠나는 길에 뒤를 돌아보지 않았다. 다만 운흔의 시야에서 사라지기 직전, 조용히 고개를 들어 하늘가를 올려다보았을 뿐이었다.

짙푸른 하늘에서는 기러기들이 그와 마찬가지로, 그녀와 동떨어진 방향인 남쪽을 향해 날아가고 있었다. 광활한 창공이라는 화폭 위를 오르락내리락 하느작거리며, 점점이 흩뿌려진 먹물 자국처럼, 한 획 한 획 미련에 얽혀, 심중의 피나게 아픈 선택을 담고서.

운흔은 장손무극이 어떤 눈으로 기러기를 응시하고 있는지

볼 수 없었다. 그렇지만 굳이 입으로 내뱉지 않아도, 밖으로 풀어놓지 않아도, 그의 가슴에 있는 말들과 근심을 전부 알 것 같았다.

두 남자는 마음속으로 똑같은 질문을 던지고 있었다.

부요, 부요, 대체 어디에 있는 거지?

세상의 굴레를 벗어나 두 날개를 활짝 펴고 북으로, 북으로, 한 번도 바꾼 적 없는 목적지로 날아가 버렸을까?

이별이 임박했을 때, 운흔은 참아 왔던 질문을 던지고야 말았다.

'이 순간의 선택을 후회하지 않을 자신 있습니까?'

'부요가 그런 말을 했었지.'

장손무극이 긴 침묵 끝에 답했다.

'진정한 사나이를 만드는 것은 책임감이라고. 그 책임에는 벗에 대한 것만이 아니라 집과 나라도 포함된다고. 지금 상황에서 나라와 혈육을 버리고 오로지 애정만을 좇는다면, 나 장손무극은 부요 곁을 지킬 자격이 없는 사내일 것이오. 그녀를 실망시키고 싶지 않소.'

장손무극이 설핏 웃었다. 부요가 그러하듯 세간의 시련에 결코 꺾이지 아니할, 고아한 웃음이었다.

운흔은 그날부로 맹부요와 장손무극이 남기고 간 사람과 동물들을 데리고 맹부요를 찾기 위한 여정에 올랐다. 기약 없는 헤맴의 시간 동안, 절망감이 수도 없이 그를 덮쳤다.

아무리 적의 흉계에 당했다 쳐도 부요 정도 되는 고수가 아직껏 일행과 연락이 닿지 않는다니, 있을 수 없는 일이었다.

생각이 거기까지 미치자 몸서리가 쳐졌다. 악몽처럼 음산한, 감히 입에 올릴 엄두도 안 나는 단어가 떠올랐다.

그러다가 문득, 바람 속에서 들었던 장손무극의 차분하고도 굳건한 음성이 기억났다.

'살아 있으리라 믿어 의심치 않소. 우리가 해야 할 일은 그녀를 찾아내는 것이오.'

장손무극의 말을 상기해 낸 운흔은 다시금 이를 악물고 수색을 재개했다. 내륙 수색이 아무런 성과 없이 끝나자, 그는 어쩔 수 없이 바닷가로 향했다.

바닷가에서 오가는 사람들을 붙잡고 부요의 인상착의를 설명하던 어느 날, 소호라는 소년이 무척 망설이는 기색으로 그를 찾아왔다.

'찾는다는 분과 비슷한 사람을 본 것 같아서요…….'

그는 소년을 데리고 바다로 나갔다.

그러나 망망대해 한복판에서 해적선 한 척을 찾아낸다는 게 어디 쉬운 일이랴. 그렇게 바다 위를 떠돌다 보니 언제부터인가 '바이킹 해적단'이라는 이름이 귀에 들리기 시작했다. 그는 바이킹 해적단의 행보에서 부요의 그림자를 읽어 냈다. 그러다가 얼마 안 있어 마침 호랑이 이빨 해적단을 만나게 됐고, 그는 부요가 했던 것과 똑같은 방식으로 거친 해적들을 제압했다.

그때부터는 바이킹 해적단이 호랑이 이빨 해적단을 접수하러 오기만 기다렸다. 그들이 한낱 오합지졸한테까지 일일이 신경 쓸 만큼 의욕적인 집단이 아니라는 걸 미처 몰랐으니까.

아무 소식이 없자, 결국은 운흔 쪽에서 그들의 행적에 관한 정보를 긁어모아 보호비 수금 도중에 이렇게 불쑥 끼어들 수밖에 없었다.

그리하여 비로소 만났다. 마침내 그녀를 찾아냈다.

작년 가을부터 올해 늦봄까지, 온갖 고초로 점철된 반년의 시간. 그간 얼마나 기나긴 여정을 거쳤는지, 얼마나 많은 사람을 붙잡고 수소문했는지, 부풍 땅의 산맥 몇 개를 넘었는지, 악해의 항로 몇 개를 지났는지, 그런 건 기억도 나지 않았다.

어느 날 문득 돌아보니, 멀찍이 금빛 해적선 깃발 아래에 그녀가 있었다. 언제나처럼 고개를 꼿꼿이 들고서, 그 익숙하고도 가녀린 뒷모습 그대로.

목이 메어 왔다. 하늘이 그를 가엾게 여기시어 어느 누구보다도 먼저 그녀를 찾아내게 해 주셨음이었다.

모두가 애타게 부요를 찾아 헤매고 있었다. 아란주는 각지 관아에 공문을 발송했고, 전북야는 본인 휘하의 최정예 병력이자 부요에 대해 잘 아는 흑풍기를 파견했다. 장손무극의 은위들은 부요를 찾기 전까지는 아예 무극국에 발을 들일 수 없는 신세였다.

풍운이 소용돌이치는 부풍의 대지 위에, 맹부요를 둘러싼 소리 없는 암류가 하나 더 흐르고 있었던 것이다.

그토록 많은 사람이 매달렸던 고단한 수색 작전도 이로써 마침내 막을 내렸다.

세태의 험한 물결에 휩쓸려 번잡한 세상에 내던져져서도, 그녀는 그를 비롯한 주변인들을 직관적으로 기억하고 있었다. 그들로서는 실로 행복한 일이 아닐 수 없었다.

운흔은 조용히 미소 지었다.

아까 그녀가 고생이 많았느냐고 물었던가. 고생스럽기야 분명 고생스러웠다. 하지만 그를 고생시킨 것은 수색 과정이 아니라, 그녀의 행방을 알 수 없다는 사실에서 기인한 우려와 초조함이었다.

그리고 지금, 비록 색은 붉어졌으나 예리하기는 여전한 그녀의 눈빛과 그토록 가혹한 아픔을 겪었음에도 예전과 다름없는 웃음을 보고 있는 이 순간, 지난 반년의 고생은 아무것도 아닌 것이 되었다.

그녀 앞에는 고난이라는 단어가 존재하지 않았고, 그는 그런 그녀의 고난이 되고 싶지 않았다. 이번 생에 그가 유일하게 바라는 바가 있다면 바로 그녀가 언제까지고 지금처럼 밝고 당당하게 살아가는 것이었다. 고통의 진흙탕과 세속의 더러움 속에서도 존귀하고 아름다운 꽃송이를 피워 내며.

하여, 그가 빙긋이 미소 지으며 답했다.

"아니. 막 찾기 시작하자마자 이렇게 만났어. 운이 정말 좋았지."

"그럼 진짜 나는 누군데?"

"대완 여제, 맹부요."

운흔이 대답했다.

"네가 부풍에 온 이유는 공력을 증진시킬 방도를 찾기 위해서였어. 그러는 김에 대풍이 나찰도 바다에 남겨 둔 물건도 회수하고."

"아……. 기억난다! 나찰도!"

맹부요가 눈을 빛내면서 펄쩍 뛰어 오르더니, 이내 목청껏 소리쳤다.

"진경! 진경! 준비해, 나찰도에 갈 거니까……."

그러나 한참을 불러도 진경은 대답이 없었고, 대신 요신이 후다닥 달려 들어왔다.

"주인님, 나찰도에 가시겠다고요? 아이고야! 지금은 거기 갈 철이 아니에요! 날이 더워서 해류가 거칠다고요. 소용돌이도 많고 폭풍도 잦은데, 지금 갔다가는 십중팔구 황천행이라니까요! 게다가 운 나쁘면 교룡을 맞닥뜨릴 수도 있어요. 더 나쁘면 교룡왕을 만날 수도 있고요. 그러면 십중팔구가 아니라 그냥 바로 황천으로 직행인데……."

"말 한번 더럽게 많네!"

맹부요가 눈을 가늘게 뜨고 요신을 노려봤다.

"그나저나 왜 그렇게 잘 아는 거야?"

"저야 나찰도 출신이잖아요!"

요신의 눈이 커다래졌다.

"아아, 주인님……. 그것까지 잊어버리신 거예요?"

"내가 그걸 왜 기억해야 되는데?"

맹부요가 입을 삐죽거렸다. 그러다가 무심코 고개를 돌렸는데, 탁자 위에서 동그란 털 뭉치가 눈을 반짝반짝 빛내고 있는 게 보였다. 새카만 눈망울에 '나는 기억하지? 나는 분명 기억할 거야!'라고 적어 놓고서.

기대로 가득한, 그 순진무구한 눈망울을 보며 어쩐지 양심의 가책을 느낀 맹부요가 마침내 한마디를 뱉었다.

"아……. 원보였구나……."

원보 대인이 신난다고 어깨춤을 추려던 때였다.

"네 여자 친구 이름이 금강이었지, 아마……."

원보 대인은 부르르 경련을 일으켰다…….

이어서 구미가 아양을 떨며 달려왔다. 여우 노린내나 풍기는 주제에 방귀 냄새는 또 향긋한 동물.

맹부요는 안 그래도 녀석이 못마땅했다. 영 미덥지가 않다고나 할까.

그녀가 구미를 홱 밀쳐 내며 말했다.

"너, 비연이 키우는 애완동물이지? 저리 가, 훠이!"

구미는 콰당 그 자리에서 고꾸라졌다…….

잠시 후, 쓰디쓴 좌절을 맛본 두 사나이가 처량하게 몸을 일으켜 서로를 마주 봤다. 그리하여 사상 두 번째로 공감대를 형성한 둘은 부둥켜안고 울음을 터뜨렸다.

운흔은 망설이고 있었다. 과연 지금의 부요 앞에서 장손무극 이야기를 꺼내도 좋을지 고민스러웠다.

물론 마음 같아서는 장손무극을 언급하고 싶지 않았다. 기억도 온전치 못한 부요가 그 이야기를 들으면 오히려 낙담하는 게 아닐까 걱정도 됐다.

하지만 마음에 어떠한 거리낌도 없는 부요의 모습을 보고 있자니, 그녀 앞에서 이기적인 잔꾀를 부리는 건 저열한 짓이라는 생각이 들었다.

"장손무극은 본국으로 돌아가서 황위를 이어받았어."

잠시 후, 마침내 그가 입을 열었다.

"무극국 황제가 승하해서…… 널 찾으러 못 온 거야."

"어?"

맹부요가 깜짝 놀랐다.

"그 사람 아버지가 죽었다고? 아버지가 죽었어?"

그녀의 격한 반응에 운흔이 당황한 표정을 지었다.

본인 이야기는 설렁설렁 넘어가더니, 장손무극의 부황이 붕어했다는 소식에 저렇게까지 흥분할 줄이야.

운흔과 눈이 마주치자 맹부요 본인도 미간을 찌푸렸다. 그러더니 멀뚱멀뚱 천장을 올려다보다가 확신이 없는 투로 중얼거렸다.

"아아, 나도 내가 왜 과민 반응인지 모르겠는데, 딱 듣는 순간 속이 상하더라고. 내 기억으로는 그 사람한테 아버지가 굉장히 중요한 존재였던 것 같아서. 많이 슬플 거야……."

난데없이 솟구치는 묘한 감정을 억누르려는 듯 손을 휘휘 내저으면서 숨을 고른 그녀가 이내 피식 웃었다.

"가서 쉬어. 난 방에 가서 생각 좀 해 봐야겠어."

그녀는 쿵쿵거리며 방으로 향하다가, 등에서 떨어질 줄 모르는 운흔의 눈길을 느끼고 뒤를 돌아봤다. 그녀가 웃음기 섞인 말투로 물었다.

"왜, 아직 할 이야기 더 남았어?"

"그게……."

운흔이 말을 고르고 고른 끝에 입을 열었다.

"실망하거나 화내지는 않는 거야?"

"화가 나?"

맹부요가 자기 얼굴을 가리켰다.

"내가?"

운흔에게서는 대답이 없었다.

픽 웃어 버린 맹부요가 말했다.

"장손무극 두고 하는 소리지? 나 찾으러 안 왔다고 화내야 한다는 거야? 못 온 이유를 기껏 설명해 줘 놓고, 왜? 아버지가 승하하셨다며. 일국의 주인 자리가 하루라도 빈다는 건 말이 안 되잖아. 그 상황이면 당연히 돌아가서 황위를 이어받아야지. 어디로 튀었는지도 모르는 친구 찾아서 자기 나라고 뭐고 내버리고 천 리 길을 달려왔어야 한다는 거야? 그게 더 황당한데? 그리고 너랑 너희들!"

팔짱을 낀 맹부요가 차분하게 말을 이었다.

"사람이라면 누구나 자기가 책임져야 할 부분이 있어. 하지만 나는 어느 누구의 짐도 되고 싶지 않고, 책임져야 할 대상이 되고 싶지도 않아. 와 주면야 기쁘지만, 못 왔다고 해서 그 사람을 원망할 권리는 나한테 없어. 인생이란 고독과의 싸움이기 마련이니까. 한 사람의 삶에서 가장 중요한 임무는 자기 자신을 책임지는 거야."

운흔은 아무런 말도 못 하고 그저 그녀를 바라보고 있었다.

곧이어 맹부요가 두 팔을 활짝 펼쳐서 커다란 동그라미를 그리듯 돌렸다.

"난 잘 지낼 거니까 안심해. 봐, 이 꼴이 났어도 해적왕 정도는 해 먹고 있잖아."

그런 다음 턱을 치켜들고 미소 지었다.

"나는야, 해적왕 맹부요다!"

그녀는 바다와 하늘을 한꺼번에 끌어안은 자세를 하고 가벼운 발걸음으로 선실을 빠져나갔다.

운흔은 선실의 어두컴컴한 음영에 잠긴 채 오래도록 침묵했다. 물결처럼 넘실거리는 달빛이 그의 눈동자 안에서 명멸하고 있었다.

그대로 한참이 지나, 그의 입술 사이로 조용한 읊조림이 새어 나왔다.

"당신은 정말 운이 좋군……. 정말 운이 좋아!"

온유한 파도가 밀려와 선체를 가만가만 두드리다가, 검은색 비단처럼 넓게 펼쳐져 출렁이며 물러갔다.

등불이 깜빡이는 맞은편 섬에서는 해적들이 물자를 정리하는 중이었고, 뱃머리에서는 누군가 바다를 벗하여 술을 마시고 있었다. 나 한 모금, 바다 한 모금, 번갈아 가며.

조용한 걸음으로 뱃머리에 나온 운흔이 술병을 든 사람 뒤쪽에 멈춰 섰다. 그 사람은 뒤를 돌아보지 않았다. 그대로 침묵하는가 싶던 그가 술병을 건네면서 말했다.

“배에 좋은 술이 없더라고. 말 오줌 맛이지만, 아쉬운 대로 마셔.”

운흔은 흠칫했다.

고상하고 교양 있는 사람으로 기억하고 있었는데, 저 입에서 저렇게 거침없는 소리가 나올 줄이야.

“바다에서 그녀를 만나고 내가 들은 첫마디가 이거였어.”

연경진이 고개를 돌렸다. 낯빛은 창백했으나 눈빛에는 웃음기가 어려 있었다.

“딱 들어도 부요 특유의 말투인 거 알겠지? 원래 그런 여자야. 어떤 상황에서든 절대 변할 줄 모르는.”

운흔은 바로 대답을 내놓지 않았다. 연경진이 말머리부터 맹부요를 입에 올리는 게 썩 기분이 좋지 않아서였다. 그러다가 내키지 않는 투로 답했다.

“아니, 부요는 변하고 있어. 갈수록 큰 사람이 되어 가고 있고, 마음은 점점 더 굳세지고 있어.”

피식 웃은 연경진이 술을 목구멍에 들이부었다.

그 모양새를 지켜보던 운흔은 연경진이 본인도 모르게 맹부요처럼 행동하고 있다는 걸 알아차렸다. 예전에는 일거수일투족 귀족으로서의 존엄과 기품을 잃지 않던 사람이 그새 완전히 달라져 있었다.

"너희가 옳을 수도 있겠지!"

연경진이 한참 만에 낮게 잠긴 목소리로 말했다.

"너희는 항상 나보다 부요를 잘 알았으니까. 그래서 너희는 부요 곁에서 함께할 수 있는 거고, 나는, 나는 진작에……."

운흔은 천천히 술을 한 모금 넘겼다.

연경진 역시 참으로 깊게도 마음을 주었구나 싶었다. 안타깝게도 인연이 아니었을 뿐.

"아버지께서 너한테 집으로 돌아오라고 안 하셨어?"

연경진이 돌연 화제를 돌렸다.

"떠나오기 전에 말씀드렸는데. 너도 알고 있었지?"

그 소리에 울화가 치민 운흔이 코웃음을 쳤다.

"무슨 자격으로 그런 소리를 지껄이고 다닌 거지? 너희 연씨 가문이 무슨 자격으로 나한테 돌아오라 마라야? 연렬, 그 작자가 나를 자식으로 인정할 배짱도 없는 주제에 밖에서 내 어머니를 건드렸던 건 그렇다 쳐. 사실을 알게 된 네 할아비가 행여나 그 집안 고귀한 혈통이 더럽혀질까, 나와 어머니를 생매장하려고 들었을 때도 그 작자는 한 마디도 안 하고 우릴 외면했어. 그게 인간인가? 네 할아비가 인간이야? 그러고도 내 아버지로서 자격이 있다고? 너한테나 아버지겠지!"

연경진이 움찔했다. 대번에 표정이 일그러진 그가 크게 숨을 한 번 몰아쉬더니 말했다.

"할아버지하고 아버지가 너희 모자한테 잘못한 게 맞아. 하지만 할아버지는 이미 돌아가셨고, 아버지는 네 생각이 많이 난다고 하셨어. 네가 죽은 줄 알고 틈만 나면 한숨짓는 걸 보다 못해 말씀드린……."

"할아버지가 죽고 나니까 이제야 내 생각이 났다? 그 긴 세월을 입 꾹 닫고 있던 연렬이 왜 갑자기 운씨 가문에 찾아와 날 돌려 달라고 그러나 했더니. 제 아비는 죽고 아들은 집을 나가고 나니까 이제 그 고귀한 가업을 이을 사람이 없어졌나 보지? 연렬이 혼자 남겨지는 꼴은 못 보겠으니까 챙기는 모양인데, 어머니와 내가 생매장당할 때는 어째서 아무도 챙기는 사람이 없었지?"

운흔의 낯빛은 연경진보다도 더 창백했다. 평소에는 말이 거의 없는 그였지만, 오늘은 화가 머리끝까지 치밀었다. 지난날의 차분한 어투는 온데간데없이, 지금 그는 격하게 신랄한 말들을 내뱉고 있었다.

그럴 수밖에 없었다.

연씨 집안이 무슨 염치로 혈육을 되찾겠다고 나선단 말인가? 그간 흘러간 세월이 얼마인데, 이제 와서 운씨 가문에 들이닥쳐 핏줄을 내놓으라고 해?

어머니가 진흙 구덩이 속에서 그를 밀어 올린 순간, 운치의 발밑에 꿇어앉아 제발 어머니를 잘 묻어 달라고 빌던 순간, 그때부터 연씨 집안은 그의 원수였다!

연경진은 침묵하고 있었다. 운흔의 날카로운 힐문에 대답할 말을 찾지 못한 것이다.

잠시 후, 젖은 눈으로 고개를 든 그가 목멘 소리로 말했다.

"동생아……. 내 동생아! 나 같은 형은 형으로 쳐주지도 않겠지만, 연씨 집안이 잘못한 거 알지만, 형이 이렇게 부탁하마. 혹시 언젠가 집으로 돌아가게 되면 아버지를 너무 괴롭히지는 말아 다오……."

"그쪽 집안이나 나 괴롭히지 말라고 해!"

술병을 확 내던져 깨뜨린 운흔이 저벅저벅 걸음을 옮기던 때였다.

"동생아!"

뒤쪽에서 '털썩' 소리가 났다. 누군가 꿇어앉는 소리였다.

운흔은 흠칫 굳어 버리고 말았다.

"형은 아마 다시는, 집에 돌아가지 못할지도 몰라……."

연경진이 떨리는 목소리로 말했다.

"훗날…… 그래도 누군가는 가문의 대를 이어야지……."

바닷바람이 거셌다. 희뿌연 달빛 아래, 축축한 갑판에는 엷은 연무가 덧씌워져 있었다.

꿇어앉은 이는 서 있는 이의 뒷모습을 향해 간절한 눈빛을 보내고 있고, 서 있는 이는 말없이 하늘만 올려다보고 있었다. 운흔은 결국 뒤를 돌아보지 않고 빠른 걸음으로 자리를 떴다.

갑판 위에 남겨져 오래도록 꿇어앉아 있던 연경진은 느릿느릿 몸을 웅크려 차갑게 젖은 바닥에 뺨을 붙였다.

고요한 밤, 눈물방울이 갑판의 바닷물에 뒤섞여 소리 없이 번져 나갔다.

바이킹 해적단의 배는 나찰도를 향해 이동 중이었다.

요신의 말에 따르면 해류가 거친 초여름은 물질하기 좋은 계절이 아니었지만, 역설적으로 정말 좋은 보배를 얻고자 한다면 그때가 바로 기회라고 했다. 거친 해류가 나찰도 해저에 가라앉아 있는 고대 왕국의 보물들을 위쪽으로 끌고 올라온다는 것이었다. 그때가 아니면 심해 밑바닥까지는 아예 내려갈 수가 없다는 게 요신의 설명이었다.

맹부요는 보물에는 전혀 관심이 없었다. 지난날 그녀가 왕궁에 남겨 두고 온 보따리와 그 안의 지도를 요신에게서 전해 받았을 때, 그녀가 떠올린 것은 보물이 아닌 다른 중요한 임무였다.

바로 대풍의 유품을 찾는 것.

과거 대풍이 바다 괴물과 싸우다가 나찰도 인근 바다에 빠뜨린 물건이 있다고 했다. 그게 정확히 무엇인지는 몰라도, 맹부요는 직감적으로 자신에게 도움이 될 만한 물건임을 느끼고 있었다.

현재 그녀의 무공은 마지막 단계에서 벽에 부닥친 상태였다. 더 높은 경지로의 도약을 코앞에 둔 게 분명함에도 그 얇은 장애물 한 겹을 도무지 넘을 수가 없었다. 정체기가 길어지면서 요즘 그녀는 조바심에 시달리는 중이었다.

운흔은 본인을 따라왔던 수행원들을 먼저 뭍으로 돌려보냈다. 맹부요를 찾았다는 소식을 전하기 위해서였다. 그녀를 찾느라 밤잠을 못 이루는 사람이 한둘이 아닌 만큼, 그들을 안심시켜 주기 위해서라도 소식을 알려야 했다.

해적선은 나찰도와 상당한 거리를 두고 인근 해역 가장자리에 닻을 내렸다. 나찰도는 급류, 암초, 소용돌이로 유명한 섬이었다. 특히 들개 이빨처럼 들쭉날쭉한 암초가 섬 사방에 쫙 깔려 있어서 어느 정도 크기가 있는 선박은 접근 자체가 불가능했다.

작은 배 몇 척이 아래로 내려졌다. 하나에는 맹부요, 운흔, 요신이 함께 타고, 연경진은 마 씨를 비롯해 자맥질에 능통한 해적들을 데리고 다른 배에 탔다.

마 씨는 맹부요가 소호를 돌려보낼 당시 일부러 같이 보내지 않았기에 여태껏 배에 남아 있었다. 바다에서 평생을 보낸 노련한 어민 마 씨는 그녀에게 꼭 필요한 존재였다. 마 씨 쪽에서도 그녀가 약속한 보수에 만족하면서 흔쾌히 해적선에 남겠다고 했다.

따스한 햇볕 아래에서 드넓은 수면이 금가루를 뿌려 놓은 양 반짝이고 있었다.

배 위에 서서 대풍의 지도와 근방 지형을 대조해 보던 맹부요가 손시늉으로 구획을 그려 보이며 말했다.

"바로 여기야!"

"해류가 계속 움직이는데 수십 년 전에 빠뜨린 물건이 아직 그 자리에 있다고 어떻게 장담합니까?"

요신이 고개를 쑥 내밀었다.

"대풍이 지도를 남겼을 때는 다 그럴 만하니까 남겼겠지. 여기 지도에 점 찍어 놓은 거 봐."

맹부요가 말했다.

"물건을 빠뜨리고 나서 조치를 해 둔 게 분명해. 뭔가로 눌러 놓거나 했겠지. 죽기 직전까지 정신이 말짱했던 노인네가 헛소리를 했을 리는 없다고."

잠수복으로 갈아입고 준비 운동을 한 요신이 가죽 주머니를 메고 몸에 밧줄을 묶었다. 그러고는 습습한 바닷바람을 한껏 들이마시면서 씩 웃었다.

"아아, 물에 들어가는 게 얼마 만인지. 묵혀 둔 기술을 드디어 써먹는구나!"

그대로 배에서 뛰어내린 요신은 물고기처럼 매끄럽게 해수면 아래로 입수했다. 처음에는 새파란 바닷물 밑으로 흐릿하게 회색 그림자가 보였지만, 나중에는 그마저도 사라졌다.

맹부요는 밧줄을 풀면서 줄의 길이를 보고 바다의 깊이를 가늠 중이었다. 본인이 들어갈 경우 얼마나 버틸 수 있을지 계산해 보기 위해서였다. 요신은 나찰도 출신 익교족으로, 어려서부터 잠수 기술을 익혔기에 수중에 머무를 수 있는 시간이 보통 바닷사람들보다 월등하게 길었다.

흐음……. 깊이를 보아 하니 맹부요 본인 정도의 무공이면

반 시진가량은 문제가 없을 것 같았다.

요신과 연결된 밧줄은 계속해서 풀려 나가다가 거의 끝을 보이고 나서야 멈췄다. 맹부요가 가슴을 졸이고 있기를 한참, 마침내 요신이 위로 올라오는 기척이 느껴졌다.

그대로 1각쯤 더 지났을까, '촤앗' 하는 소리와 함께 수면을 뚫고 나온 요신이 숨을 헐떡이면서 말했다.

"엄청나게 깊어요! 밑에 뭐도 되게 많고……. 일단 주변이 생각보다 잠잠하고 눈에 띄는 위험 요소는 없었어요. 동굴 앞에 놓여 있는 철제 상자를 하나 봤는데, 아무래도 그게 대풍이 지도에 표시해 둔 물건 같아요. 그런데 기다란 검에 꿰뚫린 채로 암초에 단단히 박혀 있어서 당겨 봐도 꿈쩍도 안 하더라고요."

맹부요가 '으음.' 하더니 입을 열었다.

"내가 가 봐야겠어."

운흔이 즉시 한마디를 보탰다.

"나도 같이 가."

맹부요가 피식 웃었다.

"수영 잘하는 편도 아니면서 뭘. 나는 그간 바다에서 지겹게 연습했다고. 땅에서 하는 무공이랑 물속에서 움직이는 거랑은 완전히 다른 문제야. 땅에서 10을 했으면 물속에서는 2만 해도 용한 축에 드는데, 수영까지 어설픈 사람은 오죽하겠어? 내려가서 검 뽑고 상자만 가지고 올라올 테니까 걱정하지 마. 아무 일도 없을 거야."

맹부요는 운흔에게 대꾸할 틈을 주지 않고 미끄러지듯 물로 뛰어들었다. 햇살 아래서 물보라가 반짝이며 부서졌다.

운흔은 날렵하게 물속으로 사라지는 그녀의 모습을 보며 까닭 없는 불안감을 느꼈다. 그때 마침 연경진의 배가 옆쪽으로 다가왔다. 무심결에 서로 눈이 마주친 형제는 누가 먼저랄 것도 없이 시선을 피했다.

맹부요는 바다 밑바닥으로 내려가고 있었다. 고요한 바닷속은 위쪽과는 또 다른 침묵의 세계였다. 초반에는 드문드문한 물결을 뚫고 햇빛이 비쳐 들다가, 점점 아래쪽으로 내려가면서 사방이 짙은 남색과 청록색으로 가득 채워졌다. 농도가 제각각인 색채들이 서로 교차하면서 변화를 거듭했다.

밑으로 향할수록 악몽과도 같은 어둠이 무겁게 맹부요를 짓눌러 왔지만, 그 속에도 하얗게 비치는 빛은 있었다. 맹부요가 알기로, 그것은 해저에서 올라오는 광채였다.

바로 옆쪽에서 물고기 떼가 노닐고 있었다. 연분홍색, 붉은색, 초록색, 울긋불긋한 비늘이 반짝였다. 개중 몇 마리는 바짝 다가붙어 얼굴을 간질이기도 했다.

흑회색 암초 위에는 사슴뿔이며 버드나무 가지를 닮은 산호가 어지러이 자라나 자태를 뽐내고 있었다. 하얗고 붉은 색채가 산란하는 모양이 영롱하니 눈부셨다.

그러나 맹부요는 고요하고도 환상적인 바닷속 풍경을 찬찬히 감상할 마음이 없었다. 그럴 형편이 못 되기도 했다. 그녀의 눈에 비치는 것은 기껏해야 옅고 짙음의 차이만 있다 뿐, 온통 붉은색 윤곽이 전부였으므로.

그녀의 눈길이 해초로 뒤덮인 동굴에 닿았다. 동굴의 규모는 그다지 크지 않았다.

동굴 앞에 꽂혀 있는 장검에도 해초가 주렁주렁 걸려 있었고, 검 밑으로는 요신의 말대로 상자가 보였다. 맹부요는 기쁜 마음에 당장 검을 뽑으러 헤엄쳐 갔다.

한창 동굴 가까이 접근하는 와중에 묘한 기분이 들었다. 동굴이 어째 심상치 않다는 느낌이었다. 순간 머릿속에 언젠가 봤던 또 다른 동굴의 모습이 스쳐 갔다.

아마 거기에는 오색 빛깔 꽃이 자라고 있었던가.

아무리 머리를 굴려 봐도 두 동굴 사이에 대체 무슨 연관성이 있는지 결론이 나질 않았지만, 그녀는 무의식적으로 동굴 입구와 최대한 거리를 두려 노력하며 검을 향해 손을 뻗었다.

검은 아주 깊이 박혀 있었다. 그 깊이만 봐도 당시 대풍이 얼마나 무시무시한 힘으로 바다에 내리꽂았는지 알 만했다.

그런데 왜 밑에 내려와서 상자를 챙겨 올라갈 생각은 안 했을까. 이해가 안 가는 일이었다.

일단 검을 뽑는 것 자체는 그녀에게 큰 문제가 되지 않았다. 검을 잡고 위로 당기는 찰나, 손에 묘한 느낌이 전해져 왔지만 눈으로 봐서는 딱히 이상한 점을 찾을 수 없었다. 그녀는 해초를 걷어 내고 칼날 밑에 있던 상자를 거머쥐었다.

바로 그때였다. 바닥이 요동쳤다. 지축이 뒤흔들리는 것처럼 격렬하게.

바닷물이 끓어오르듯 부글거리고, 주변의 암초, 산호, 수초가 제자리를 벗어나 물거품처럼 뒹굴며 소용돌이쳤다. 깜짝 놀란 물고기들이 방향을 분간하지 못하고 도망치다가 맹부요를 들이받기도 했다.

그러는 동시에 등 뒤쪽에서 무언가가 번쩍했다. 흡사 탐조등 두 개가 강렬한 빛을 내쏘는 것 같았다.

급히 고개를 돌린 맹부요는 해초가 너절너절 걸린 시커먼 동굴에서 짙푸른 광선이 뿜어져 나오는 걸 발견했다. 거대하게 번뜩이는 빛의 구가 눈에 들어오자마자 제일 먼저 든 생각은 저것이 바다 밑바닥에 숨겨져 있던 보물인가 하는 것이었다.

하지만 다시 봤을 때, 머리가 아찔해졌다.

그것은 동물의 눈이었다!

사방 수십 미터에 달하는 지면이 한꺼번에 들썩이고 있었다. 진동을 못 이긴 부착 생물들이 지면에서 떨어져 나가자 동물의 회청색 등 부위가 드러났다. 일부분일 뿐인데도 대형 선박의 골조를 보는 듯했다. 맹부요의 발밑에 있는 것은 거대한 바다 괴물이었다.

그녀는 속으로 '아뿔싸.' 하고 외쳤다. 몸집을 보아 하니 놈의 손이 닿지 않는 곳까지 빠르게 도망치기란 불가능할 것 같았다. 그녀의 칼이 제아무리 단단하다 해도 쓸모 있을 상황이 아니었다. 그녀는 재빨리 밧줄을 당겨 위로 올려 달라는 신호를 보냈다.

그런데 웬걸, 바다 괴물은 육중한 몸집과 어울리지 않게 번개처럼 민첩했다. 맹부요의 눈이 미처 따라잡지도 못했을 만큼 순식간에, 놈이 머리를 휘둘러 밧줄을 끊어 버렸다.

상자를 앞섶에 밀어 넣은 맹부요는 전력을 다해 위쪽으로 헤엄치기 시작했다.

그러나 그녀가 아무리 용을 쓴들 끝이 보이지 않게 기다란 몸뚱이를 가진 괴물에게서 쉽게 벗어날 수 있을 리 없었다. 그녀가 한나절을 헤엄쳐야 도달할 거리를 놈은 몸뚱이를 한 번 꿈틀하는 것만으로도 간단히 따라잡을 수 있었다.

고작 몇 미터나 헤엄쳐 갔을까, 천둥 같은 포효가 울리면서 바닥에 깔려 있는 산호들이 조각조각 깨져 나갔다. 등 뒤에서 거센 물의 흐름이 느껴지더니, 느닷없이 강력한 소용돌이가 만들어져 그녀를 '훅' 하고 뒤쪽으로 빨아당겼다.

마치 바람에 휩쓸린 풀포기처럼, 그녀는 속절없이 급류 한복판으로 빨려 들었다. 혼탁한 바닷물이 미친 듯이 날뛰면서 하얀 모래를 휘말아 올렸다.

그 모래의 뒤쪽에서 빠르게 접근해 오는 거대한 검은색 그림자가 비쳤다. 시퍼런 눈알 아래, 먹잇감을 노리고 쩍 벌어진 아가리가 톱날 같은 이빨을 내보이고 있었다.

돌연 맹부요가 검을 수직으로 세워 들었다.

쩡!

장검이 괴물의 위아래 이빨 사이에 세로로 박히면서 난 소리였다.

괴물이 거칠게 포효하며 턱에 힘을 줬다. 힘으로 검을 부러뜨리려는 것 같았다. 그러나 장검은 거대한 압력에 짓눌려 점점 구부러질지언정 부러지지는 않았다. 맹부요가 가진 진력 전부를 쏟아 넣은 물건이 쉽게 부러질 리가 없었다.

맹부요는 소용돌이에 휩쓸려 괴물의 배 속으로 들어가지 않기 위해서 온 힘을 다해 장검을 붙들고 있었다. 가녀린 몸이 괴물의 입 안에서 검은색 깃발처럼 주체할 수 없이 나부꼈다.

사방에서 사납게 몰아닥치는 물살 탓에 눈도 제대로 뜰 수가 없었다. 맹부요는 눈을 감은 채로 차분히 옷 속을 더듬어 시천을 꺼내 들었다. 이렇게 된 김에 괴물을 해치울 생각이었다.

그 순간, 등 뒤에서 철판 같은 무언가가 그녀를 입 밖으로 밀어내려는 듯 달려들었다. 맹부요는 몸을 틀어 물체를 피하면서 시천을 휘둘렀다. 그러나 아깝게도 칼날에 잘린 건 검푸른색의 살점 한 덩어리가 전부였다.

시천에 잘리기 전에도 온전한 형태가 아니었던 것 같은 고깃덩이가 눈에 들어오자 문득 떠오르는 게 있었다.

오래전 부풍에 나타나 행패를 부리다가 대풍의 손에 처단됐다던 바다 괴물.

보아하니 실상은 깨끗이 처치하지 못하고 상처만 입힌 모양이었다. 대풍의 검이 몸뚱이에 꽂혀 있고, 상자는 놈의 콧구멍 부근에 놓여 있던 상태였다. 당시 대풍도 기력이 다해 끝마무리를 못 짓고 떠난 것이리라.

괘씸한 작자 같으니, 그렇게 중요한 사실을 홀랑 건너뛰고 안 알려 줘?

그 당시 대풍은 놈을 얕은 물가까지 유인해 내고서도 결국

죽이지 못했다. 하물며 지금 맹부요는 물속에서 한참 몸싸움을 한 뒤였다. 수중에서의 격렬한 움직임에는 극심한 진력 소모가 동반됐다. 이대로 가다가는 괴물의 점심거리가 되는 건 둘째 치고 그 전에 익사할 수도 있었다.

더는 물속에 머물러 있을 수 없는 상황. 맹부요는 마구잡이로 시천을 휘두르기 시작했다. 칼끝에 걸리는 게 뭐가 됐든지 간에 일단 있는 힘껏 찔렀다.

새파란 바닷물 속에 하얗게 물거품이 일고, 물거품 사이로 검붉은 핏빛이 뭉텅이로 번졌다. 곧 물빛이 혼탁해질 대로 혼탁해지면서 시야 확보가 아예 불가능해졌다. 그러나 맹부요는 핏빛 격랑 한복판에 갇혀서도 얼굴색 하나 변하지 않고 그저 칼을 내지르고, 내지르고, 또 내질렀다.

울부짖으면서 몸을 뒤틀던 바다 괴물이 곧이어 고개를 거칠게 떨치자 맹부요는 추풍낙엽처럼 내동댕이쳐졌다. 단번에 수 장 높이를 솟구쳐 오른 그녀는 그 충격 때문에 일순 눈앞이 아찔했지만, 그 힘을 놓치지 않고 이용해 위쪽으로 도약했다.

수면 밖으로만 나가면 살 수 있어!

그때였다. 갑작스럽게 두통이 몰려왔다. 그간 잠잠하던 두통이 다시 발작한 것이었다. 괴물에게 내동댕이쳐질 때 지난 상처에 충격이 가해진 모양이었다.

어렵사리 평온을 되찾았던 머릿속이 다시금 엉망진창이 됐다. 예리한 칼날이 머릿속을 자비 없이 헤집고 있었다.

고통이 뼛속까지 파고들었다. 그녀의 의지와 관계없이 사지가 축 늘어지면서 시야가 까맣게 암전됐다. 혼탁한 녹색 바닷물이 온몸을 짓눌러 오고, 칼날처럼 생긴 시커먼 그림자들이 주위를 휘젓고 다녔다.

맹부요는 가라앉고 있었다. 바다 괴물의 아가리를 향해.

침몰의 순간, 그녀는 위쪽 수면과 아래쪽 해저 각각에서 검은색 윤곽이 자신을 향해 빠른 속도로 헤엄쳐 오고 있는 것을 보았다.

흙먼지밖에 안 될 마음이라도

맹부요는 가라앉고 있었다. 창공만큼 짙푸른 바닷물이 그녀를 덮쳐 와 바윗덩이 같은 무게로 머리를 짓눌렀다.

그녀는 머리통을 부여잡고 혈관이 불퉁불퉁 뛰는 관자놀이를 있는 힘껏 압박했다. 어떻게든 의식을 붙잡아 보려는 노력이었다. 여기서 정신을 잃으면 일행의 짐이 될 게 뻔했다. 일행 중에는 혼절한 그녀를 데리고 바다 괴물의 추격을 피해 수면까지 다다를 수 있는 사람이 없었다.

관자놀이에서 배어 나온 불그스름한 핏줄기가 혼탁한 바닷속을 비단 끈처럼 가로지르다가 이내 모습을 감췄다.

머리 위쪽에서 누군가가 빠르게 헤엄쳐 내려오고 있었다. 하지만 그녀가 가라앉는 속도를 따라잡기에는 역부족이었다. 바다 괴물이 기다란 몸체로 원을 그리면서 크고 작은 소용돌이를 만들어 그녀를 끌어 내리고 있는 탓이었다.

위쪽에서 결사적으로 팔을 뻗는 사람은 하나가 아니었다. 그 와중에도 맹부요는 몸을 가누지 못하고 가라앉는 중이었다.

아래쪽에서 그녀를 끌어당기는 괴생명체는 물고기보다는 교룡의 한 종류로 보였다.

거대한 몸뚱이가 민첩하게 빙글빙글 휘감기고 있었다. 한 바퀴 감길 때마다 새로운 소용돌이가 하나씩 생겨났다. 그녀는 곧 바다 괴물이 튼 똬리의 중심으로 떨어질 것이다. 그러고 나서 놈이 몸뚱이를 조이면 그녀는 조각조각 부서지고야 말리라.

기나긴 동면 끝에 깨어난 해저의 신수는 신선한 먹잇감을 얼른 맛보고 싶어 안달이 나서, 벌써부터 머리를 바짝 쳐든 채였다. 짙푸른 동공 아래쪽에 뾰족한 이빨이 박힌 아가리가 쩍 벌어져 있었다.

맹부요는 괴물의 아가리를 통해 흘러나오는, 우레와도 같은 굉음을 들었다. 안에서 내장이 요동치는 소리였다. 소용돌이 속에서 물거품이 보글거리는 소리도 들렸다. 산호며 암초가 괴물의 꼬리에 얻어맞아 박살 나는 소리 역시도.

저 꼬리에 가격당한다면 으스러지는 소리조차 없이 몸이 곧장 다진 고깃덩이 신세가 될 게 확실했다.

어느덧 소용돌이가 발밑 지척이었다!

맹부요는 칼을 들어 제 살을 그었다. 살갗이 벌어지면서 산호 구슬 같은 핏방울이 물속으로 흩어졌다.

사람 몸은 부위마다 통각의 민감도가 다르기 마련이다. 개중에는 상처로 인한 고통이 격하기는 해도 관절이나 기동력에 지장이 가지 않는 부위도 있다. 단지 고통이 강림하는 그 순간의 의지력이 시험대에 오를 뿐인.

그런 부위에 상처를 낼 경우, 찰나의 가혹한 고통만 이겨 내면 잠재되어 있던 힘을 한계치 이상까지 끌어올릴 수 있다.

물론 맹부요는 그 정도 고통쯤이야 너끈히 견뎌 낼 수 있었다. 머릿속에 지옥이 펼쳐졌던 그날 이후로 세상에 그녀가 감당하지 못할 고통 따위는 존재하지 않았다.

아픔과 함께 정신이 번쩍 들고, 순간적으로 기력이 돌아왔다. 맹부요는 필사의 힘을 다해 단번에 소용돌이를 벗어났다.

그때였다. 눈앞에 거무스름한 그림자가 스쳐 가더니 무언가가 희미하게 번뜩였다.

물살이 세차게 몰아치는 동시에 두 줄로 난 이빨이 그녀의 견갑골을 노리고 달려들었다! 괴물의 몸통이 만들어 낸 소용돌이로부터 탈출한다는 게, 하필이면 놈의 머리 가까이 접근하고 만 것이었다. 즉각 기민하게 반응한 놈이 그녀를 물어뜯겠다고 흉맹한 기세로 덮쳐 왔다.

놈의 이빨이 얼마나 날카로운지를 생각하면 견갑골쯤은 단숨에 꿰뚫릴 게 분명하고, 그랬다가는 그길로 일신의 무공을 잃게 될 터.

가슴이 덜컥 내려앉았다. 다른 무언가를 하기에는 이미 너무 늦어 버린 상황에서, 그녀는 반사적으로 팔을 들어 방어 자세를 취했다.

깡!

살가죽이 찢기는 소리를 예상했건만, 정작 귀에 들려온 것은 이빨이 금속성 물체와 충돌한 듯한 소리였다.

당황한 맹부요가 눈을 돌리자, 손목에 끼워진 고리 모양의 검은색 물체가 괴물의 이빨과 맞닿아 있는 게 눈에 들어왔다.

강철 칼처럼 예리한 괴물의 이빨은 어지간한 쇠붙이 정도야 우습게 동강 낼 위력을 가지고 있었다. 그런데 어째서인지 그녀의 손목을 납작하게 둘러싸고 있는 팔찌 앞에서는 힘을 쓰지 못하는 것이었다. 아니, 단순히 힘을 못 쓰는 정도가 아니라 심지어는 이빨 하나가 부러져 나간 뒤였다.

맹부요는 재빨리 이빨 조각을 낚아채 괴물의 콧구멍에 내리꽂았다. 괴물이 토해 낸 분노의 포효에 바닷물이 들끓었다. 고개를 젖히고 울부짖던 놈이 꼬리를 튕기듯 휘젓자 거친 물살이 주위에 무형의 벽을 만들었다.

맹부요가 방향을 틀어 거리를 벌리는데, 괴물의 머리 꼭대기에 아주 작게 튀어나온 돌기가 어렴풋이 눈에 띄었다. 돌기는 그녀의 불그스름한 시야 안에서도 기묘한 광택을 발하고 있었다. 순간적으로 그곳이 놈에게 지극히 중요한 부위일 거라는 감이 왔다.

시천이 바닷물을 갈랐다.

촤앗!

세상에 베지 못할 것이 없는 검은색 칼날이 돌기에 박혔다.

그러나 칼자루까지 깊숙이 꽂을 수는 없었다. '뎅' 하고 금속이 맞부딪치는 듯한 소리가 난 것만으로도 돌기가 얼마나 단단한지 짐작할 수 있었다.

맹부요는 속으로 아쉬움을 삼켰다. 격한 두통 탓에 조준이 불안정했던 게 패착이었다.

목표 지점을 살짝 비켜난 칼날이 박힌 곳은 뼈 틈새였다. 틈새가 어찌나 빡빡한지, 칼을 잡아당겨도 도통 빠지질 않았다.

괴물은 거의 미칠 지경으로 고통에 몸부림치고 있었다. 놈이 몸뚱이를 꽈배기처럼 돌돌 말았다가 단번에 튕기듯 뻗쳤다.

엄청난 부피의 물체가 격렬하게 움직이자 그 기세에 휩쓸린 바닷물이 요동쳤다. 괴물의 고통에 해저 전체가 들썩이고 있었다. 이대로 높이높이 떠들려 올라가 3만 리 위쪽 광활한 하늘의 자리를 대신 차지하기라도 할 것처럼.

맹부요는 그제야 어렴풋하게나마 괴물의 전체적인 형상을 확인할 수 있었다.

길이가 족히 수십 미터는 되어 보이는 몸체, 큼지막한 머리와 두꺼운 꼬리, 몸통 절반을 뒤덮고 있는 딱딱한 비늘, 각각 수 미터에 달하는 네 개의 발.

역시나 교룡왕이었다. 수많은 사람의 목숨을 빼앗고, 십대강자 서열 5위 대풍과 사흘 밤낮을 싸우던 끝에 나찰도 바다에 수장되었다던 그 흉악한 짐승.

놈의 움직임에 따라 물살이 시시각각 방향을 바꿔 휘몰아쳤다. 덕분에 맹부요는 눈이 빙빙 돌 지경이었지만, 그 와중에도 소용돌이와 소용돌이의 틈새를 교묘하게 통과하며 이동했다.

힘겨운 일이었으나 똬리의 중심부로 끌려가지 않으려면 어쩔 수 없었다.

그녀의 폐활량은 이미 한계에 도달한 후였다. 가슴팍이 빠개질 것처럼 아팠다. 당장 위로 올라가지 않으면 괴물한테 당하기도 전에 피를 쏟으며 죽을 터였다.

그사이에 위쪽에서 내려온 일행이 그녀 근처까지 다다라 손을 뻗어 왔다. 요신이 그녀의 왼쪽 팔을, 연경진이 오른쪽 팔을 잡았고, 마 씨가 잰 손놀림으로 그녀의 허리에 밧줄을 묶었다. 운흔은 추격해 오는 바다 괴물의 앞을 가로막았다.

고통으로 인해 미쳐 날뛰는 괴물이 자기 앞을 가로막는 장애물을 가만히 놔둘 리 없었다. 지금 놈은 흉포해질 대로 흉포해져서 아까보다 훨씬 상대하기 힘들어진 상태였다. 설령 희대의 명검을 들고 덤빈다 한들, 미끄덩하면서도 단단한 비늘에다가 그 아래 거죽까지 강철같이 견고한 놈에게 치명상을 입히기란 어려운 일이었다.

버둥거리며 뒤를 돌아본 맹부요가 운흔이 보는 앞에서 필사적으로 교룡왕의 정수리를 가리켰다. 거기에 시천이 꽂혀 있는 걸 발견한 운흔이 칼을 맹부요에게 돌려줄 생각에 즉시 괴물의 머리를 향해 헤엄쳐 갔다.

그러나 운흔의 수영 실력은 맹부요보다 한참 아래였다. 방향을 제대로 잡지 못하고 소용돌이에 휩쓸린 그는 당장 교룡왕의 입에 던져질 신세가 됐다.

그 광경을 보고 질겁한 맹부요가 운흔에게 가려고 발버둥을 쳤지만, 아무리 용을 써도 허사였다. 위쪽으로 헤엄쳐 올라가고 있는 요신과 연경진이 그녀의 어깨를 결사적으로 붙들고 놓아주지 않았기 때문이었다.

좌앗.

세 사람이 수면을 뚫고 고개를 내밀었다. 맹부요는 뱃전을 붙잡고 가쁜 숨을 몰아쉬었다. 연달아 심호흡을 몇 번 한 후, 환약을 한 알 찾아서 입에 넣은 그녀는 새끼줄로 머리를 졸라매고 긴 칼을 챙겼다. 그런 다음 배에 준비되어 있던 가죽 주머니를 메고 물을 향해 돌아섰을 때였다.

"부요!"

연경진이 그녀를 가로막았다.

"체력이 이미 바닥이야. 지금은 못 내려가!"

맹부요는 그를 머리로 냅다 들이받아 바다에 빠뜨려 버렸다. 그러고는 소리쳤다.

"꺼져! 하여튼 연경진, 너는 남 생각은 할 줄 모르지?"

곧 연경진에게서 고개를 돌린 그녀가 결연히 물속으로 잠수했다.

수면 아래로 내려가자 주변이 금방 어두컴컴해졌다. 운흔을 혼자 둘 수는 없었다. 맹부요는 직접 괴물을 상대해 봤기에, 운흔이 혼자 힘으로는 절대 못 올라오리라는 걸 알았다.

바다 밑바닥은 여전히 화산이라도 폭발한 것처럼 들끓고 있었다. 온갖 물건들이 주변을 어지러이 날아다녔다.

고대 왕국의 잔해 아래에 오랜 세월 고이 묻혀 있던 보물들이 모조리 밖으로 나와 나뒹굴고 있었다. 녹주석, 산호 침상, 패옥, 구슬 목걸이, 용 모양의 황금 술잔, 묘안석……. 무수히 많은 보물이 유혹적으로 반짝이며 그녀 곁으로 날아왔다가 짜증스러운 손놀림에 맞아 내쳐졌다.

한낱 뜬구름 같은 물건에 낭비할 시간 따위는 없었다. 맹부요의 머릿속은 오로지 운흔을 찾아야 한다는 일념으로 가득 차 있었다.

운흔! 제발 버텨 줘…….

물이 유독 혼탁한 구간 아래쪽에서 교룡왕의 묵직한 포효가 전해져 왔다. 눈을 최대한 크게 뜨고 주변을 살피던 맹부요는 마침내 휘몰아치는 잔모래 너머에서 쉬지 않고 움직이는 그림자를 발견할 수 있었다. 인영은 걸쭉한 핏줄기 사이사이를 넘나들며 교룡의 몸뚱이에 폭풍 같은 검광을 꽂아 넣고 있었다.

그 모습을 보자 비로소 마음이 놓였다. 살아있어서 정말 다행이었다. 다만 운흔의 움직임은 평소보다 눈에 띄게 느려져 있었다. 격렬한 전투는 금세 폐활량을 고갈시키기 마련이었다.

맹부요는 당장 그쪽으로 돌진했다. 정확한 목표 지점은 운흔 곁이 아니라 괴물의 머리였다. 그녀의 다리가 거대한 푸른색 눈알을 가격하자 피가 폭죽처럼 튀었다. 그녀는 놈이 흠칫 물러나는 틈을 노려 시천의 칼자루를 붙잡고 매달렸다.

괴물이 통증을 털어내려는 양 미친 듯이 머리를 흔들었다. 그러나 움직임이 커질수록 상처는 점점 더 벌어졌다. 괴물의 급소에 매달린 맹부요가 반동을 이용해 시천을 계속 아래로 내리긋고 있었다. 견고하기 이를 데 없는 머리뼈가 마침내 서서히 쪼개지기 시작했다.

능지처참을 당하는 것 같은 고통에 괴물은 지축이 흔들리도록 울부짖었다. 다음 순간, 최후를 앞둔 놈이 발악하다시피 몸부림을 치자 맹부요가 나가떨어졌다. 막대한 물의 저항에도 불구하고 그녀가 날려간 거리는 무려 수 장 이상이었다.

교룡왕이 몸뚱이를 움츠리는가 싶더니 갑자기 펄쩍 튀어 오르면서 온몸을 부르르 떨었다. 그러자 회청색이던 몸 색깔에 점진적인 변화가 일었다.

처음에는 붉은 점이 하나둘 생기다가 점이 면적을 넓혀 가면서 몸 전체를 암홍색으로 물들였다. 핏빛이라기보다는 꼭 묵직한 쇳덩이에 실시간으로 녹이 스는 것처럼 보였다.

물론 맹부요의 눈에는 색이 제대로 보이지 않았지만, 괴물의 몸 빛깔에 변화가 일어났다는 것 정도는 알 수 있었다. 아마도 숨이 끊어지기 전에 놈이 필살의 일격을 준비하고 있는 것 같았다.

맹부요는 놈의 머리통에서 칼을 뽑아낸 뒤 운흔을 끌어당기려 손을 뻗었다. 그런데 손끝이 운흔의 옷자락에 닿기 직전, 느닷없이 그가 뒤쪽으로 빠르게 물러났다. 그것은 절대 수영으로 나올 수 있는 움직임이 아니었다.

맹부요는 뒤늦게야 교룡왕이 급작스럽게 길어진 발톱으로 운흔의 다리를 걸었음을 깨달았다. 놈이 운흔을 우악스럽게 잡아끌며 해저로 내려가고 있는 상황이었다.

바다 밑바닥에 시커멓게 입을 벌리고 있는 동굴이 어렴풋이 보였다. 아마도 저기가 놈의 소굴인 듯했다.

맹부요는 운흔을 잡은 발톱을 베어 버리려 했으나, 그러기에는 교룡이 너무 빨랐다. 놈은 몹시 절박하게 둥우리를 향해 헤엄쳐 가고 있었다. 거기에 자기 목숨을 구해 줄 무언가가 숨겨져 있기라도 한 듯이.

맹부요는 가죽 주머니에 코를 박고 공기를 몇 모금 들이마신 다음, 교룡의 꼬리를 잡고 마구잡이로 칼을 내리꽂았다. 놈의 주의력을 자신에게로 돌리기 위해서였다.

그러나 물 아래에서는 무공의 위력이 평소의 2할이나 발휘될까 말까였다. 일부러 긴 칼을 챙겨 왔어도 금강석처럼 단단한 데다가 굵기도 수 미터에 달하는 교룡의 몸통을 토막 내기란 불가능했다.

그래도 칼날이 박힐 때마다 자잘한 살점이 튀고, 비늘이 조각나 사방으로 날아가기는 했다. 푸르르던 바닷물이 온통 진홍색으로 물들었다.

곧이어 교룡이 발을 휘둘렀다. 아까보다 두 배가 된 예리한 발톱이 바닷물을 찢어발기며 맹부요를 향해 쇄도했다. 흡사 날 선 검 다섯 자루가 달려드는 듯한 광경이었다.

맹부요가 발톱을 피하는 찰나, 몸 앞쪽에서 '푸슉' 하는 소리가 났다. 가죽 주머니가 터지면서 난 소리였다.

맹부요는 그 틈에 미끄러지듯 운흔의 곁으로 이동했다. 행여 교룡의 발톱에 운흔의 다리가 끊어져 나갈까 걱정되는지라 그를 무턱대고 잡아당길 수는 없었다. 대신 그녀는 발톱을 절단하기로 했다.

그 순간에도 교룡왕은 무시무시한 속도로 헤엄치고 있었다. 놈이 운흔을 붙들고 시커먼 동굴로 들어가기 일보 직전이었다!

동굴은 크지 않았다. 교룡왕의 몸뚱이만 딱 아슬아슬하게 들어갈 규모였다. 입구에는 송곳니 같은 바위가 삐죽삐죽하게 솟아 있었다.

만약 저 안으로 끌려 들어간다면 운흔은 입구에서부터 갈기갈기 찢기고 말 것이다. 그사이에 교룡왕이 머리통을 동굴에 집어넣었다.

빠각!

칼로 교룡의 발톱을 동강 낸 맹부요가 이어 운흔을 걷어찼다. 마지막 남은 힘을 바닥까지 긁어모아서 날린 발차기였다.

그러나 숨을 쉬기가 여의치 않은 상황에서는 무공의 위력에 한계가 있을 수밖에 없었다. 그녀의 발차기는 운흔을 고작 몇 미터 정도 밀어내는 데 그쳤다.

수면으로 올라갈 기회와 맞바꾼 발차기가 작렬한 직후, 교룡왕의 꼬리가 그녀를 덮쳐 왔다. 순간적으로 강력한 힘에 압착된 바닷물이 소용돌이를 형성했다. 기력과 산소를 모두 소진한 맹부요는 소용돌이를 벗어날 여력이 없었다.

그때였다. 위에서부터 검은 그림자 몇 개가 빠르게 헤엄쳐 내려왔다. 그중 하나는 소용돌이에 부닥쳐 튕겨 나갔지만, 다른 하나는 날렵하게 소용돌이를 피하더니 교룡왕의 꼬리 아래

좁은 틈새를 연기처럼 통과했다.

마침 운흔도 교룡왕의 꼬리 아래에는 급류가 흐르지 않는다는 걸 눈치챈 참이었다. 그러나 몸을 날리려던 운흔의 시도는 한발 앞선 검은 그림자가 그를 힘껏 밀어내는 통에 무산되고 말았다.

그러면서 그림자가 무슨 말인가를 했다. 내용을 똑똑히 들은 사람은 운흔뿐이었다.

운흔을 떠밀어 보낸 그림자는 그 반동으로 급속히 위로 솟구쳐 절묘하게 맹부요의 발밑에 다다랐다. 그가 어깨를 비스듬히 쳐올려 맹부요를 힘껏 위로 띄웠다.

아래쪽에서 치받는 힘과 급류가 합쳐져 맹부요를 세차게 내동댕이쳤다. 그녀는 녹슨 것처럼 붉고 미끄덩한 교룡왕의 꼬리를 스쳐 멀찍이 날아갔다.

뒤에 남겨진 검은색 그림자는 탈출을 시도해 보지도 못하고 교룡왕의 꼬리에 휘감겼다. 뼈가 박살 나는 소리가 나지막하게 울리고, 바닷속으로 짙은 핏빛 안개가 번졌다.

사그라지기 직전의 저녁노을이 마지막으로 아름답게 빛나는 듯한 모습이었다.

교룡왕은 꼬리를 단단하게 감은 채로 뼈가 바스러지는 소리에 만족하며 동굴로 돌진하는 중이었다. 동굴은 교룡왕이 태어난 곳이자 죽을 곳이었다. 죽을 때는 죽더라도 제물 하나쯤은 데려가야 억울하지 않을 터였다.

핏빛 안개가 구불구불한 궤적을 그렸다. 그 붉은 안개 사이로 창백한 얼굴이 드러났다.

연경진.

무시무시한 힘이 실린 꼬리에 휘감긴 순간 온몸의 뼈가 모조리 조각났으니 사실 연경진은 그대로 숨이 끊어졌어야 옳았다. 그러나 그는 아직껏 살아 있었다.

그는 맹부요를 빤히 응시하다가, 그녀가 자신을 돌아보자 창백한 입가에 한 줄기 미소를 머금었다.

그의 시야 안에서 흠칫 뒤를 돌아본 맹부요가 다급히 몸을 날렸다. 운흔에게 그랬던 것처럼, 반드시 구해 내고야 말겠다는 듯이.

그녀는 만류하는 일행을 따돌리고, 마치 못을 박아 뭔가를 고정하듯 교룡의 꼬리에 칼을 박아 넣으려 했다. 결과는 실패였다.

그러자 이번에는 칼을 내던지고 맨손으로 꼬리를 붙들었다. 이제 곧 영원한 어둠 속으로 침잠할 그를 구하기 위해 거대 괴수와 힘 대결을 펼치겠다는 것이었다.

그 순간 연경진은 보았다. 현원산의 비취색 녹음을 배경으로 그를 돌아보며 생긋 미소 짓는 그녀를. 이 암담한 세상을 단숨에 환히 밝힐 만큼 영롱한 눈빛을.

현원검파 뒷산 절벽 가장자리에 자신과 나란히 앉아 있는 그녀가 보였다. 맑은 바람과 달빛 속에서 공중에 뜬 다리를 흔들흔들 움직이던 그녀가 직접 튀긴 누에콩 한 꾸러미를 조용히 손에 쥐여 줬다.

현원파 연무장에서 검법과 내공을 가르쳐 주려는 그를 향해 일부러 바보처럼 웃는 그녀가 보였다.

억수같이 쏟아지는 빗속에서 진창에다 대고 머리를 조아리는 그녀가 보였다. 그가 손을 내밀자 고개를 든 그녀의 눈 안에 따스한 온기가 어렸다.

그 따스한 눈빛을 다시 볼 기회는 평생 없으리라 생각했다. 그녀를 버리고 떠났고, 더러운 수렁에 빠졌고, 그녀를 납치하기까지 했으니 이번 생에는 절대로 다시 보지 못하겠거니 했다.

그런데 이토록 평온한 마지막 여정을 허락받을 줄이야. 자신을 향해 스스럼없이 보내는, 지난 모든 허물을 잊은 투명한 미소를 마지막으로 한 번 더 볼 수 있을 줄이야. 그녀가 자신을 위해 돌아서는 모습을, 자신을 경멸하지 않고 목숨을 던져 구해 주려는 모습을 보게 될 줄이야.

더할 나위 없이 좋았다. 더할 나위 없이 좋은 최후였다.

스무 해 남짓한 세월이 쏟아져 내려, 깊은 바다 밑의 눈처럼 희고 고운 모래 알갱이로 화한 오늘 밤. 평생 텅 빈 채로 외로움만이 밀물처럼 밀려들었다가 썰물처럼 빠져나가던 성채가 고운 모래로 가득 채워졌다.

이제 성안에 다시금 등불이 켜질 일은 없을 것이다.

비가 그칠 줄 모르고 쏟아지던 날, 너를 처음 만났지. 이제 보니 그 비는 생의 끝자락을 내다본 예언이었던가. 빗속에서 너를 만나고, 물속에서 너와 이별하고. 나의 영원 속에서 결코 시들지 아니할 너의 꽃 같은 미소를 보면서…….

웃고 있는 연경진의 입술 가장자리에서 진홍빛 꽃이 한 송이 한 송이 피고 지기를 반복했다. 생의 마지막을 치열하도록 화려하게 장식하며.

세인들의 눈에 비친 명망과 부귀, 모든 것을 가진 완벽함이 다 무엇인가. 돌이킬 수 없이 부서진 운명의 내밀한 심처는 그 어떤 것으로도 대신 채워지지 않는 것을.

그런데 인생의 막바지에 이르러 생각지도 못한 방식으로 부서진 염원을 봉합하게 될 줄이야.

나는 마지막 반년을 위하여 지난 한평생을 살았구나.

최후의 만남이 그를 온전하게 완성시켰고, 그는 마침내 그녀에게 지은 죄를 씻었다.

잘된 일이었다……. 정말 잘된 일이었다.

시야가 흐려지면서 그녀의 모습도 점차 흐릿해졌다. 그는 그녀가 자신을 구하고자 마지막까지 발버둥 치는 모습을 제대로 보지 못했다.

주위는 몸서리쳐지게 추웠다. 겨울날 밖에서 울부짖는 북풍이 찢어진 창호지 틈새를 비집고 들어와 뼛속을 파고드는 것 같은 감각이었다.

이때 홀연 어디선가 한들거리는 불빛이 비쳤다. 희고도 차가운, 영혼의 색깔을 닮은 불빛이었다.

곧이어 바다 밑바닥을 밝히는 광명 속에서 눈부시게 붉은 옷을 차려입은 여인이 느릿느릿 걸어 나왔다. 옷자락을 휘날리며, 사뿐한 걸음으로.

여인의 손안에서는 진주의 광택과도 같은 빛이 꺼질 듯 말 듯 하늘거리며 명멸하고 있었다.

배원.

평생의 행복을 내던져 그를 에워싼 세간의 소문을 막아 주고, 오만하고도 깊은 사랑으로 그를 옭아맨, 그의 아내.

그의 시야를 마지막으로 채운 것은 예전과 다름없이 화려하고 오만한 자태의 여인이 자신을 향해 살짝 몸을 낮추는 모습이었다.

여인의 음성이 들려왔다.

"데리러 왔어요."

굉음이 천지를 뒤흔들었다. 교룡왕이 마침내 죽을 자리를 찾아 들어가는 소리였다.

놈은 흡사 숙명의 뿌리를 찾아낸 것처럼, 제가 태어난 따스하고 습한 공간으로 비집고 들어갔다. 그렇게 시작과 끝이 완벽하게 맞물린 채, 영원으로 빠져들었다.

시작한 방식 그대로 끝 또한 맺으리라.

지능을 가진 생명체들은 왕왕 인간과 다를 바 없는 집념을 보이기도 하는 법이었다.

맹부요는 멍한 상태로 요신과 마 씨, 그리고 해적들의 손에 이끌려 수면으로 올라갔다. 사실 요신을 비롯한 일행 전원은 교룡과의 싸움이 최후의 고비에 접어들었을 무렵부터 다 같이 물속으로 내려와 있었다. 그러나 흉포한 괴물이 미쳐 날뛰는 상황에서 그들의 무공으로는 가까이 접근하는 것조차 불가능했다.

맹부요는 연경진이 동굴로 끌려 들어가기 직전까지 어떻게든 그를 구해 내고자 발악을 하다시피 했다. 교룡의 꼬리에 붙잡힌 이상 살아 돌아올 가망은 없다는 것쯤이야 그녀도 알고 있었다.

하지만 그가 바다 밑 동굴로 끌려가 뾰족한 바위와 교룡의 몸뚱이 사이에서 흔적도 없이 짓이겨지는 꼴을 두고 볼 수는 없었다. 시커먼 해저의 심연이 그를 영영 삼켜 버리게 놔둘 수는 없었다.

그의 끝이 그런 식이어서는 안 됐다.

그는 그녀를 놓쳐 일생을 망쳐 버린 남자였을 뿐, 정말 악행다운 악행을 범하거나 그녀에게 못 할 짓을 저지른 적은 없었다. 설사 잘못이 있다고 해도, 지난 반년여 간의 진심 어린 보살핌으로 전부 만회한 뒤였다.

반년 남짓한 시간 동안 그녀는 시도 때도 없이 두통에 시달렸다. 아픈 머리 탓에 짜증을 내고 성질을 부릴 때마다 그가 곁에 붙어서 그녀를 돌봤다. 그는 바다에서 상선을 만나면 항상 좋은 약재나 의원이 없는지 알아봤고, 매번 직접 탕약을 달여서 그녀에게 건넸다.

때때로 그녀가 모진 소리를 해도 그는 절대 표정이 굳는 법이 없었다. 얼굴이 굳어지기는커녕 슬며시 기쁜 눈빛을 내보였다. 그 눈빛을 보고 있으면 가슴이 아렸다. 그녀가 자길 상대만 해 준다면 설령 욕을 먹는대도 가까이 있을 수 있어 기쁜 것 같았다.

조금 전, 처음 물 밖에 나왔을 때도 그녀는 그에게 모진 말을 퍼부었었다. 그는 단 한 번의 잘못으로 인하여 평생을 죄인으로 살아온 사람이었다. 그녀를 다시 곁으로 불러들이기 위해 생의 모든 분투와 영광을 통째로 바치고도 그가 마지막에 이르러 얻어 낸 것은 고작해야 가시 돋친 악담이 전부였다.

그는, 그녀가 제일 처음 마음을 줬던 그 사람은, 첫정에 눈 뜬 시기의 그녀가 난생처음 느껴 본 따스함과 부드러움의 상징이었던 그 남자는, 자신의 목숨을 바쳐 그녀를 살렸고, 그녀의 가슴속 뾰족한 모서리를 조금씩 갈아 내어 깊은 바다에 알알이 흩어진, 영영 주워 모을 수 없을 진주로 만들었다.

은원, 은원.

무겁게 등을 짓누르다가 어느 틈엔가 상처를 만드는.

그녀는 겉으로만 통 큰 척, 너그러운 척, 아무렇지 않은 척이었지, 사실 속으로는 그의 배신을 곱씹었고, 마지막까지도 용서한다는 말 한마디를 해 주지 않았다. 입으로는 내려놓겠다 하면서도 실은 줄곧 내려놓지 못한 것이다.

그러다가 마침내 정말 용서할 마음이 들었을 때는 이미 너무 늦어 버린 뒤였다.

영원히, 돌이킬 수 없이.

이제 그는 언제까지고 스물넷에 머무르게 되었다. 마저 앞으로 나아갈 수 있도록 그녀를 바다 밖 자유를 향해 밀어 보내고, 자신은 생을 마침으로써.

맹부요는 배 위에 꼼짝도 안 하고 누워 있었다. 커다랗게 뜬 눈으로 높고 공활한 하늘을 올려다보며, 왜 얼굴에서 계속 물이 흥건하게 흘러내리는 건지 생각하고 있었다.

대체 이 물줄기가 얼마나 흐르고 흘러야 생의 무력감과 아픔이 모두 씻겨 나가는 걸까?

곁에서는 운흔이 그녀와 마찬가지로 미동도 없이 굳어 있었다. 그는 눈을 감고 있었다. 마지막 순간, 마음 같아서는 바다 밑으로 돌아가고 싶었으나 그는 결국 가지 않았다. 자신이 해야 할 일이 무엇인지 명확히 알고 있었기 때문이었다. 만약 자신이 돌아간다면 맹부요 역시 분명 뒤를 따라올 테고, 그러면 셋이 함께 죽을 게 뻔했다.

그래서 그의 선택은 요신을 비롯한 일행과 함께 맹부요를 끌고 배로 올라오는 것이었다. 바다 밑에 한 사람을 영영 남겨 둔 채.

그것은 두 남자가 함께 내린 결정이었다. 그들이 사랑하는 여인을 위하여.

맹부요는 그저 연경진을 구해 내고자 발버둥을 치느라 제정신이 아니었지만, 운흔은 연경진이 괴물의 꼬리에 휘감겨 영원한 어둠 속으로 끌려 들어가는 과정을 똑똑히 목도했다. 동굴 입구를 통과하는 순간 그의 몸이 산산이 조각나는 광경까지도.

사람이 바닷속에서 눈물을 흘린다는 게 가능한 일일까?

그 순간 눈시울 가득 밀물과 썰물이 차올랐다.

그 순간 그의 심장도 바다 밑바닥 동굴로 끌려가 뒤틀리고, 경련하고, 갈려 나갔다.

도저히 끊어 낼 수 없는 핏줄의 이끌림과 마찬가지로 영원히 떨쳐 내지 못할 아픔이 그를 덮쳐 왔다. 이로써 가느다란 생명의 선 한 가닥이 그의 심장에 영영 엉켜 버렸다.

쿵.

달빛 어스름한데, 등 뒤에서 젖은 바닥에 이마를 찧는 이 누구인가.

'형은 다시는 집에 돌아가지 못할지도 몰라…….'

나지막이 떨리는 목소리로 한 글자 한 글자 피가 비치도록 처연한 말을 뱉는 이 누구인가.

어째서 이렇게 되어 버렸단 말인가. 어쩌자고 그 말이 현실이 되어 버렸단 말인가.

그저 무심결에 뱉은 말에 불과했을까? 혹은 생의 끄트머리에 찾아든 예감이었을까? 아니면 선실 창밖에 숨어 나찰도가 얼마나 위험한지 엿듣던 도중 불현듯 강림한 예언이었을까?

운흔은 눈을 감은 채로 생각했다. 얼굴에 흐르는 물기는 왜 그칠 줄을 모르는지. 20년 넘게 메말라 있던 눈이 오늘은 어쩌다가 바닷물에 이토록이나 젖어 버렸는지. 영원토록 마르지 않을 것처럼.

연경진이 마지막 순간에 그를 밀치면서 남긴 두 글자가 떠올랐다.

"가문."

교룡왕의 사체는 시간이 조금 더 흐른 뒤에야 뭍으로 올려졌다. 오래전 부풍 바다에 해악을 끼치며 무수한 목숨을 앗아 간, 대풍조차 깨끗이 처치하지 못했던 흉악한 괴수는 이로써 마침내 세상에서 사라졌다.

교룡왕의 몸뚱이는 전체가 보물이었다. 내단은 갓난애 머리통과 맞먹는 크기였고, 살, 뼈대, 껍질, 피, 기름, 무엇 하나 귀하지 않은 것이 없었다.

하지만 맹부요는 수하들을 시켜 피, 살, 뼈대 정도만 해체하게 하고, 거대한 껍질은 온전한 형태 그대로 나찰도에 깊숙이 묻었다.

요신은 아깝다며 발을 동동 굴렀다. 그의 말에 따르면 교룡 가죽은 천하제일의 방어구를 만들 수 있는 재료였다. 교룡왕 정도 되는 몸집이면 백 명 규모의 최정예 호위대를 무장시킬 갑옷이 나오고, 그 가치는 감히 수치로 환산할 수 없다는 것이었다.

그러나 맹부요는 요신의 말에 대꾸를 하지도, 살짝이나마 마음이 동하는 기색을 내비치지도 않았다.

연경진의 시신을 제대로 수습하지 못한 상황이었다. 아니,

아예 찾을 길이 없었다는 표현이 더 적당할는지도 몰랐다. 그의 몸은 동굴로 끌려 들어가는 순간 형체도 없이 짓이겨져 교룡의 몸뚱이에 들러붙었을 터였다.

그런데도 교룡왕의 가죽으로 갑옷을 만들라니? 어느 비늘에 그의 피와 살점이, 그의 잔해가 붙어 있을 줄 알고?

그의 마지막 흔적이 붙어 있는 물건을 씻고, 무두질하고, 염색하고, 바느질해서 갑옷으로 만드는 짓은 절대 할 수 없었다.

막대한 가치가 있다 한들, 그게 중요한가? 죽을 고비를 넘겨가며 사냥한 놈이라 한들, 그게 중요한가? 세상에는 효용 가치와 맞바꿀 수 없는 것도 있는 법이었다.

이리하여 나찰도에는 새로 무덤이 하나 생겨났다. 정확히 말하자면 의관총에 불과했지만.

상연 연씨 가문의 후계자는 결국 제 유배지였던 바다 위에 영원토록 머물기로 하였으니, 그가 이번 생에 고향으로 다시 돌아갈 날은 결코 오지 않을 터였다.

맹부요는 무덤을 최대한 견고하게 만들고, 현지인을 고용해 1년 내내 주변을 지키도록 했다. 그리고 무덤 앞에는 밤낮으로 등불을 켜 두게 했다. 집으로 돌아가지 못하고 먼바다를 헤매고 있을 방랑자에게 길을 밝혀 주기 위함이었다.

그날 교룡의 발톱에 붙잡혔던 운흔의 다리에는 관통상이 남았고, 후유증을 염려한 맹부요는 운흔에게 섬에서 요양하라는 엄명을 내렸다.

나찰도에 남겨진 운흔은 연경진의 무덤을 찾는 날이 많았다. 여름날 나무 그늘 밑에 앉아 봉분에 삐죽삐죽 솟은 잡초를 뽑고 있노라면 부지불식간에 한나절이 훌쩍 지나곤 했다.

나찰도 해저에서는 오랜 세월 바다 아래 묻혀 있던 고대 왕국이 우연찮게 모습을 드러냈다. 교룡왕이 죽음을 앞두고 찾아 들어갔던 동굴의 끄트머리가 실은 고대 왕국과 이어져 있었고, 교룡의 마지막 몸부림으로 인해 왕국을 감추고 있던 작은 산이 쪼개지면서 찬란하고도 신비로운 고대 문명을 세상에 내보인 것이었다.

얼마나 오랜 세월을 살아왔는지 알 수 없는 교룡은 어쩌면 그 고대 왕국의 수호신이었는지도 모른다. 기나긴 세월 충실히 왕국을 지키다가 죽기 직전까지도 자신의 사명을 잊지 않고 이행하려 했던 것인지도.

사명.

사명은 누구나 태어나면서부터 부여받는 것이고, 맹부요 역시 자신의 최종 목표를 잊지 않고 있었다.

그녀는 체력이 어느 정도 회복되자마자 대풍이 남긴 상자를 열어 봤다. 안을 확인하기 전에는 오랜 세월 물에 퉁퉁 불어서 내용물이 과연 온전할까 싶었다.

뚜껑이 열리고 그 안에서 나온 것은 종잇장처럼 얇은 금박 뭉치였다. 금박에는 뚜렷한 글자들이 새겨져 있었다. 영원히 변치 않을 모습으로.

거기에 담긴 내용은 이제껏 한 번도 본 적 없는 무공이었다. 파구소와 통하는 면이 있기는 했으나, 그보다 간결하면서도 수준이 더 높아 보였다.

맹부요는 곰곰이 지난 기억을 더듬었다. 감옥에서 대풍을 만났을 때 그가 쓰던 무공은 금박에 적혀 있는 것이 아니었다.

그렇다면 이 무공의 출처는 대체 어디란 말인가. 의문이 드는 것도 당연했다.

어쨌든 파구소와 충돌하는 것만 아니라면 익혀도 큰 문제는 없을 터였다. 맹부요는 새 무공 연마에 돌입하는 한편, 틈틈이 새 무공과 파구소를 비교해 봤다. 느낌상 같은 뿌리에서 출발한 분파인 듯했다.

그나저나 천하의 파구소가 다른 무공에서 뻗어 나온 곁가지에 지나지 않는다는 사실은 의외였다. 두 가지 무공의 공통된 본류가 어디인지는 망할 도사 영감을 만나 봐야 알 수 있을 것 같았다.

금박 뭉치 중에서도 마지막 장은 상당히 묘했다. 무공에 관한 내용은커녕 아예 글자 자체가 없었고, 대신에 추상화처럼 기묘한 선들이 그어져 있었다. 그래도 대풍이 영 쓸모없는 물건을 남겼을 리는 없다고 생각한 맹부요는 마지막 장도 잘 보관해 두었다.

교룡왕의 내단은 일부만 복용하고 나머지는 간직해 두었다. 날름 다 먹어 버리기는 아깝다는 생각이 들어서였다.

돌팔이 의원 종월의 어마어마한 능력치를 기억해 낸 그녀는 기회가 닿으면 종월에게 내단을 어떻게 쓰는 게 가장 효율적일지 물어보기로 했다.

교룡왕의 내단은 역시 보통 물건이 아니었다. 맹부요의 무공으로도 그것을 완벽히 몸에 흡수시키는 데 거의 보름가량이 소요됐다.

보름째 되는 날 새벽.

태양이 갓 떠오르고, 바다 위에 흩뿌려진 섬들은 희뿌연 안개에 뒤덮여 있을 때였다. 폐관 수련에 들어갔던 맹부요는 나찰도 산중의 어느 동굴에서 천천히 눈을 떴다.

그녀의 눈을 가리고 있던 불그스름한 기운은 한결 옅어졌지만, 아직 완전히 가시지는 않은 상태였다. 그래도 시야가 예전보다 훨씬 또렷해진 걸 보면 점차 좋아지고 있는 게 확실했다.

일단 눈은 차치하고, 지금 기뻐해야 할 일은 따로 있었다. 조금 전 눈을 뜨는 순간, 자신의 몸속이 환히 들여다보였던 것이다.

진기가 기묘하고도 완만한 박자에 따라 단전 내부를 소리 없이 돌고 있는 게 보였다. 회전하는 진기의 중심에서는 진주를 연상시키는 백색 광채가 빛나고 있었다.

광채가 밀도 높게 뭉쳐서 작은 핵을 이루었다. 그러더니 흡사 구름 덩어리 한가운데 박힌 구심점처럼, 전신의 경맥을 따라 흐르는 진력을 이끌기 시작했다.

그렇게 형성된 것은 끓어넘치는 격렬함이 아니라, 마치 세상 모든 강줄기를 포용하는 바다와도 같은 도도한 흐름이었다.

그녀가 숨을 들이쉬고 내쉴 때마다 단전 안의 광채가 한층 더 찬란한 광휘를 뿜으면서 오장육부 전체를 눈부시게 밝혔다.

오랜 단련을 거친 경맥이며 피와 살이 광휘가 닿자 더욱 단단해졌다.

시력은 아직 회복되기 전이었지만, 그보다 먼저 '내시內視' 능력이 생긴 것이었다. 그녀의 감각 기관과 전신의 촉각은 이제 인간으로서 다다를 수 있는 한계치까지 민감해져 있었다.

순간 그녀는 100리 밖 바닷바람 속에서 검은등갈매기가 수면을 스쳐 날다가 뱅어 한 마리를 낚아 올리는 소리를 들었다.

순간 그녀는 오십 장 밖에서 메뚜기 한 마리가 민들레 위를 뛰어넘는 광경을 보았다.

순간 그녀는 섬 반대편 어느 어부의 집에서 생선 요리를 하다가 실수로 과하게 넣은 장 한 국자의 냄새를 맡았다.

순간 그녀는 섬 전체에 진동하는 또 다른 모종의 냄새를 감지했다. 냄새가 코끝을 스치자마자 즉각 그 정체를 알 수 있었다. 사방에서 사람들이 목메어 흐느끼는 소리가 파도 소리 못지않은 존재감을 가지고 밀려들었다.

모든 감각이 갑절로 열려 있었다. 몸이 언제라도 천지와, 산천과, 공기와, 자연과 혼연일체를 이루어 흔적도 없이 녹아들고, 쓰이고, 순환될 것 같았다.

파구소 9성 '천통天通'을 달성한 것이었다.

맹부요는 자리에서 일어나자마자 몸이 훌쩍 나부끼는 걸 느꼈다. 물 흐르듯 유연하게 약동하는 진기에 미처 적응하지 못한 그녀는 하마터면 동굴 천장에 머리를 부딪힐 뻔했다.

숨을 크게 들이쉬면서 바닥으로 내려온 뒤, 그녀는 진기를 갈무리해 넣고 어느 때보다도 민감해진 감각을 닫았다. 오감이 지나치게 곤두선 탓에 멀리서 누군가 달려오는 발소리조차도 천둥처럼 쩌렁쩌렁하게 들렸기 때문이었다.

마침내 목표를 이루었건만, 동굴 안 어둠에 잠긴 그녀의 얼굴에는 들뜬 기색이 없었다. 10여 년 전, 태연국 어느 산골짜기에서 나누었던 대화가 불현듯 귓가를 스쳤다.

'파구소를 연마하려면 극한의 고통을 경험해야 하느니라. 몸이 느끼는 고통만이 아니라 배신, 불화, 갈등, 파괴, 자책, 후회, 잔혹, 선택, 이별, 은원, 애증, 죽음 등……. 온갖 정신적 고통을 겪어야 하는데, 해낼 수 있겠느냐?'

'할 수 있어요!'

철없는 다섯 살배기는 세상에 자기가 해내지 못할 일 따위는 없다고 생각했다. 이후에 길고 굴곡진 시간을 겪어 내고 나서야 '할 수 있어요!'라는 한마디가 가진 무게를 진정으로 깨달았다.

그 말의 무게에 짓눌려 쓰러질 뻔한 것이 몇 번이던가. 만약 그중 한 번이라도 무릎이 꺾였다면 지금쯤 그녀는 백골조차 남기지 못하고 재가 되었을 터였다.

그녀는 산산이 조각난 자신을 땅바닥에서 주워, 가까스로 끼워 맞춰 가며 여기까지 걸어왔다.

그리고 그녀를 위해 헌신한 사람들. 그들 역시 내내 그녀와 함께 걸으며 조각조각 흩어진 그녀를 주워 모아 원래대로 맞춰 주었고, 그러기 위해 자신들의 시간을, 정력을, 무공을, 육신을…… 심지어는 생명마저 희생했다.

그녀는 비록 비참한 길을 걸어왔지만, 그만큼 행운아이기도 했다.

맹부요는 고개를 들어 바위로 틀어막혀 있는 동굴 입구 쪽을 쳐다봤다. 가느다란 틈새를 통해 연경진의 무덤 앞에 앉아서 연공 중인 운흔이 보이자 왈칵 죄책감이 올라왔다. 그간 무공 수련에 바빠 운흔을 잊고 있었던 것이다.

연경진의 죽음으로 가장 큰 상처를 받은 사람은 운흔일 텐데. 이러니저러니 해도 연경진은 그의 형이었고, 연씨 집안에서 유일하게 그에게 따뜻했던 사람이었으니.

그녀의 손끝이 대풍이 남긴 금박으로 향했다. 금박을 운흔에게 줄 작정이었다. 망할 도사 영감의 독문 무공인 파구소야 영감의 허락 없이 아무한테나 전수할 수 없지만, 금박에 적힌 무공에는 그런 제약이 걸려 있지 않았다.

사실 따지고 보면 운흔은 절반 정도 그녀의 사제나 다름없었다. 대단한 고수이기는 하나, 입문이 너무 늦고 문파의 비기를 온전히 배우지 못해 정점에는 오르기 어려울 사제.

게다가 운흔은 지금 그녀의 주변인들을 통틀어 제일 좋지 않은 상황에 처해 있었다. 그녀는 대풍이 남긴 물건이 운흔에게 도움이 될 수 있기를 바랐다.

멀리서 들려오던 발소리가 어느덧 동굴 근처까지 접근해 있었다. 요신이었다. 운흔에게 무언가 이야기를 전달하고 난 요신이 동굴로 달려와 입구를 막고 있는 바위를 쿵쿵 때렸다.

맹부요가 손가락 하나를 까딱하는 것만으로 바위를 쓱 치워 버린 다음 물었다.

"무슨 일인데?"

"섬에 돌림병이 번지고 있어요. 당장 여길 떠나야 할 것 같아요."

숨도 못 쉬고 달려온 요신이 헉헉거리며 말했다.

"괴질에 걸린 사람이 나온 건 벌써 며칠 전 일인데, 수련에 방해될까 봐 말을 못 했거든요. 그런데 오늘부터는 진짜 심각해요. 죽어 나간 사람이 한둘이 아니고……."

맹부요의 미간에 주름이 잡혔다. 조금 전에 맡았던 냄새가 떠올랐다.

그것은 짙은 죽음의 냄새였다. 섬에 문제가 생기긴 생긴 모양이었다.

"나찰도만이 아닌 것 같아."

운흔이 동굴로 다가왔다.

"무인도를 제외하고, 부풍 해역의 섬 다수에서 병자가 나오고 있어. 목숨을 잃은 사람도 많고."

"섬들끼리 서로 왕래가 있나?"

"아뇨."

요신이 말했다.

"여러 섬을 돌아다니는 건 해적들뿐이에요."

그 자리에 서서 앞뒤 상황을 맞춰 보길 잠시, 맹부요는 무언가 수상하다는 느낌에 사로잡혔다.

정말 돌림병인 걸까?

망망대해에 흩어져 있는 섬들 사이에는 무시 못 할 거리가 존재했다.

다들 같은 병을 앓는다는 게 쉬울 리가?

그렇다고 부풍 바다의 해적들을 모조리 색출해 심문할 수도 없었다. 대체 어디서부터 문제가 비롯된 건지 감도 안 오는 상황에서 그 무슨 무식한 짓이란 말인가. 혹시 알까, 바이킹 해적단이 원흉일지.

"나찰도에서 제일 가까운 해안 도시가 어디지?"

맹부요가 물었다.

"교성이에요. 탑이족 영역에 속한."

요신이 대답했다.

"악해 해안선은 세 부족이 다 같이 공유하거든요."

"그럼 일단 교성으로 가자. 거기서 크고 튼튼한 배를 새로 사서 절역 해구로 향할 거야."

맹부요가 막 동굴 밖으로 나가려는 때였다.

"에엥?"

그녀의 결단력을 미처 따라잡지 못한 요신이 말했다.

"해적왕은 관두고요?"

"황제도 관뒀는데 그까짓 해적왕이 별거냐?"

맹부요가 뒤를 돌아보며 피식 웃었다.

"해저 왕국에서 건져 올린 보물 중에 일부는 해적들한테 남겨 줄 거야. 그거면 삼대가 먹고살 수 있을 테니까 그만 손들

씻으라고 해. 앞으로는 칼날에 묻은 피 핥으면서 살지 말고 어디 섬 한 군데 골라서 안락하게 지내라고. 내 밑에서 봉사한 시간에 대한 보답이라고 해 두지."

"바이킹 해적단의 명성이 아깝잖아요……."

요신이 맹부요의 뒤에 따라붙으며 꿍얼거렸다.

"명성 따위가 뭐라고. 그보다 중요한 건 무사하게 잘 살아가는 거야."

맹부요가 웃으면서 뒷짐을 졌다.

"나 따라다니다가는 한 놈도 안 남고 다 죽을걸."

하늘가에서 몰려오는 먹구름을 올려다보는 사이, 그녀의 눈빛도 먹구름 같은 잿빛으로 침잠했다.

부풍 탑이족 대광명 왕조 10년 5월 말, 거대한 선박 한 척이 교성 항구에 정박했다. 배에서 내린 것은 젊은 남자 몇몇. 그들은 항구를 오가는 행인들 사이로 소리 소문 없이 섞여 들었다.

"여긴 어째 사람이 별로 없네."

행인이 드문드문 오가는 주변을 둘러보며 맹부요가 눈썹을 찌푸렸다.

"부둣가는 어디나 다 북적이는 줄 알았더니."

잠시 후, 현지인 못지않은 친화력을 자랑하며 정보 수집에 나섰던 요신이 돌아왔다. 벼락이라도 맞은 양 얼빠진 표정을 하고서.

"왜 그래?"

"아직도 전쟁 중이래요. 징집된 사람들이 많아서 한산한가 봐요."

요신이 멍하니 말했다.

"엉망진창이네요……."

"응?"

"전쟁이 교착 상태에 접어들었을 때 탑이와 소당이 갑자기 손을 잡고 발강을 공격했거든요. 그 시점에 주인님이 실종되는 바람에 아란주 공주의 우군들이 전부 왕성을 떠났고, 발강은 몇 번이나 참패의 위기에 몰렸죠. 그러다가 대체 어찌 된 영문인지, 대한 황제가 느닷없이 탑이족과의 전쟁을 선포했다는 거예요. 탑이족 성녀 비연이 제대로 된 이유도 대지 않고 한왕 소유의 장한산 영지에 잠입해서는 출입 금지 구역인 장한산맥 한복판을 헤집고 다녔다고요. 성녀 비연의 행위는 대한에 대한 명백한 도전이자 모욕이라면서, 아니 글쎄 대한 황제가 곧장 병력을 이끌고 북으로 진격해 와서 세 부족 간의 혼전에 가세했다네요. 중간에 대완과 발강족 영역이 끼어 있는데도 그냥 밀고 올라온 거예요. 맙소사, 정말……."

"대완에서는 입장 표명이 있었어?"

"국경을 개방해서 길을 터 줬을 뿐 아니라 병력 3만을 보태주기까지 했대요. 대한 한왕은 곧 대완 여제이기도 하니까요. 사실 병력 지원이 문제가 아니라 두 나라가 같은 편이라는 걸 보여 준 그 태도가 더 중요한 거거든요. 덕분에 탑이족은 완전히 혼란에 빠졌어요. 다들 성녀궁 앞에 모여서 신께 기원을 올린다고 난리예요. 전쟁이 빨리 끝나서 평화를 되찾게 해 달라고요.”

맹부요는 할 말을 찾지 못했다. 이게 다 무슨 난장판이란 말인가.

전북야는 대체 뭐야, 실종된 사람 못 찾아서 열받은 김에 패싸움에나 끼기로 한 건가? 성격이 불같기는 해도 사실상 뼛속까지 정치꾼인 사람이 남의 나라 국경까지 넘어가면서 애먼 데다 화풀이를 했을 것 같지는 않은데. 어째서 전북야가 탑이족을 친 거지? 주주를 돕기 위해서? 아니면 무언가 다른 속사정이 있나?

그리고 비연이 장한산 영지에 잠입했다는 건 사실일까? 거길 왜? 비연이 장한산에 갔던 것과 내가 부풍에서 당한 일이 혹시 무언가 연관이 있는 걸까?

수많은 의문이 얽히고설켜 그녀의 혼란한 머릿속을 둥둥 떠다니길 잠시, 급기야는 두통이 시작됐다.

연경진의 죽음으로 느낀 바가 있기에 부풍에서의 은원은 모두 잊으려 했건만. 시력과 기억을 잃은 데 대한 복수는 접어 두고 곧장 배를 사서 궁창으로 향하려 했건만. 전황을 듣고 보니 그냥 발을 빼도 과연 괜찮은 걸까 싶었다.

“주된 격전지가 어디야?”

“소당족 군대부터 몰아낸 대한 황제가 그 뒤로 발강과 대완의 병력을 규합해서 탑이 왕성을 압박하고 있는 모양이에요. 핵심 병력 주둔지는 교성에서 멀지 않은 곳이고요."

"음."

맹부요는 나무 아래에 자리를 잡고 앉아서 건량을 꺼내 들었다. 전병 한 조각을 손에 든 채로, 그녀는 천천히 생각의 갈피를 더듬었다. 왕성으로 가야 할지, 아니면 교성에서 출발해 곧장 궁창으로 향하는 것이 좋을지 살짝 고민스러웠다.

그때 머리 위쪽에서 '탁탁' 하는 소리가 나더니 무슨 부스러기 같은 것이 전병 위로 쏟아져 내렸다. 고개를 들자 까만색 구관조 한 마리가 머리 위에서 잣을 까먹고 있는 게 보였다. 잣송이에서 나온 가루가 맹부요의 전병 위로 사정없이 쏟아지고 있었다.

구관조나 앵무류만 보면 혈압이 오르는 원보 대인이 당장에 주먹질을 하며 나무로 뛰어오르자 구관조는 푸드덕 날아서 다른 나무로 옮겨 갔다. 그러고는 고개를 곧추세우고 원보 대인을 비스듬히 흘겨보더니 다시 탁탁거리며 잣송이를 까먹기 시작했다.

그 광경을 보며 키득거리던 맹부요가 송곳니를 세우고 씩씩거리는 원보 대인에게 이리 오라고 손짓을 보내려다가, 급작스럽게 얼굴을 굳혔다. 그녀는 원보 대인을 향해 손을 뻗은 채로 느릿느릿 고개를 틀어 탁탁거리며 잣을 까먹고 있는 구관조를 쳐다봤다.

탁탁……, 탁탁.

딱히 특별한 게 아닌데도 천둥처럼 귓전을 때리는 소리.

가만히 서서 그 소리를 듣고 있는 사이, 맹부요의 표정이 점차 싸늘하게 굳어 갔다.

그래, 너였어!

성녀 비연

구관조 한 마리로 인해 드러난 비밀.

나찰의 달밤, 회백색 연무 속에서 귓가를 맴돌던 소리는 성별을 분간할 수 없는 음성만이 아니었다. 정체를 알 수 없는 다른 소리 한 가지가 간헐적으로 이어졌다.

탁탁, 탁탁.

그때는 극도의 긴장과 고통 때문에 그 작은 소리에까지 신경을 쓸 여력이 없었다. 귀에는 들렸어도 가슴에까지 와닿지는 못했다 할까.

그런데 반년의 시간이 지나 교성 교외에서 만난 구관조 한 마리가 그녀의 기억 깊숙한 곳을 헤집어 그때의 소리를 일깨우고, 대조와 검증을 유도한 것이다.

금강!

당시 금강이 옆에 있었다. 아마도 씨앗을 까먹으면서.

방자하고 자의식 강한 비연의 애완동물!

정체를 몰랐다면 그냥 덮고 시간 낭비 없이 부풍을 뜰 수도 있었겠지만, 너라는 걸 알아 버린 이상 그럴 수야 없지. 이대로 무심하게 넘어간다면 그건 맹부요가 아니거든!

맹부요는 두말없이 안장에 올라 원래 향하던 곳과는 다른 방향으로 말을 채찍질했다.

뒤쪽에서 요신이 얼빠진 목소리로 물었다.

"어디 가세요?"

그사이에 벌써 훌쩍 거리를 벌린 맹부요가 멀찍이 뒤처진 요신에게 한마디를 툭 던졌다.

"탑이 왕성!"

탑이 왕성의 정식 명칭은 오륜성烏倫城이었다. 왕궁의 위치는 대풍성과 마찬가지로 왕성 정중앙이었고, 이 시각 왕궁은 아침 햇살을 받아 찬란한 황금색으로 빛나고 있었다.

그러나 성안에서 가장 고귀하게 여겨지며 숭배받는 건축물은 왕궁이 아닌 천성 성궁이었다.

천성.

이민족 왕성에 붙기에는 그다지 어울리지 않는, 한족들이 쓸 법한 이름이었다. 그러나 성녀 비연이 직접 지은 이름에 이의를 제기하는 부풍인은 존재하지 않았다.

성녀 비연은 100년에 하나 나올까 말까 한 기재로, 대무신 이후로 유일하게 술법 수련의 정점을 찍고 신기에 가까운 재주를 얻은 주술사였다. 대무신과 그녀의 차이점을 찾자면, 호전적이고 방탕하며 중원 문화를 흠모하는 대무신과 달리 그녀는 부풍 밖으로 나가는 일이 거의 없다는 것이었다.

성녀는 부풍 세 부족 백성들을 긍휼히 여겨 재난을 당한 이들에게 도움의 손길을 아끼지 않았고, 열흘에 한 번씩 천성 성궁을 대중에 개방하여 가난한 백성들의 병을 고쳐 주기도 했다. 비단 탑이족만이 아니라 소당이나 발강에서도 곤궁한 이들이 어려움을 당하거나 병에 걸려 찾아오면 반드시 도움을 베풀었다. 대광명 왕조의 성녀는 부풍 사람들 모두가 우러러보는 관용, 자비, 애민 정신의 상징이었다.

빛이 지나치게 밝은 곳에는 필시 어둠의 사각지대도 존재하는 것이 세상사 진리라지만, 강렬한 광채 탓에 눈도 제대로 못 뜨는 사람들 중에 어둠의 지대를 발견할 이가 과연 몇이나 되겠는가.

새벽녘, 천성 성궁.

5월의 햇살은 맑고 투명했으며, 바다가 가까운 탓인지 유독 촉촉하고 상쾌한 바람은 청색 위주의 성궁과 기막힌 조화를 이루고 있었다.

성궁 중앙에서는 드높은 푸른색 탑이 존재감을 과시 중이었다. 탑의 높이는 거의 구름에 닿을 정도였고, 위쪽으로 가면 형태가 급격하게 뾰족해져 꼭대기 층의 면적은 아래쪽의 절반밖에 안 됐다.

꼭대기 층은 사면이 모두 벽면 전체를 차지하는 커다란 창으로 되어 있었다. 그 높이에서 아래를 내려다보면 천하가 한눈에 들어올 것이요, 세찬 바람에 몸을 맡기면 신선이 된 듯한 기분을 느낄 수 있을 터였다.

조심스러운 발걸음으로 성궁 안을 오가던 시녀들이 푸른색 탑 앞에 다다르자 한층 더 주의를 기울여 발소리를 죽이더니, 안타깝고 걱정스러운 기색을 내비쳤다. 탑 꼭대기 창문에서 희미한 연기가 흘러나오고 있었다. 신께 복을 비는 향이 이렇게 일찍부터 타고 있는 걸 보면 성녀께서는 어제도 뜬눈으로 밤을 지새우신 게 분명했다.

살금살금 탑 근처를 벗어난 시녀들이 이내 고개를 돌려 성궁 담장 밖을 노려봤다.

이게 다 괘씸한 대한 황제 놈이 탑이족 성지의 평화를 깨뜨린 탓 아니겠는가. 잡아 죽여도 시원치 않을 작자 같으니!

탑은 그 주인과 마찬가지로 말이 없었다. 그저 홀로 성궁 한가운데에 우뚝 솟은 채 왕성 전체를 굽어보고 있을 뿐이었다.

탑 위에서는 왕성만이 아니라 성 밖 산천과 들판, 그리고 더 멀리 떨어진 쪽빛 바다까지 보였다. 물론, 수십 리에 걸쳐 늘어선 군대의 막사 역시 예외는 아니었다.

짙은 남색 의복의 여인이 창가에 비스듬히 앉아 아스라이 보이는 군 야영지를 바라보고 있었다. 남색 옷자락과 검은 머리카락이 공중에서 흩날리다가 하늘과 향 연기에 소리 없이 녹아들었다. 여인의 가냘픈 자태는 금방이라도 바람을 타고 날아오를 것 같기도 하고, 아니면 낙엽처럼 속절없이 아래로 추락할 것처럼 보이기도 했다.

"여자, 창에서 좀 멀리 앉아라. 그러다가 떨어져도 이 어르신은 모른다!"

말 많은 '어르신'이 씨앗을 탁탁 쪼면서, 몸 절반을 창밖으로 내밀고 있는 비연을 흘겨봤다. 그러자 고개를 들어 녀석을 쓱 쳐다본 비연이 퍽 자애롭게 웃더니 무언가 손짓을 했다.

'퉤' 하고 씨앗 껍질을 뱉은 금강이 정수리에 돋은 노란색 우관을 마치 연기가 피어오르는 것처럼 곧추세웠다. 그런 다음 눈알을 부라리고 빽빽거렸다.

"지난번에 이 어르신한테 씨앗 까먹지 말라고 했지? 퉤, 퉤, 퉤! 어르신이 얼마나 조심했는데!"

그 소리에 피식 웃은 비연이 창가에서 일어나 금강에게 다가왔다. 그녀가 손을 뻗었다. 차분하고 온화하게 걸어오는 모양새만 봐서는 깃털을 어루만져 주려고 뻗은 손 같은데, 어찌 된 영문인지 금강이 움찔했다.

그리고 다음 순간, 비연이 금강을 움켜잡더니 그대로 창밖으로 던져 버렸다. 날개를 퍼덕이면서 필사적으로 창틀을 붙든 금강이 괴성을 질렀다.

"여자! 살려 줘! 너무 높아, 어르신은 높은 데가 무섭단 말이다!"

들은 체 만 체 창가를 떠난 비연은 한쪽에 쳐진 휘장 뒤편으로 들어가 무릎을 꿇었다.

그곳은 탑 꼭대기, 그녀만의 금역이었다. 무릎을 꿇은 그녀 앞에는 청삼 차림의 남자가 가부좌를 틀고 앉아 있었다.

남자는 큰 키에 떡 벌어진 어깨를 가졌고, 머리카락이 길게 풀어 헤쳐져 청삼과 그 위의 흰 외투를 덮고 있었다. 허리에 묶인 장식 띠가 탑 꼭대기에 불어닥치는 초여름 세찬 바람 속에서 날아갈 듯 나부꼈다.

묵묵히 남자의 옷자락을 만지작거리는 비연의 눈동자에 낙담한 기색이 어렸다. 그런 그녀의 곁에서 황금 고리로 머리를 장식한 소녀가 향로에 향을 더 꽂아 준 후, 창가로 가서 금강을 끌어 올렸다.

무사히 창틀을 넘어온 금강이 젖혀진 휘장을 발견하고 냅다 남자에게 달려들려는 걸, 비연이 단박에 쳐 내면서 소리쳤다.

"건드리지 마!"

멀찍이 내동댕이쳐진 금강이 감히 대들지는 못하고 작게 투덜거렸다.

"맨날 가까이 못 가게 하고. 주인님한테는 내가 필요한데……."

비연은 금강의 투덜거림이 아예 귀에 안 들리는 듯, 조용히 남자를 응시하고만 있었다.

이때 황금 고리로 머리를 장식한 소녀가 작게 속삭였다.

"대무신께서는 여전히 안 깨어나시네요……."

"제일 중요한 보조재 하나가 부족해."

비연이 불쑥 말을 뱉었다. 담담한 어투, 입을 자주 열지 않는 탓에 살짝 잠긴 목소리는 성별을 짐작할 수 없게 만들었다.

"그 보조재를 얻기 위해 10년을 기다리고 10년을 준비했어. 그런데 막판에 일을 그르칠 줄이야."

"그 여자……."

황금 고리 머리 장식을 한 소녀가 고개를 갸웃했다.

"바다에 있다고 하지 않았나요?"

비연은 아무런 대답도 하지 않았다.

지금쯤 돌림병은 어느 정도나 퍼졌을까. 바다에 병이 돈다는 걸 감지하면 허겁지겁 뭍으로 돌아올 것이다.

그간 얼마나 오랜 시간을 기다렸던가. 마음 같아서야 진작에 바다로 달려가고 싶었지만, 대무신의 육신을 이쪽으로 모셔 오는 바람에 섣불리 움직일 수 없게 된 것도 있고, 거기에 전북야의 포위 공격까지 더해져서 갈 수가 없었다.

빌어먹을 대한 황제 놈. 장한산에서 하필 그놈과 마주칠 줄이야!

대체 놈이 거기 왜 나타났던 걸까? 운이 나빴다고밖에 할 수 없는 일이었다.

비연은 남자의 옷자락을 만지작거리면서 한숨을 내쉬었다.

대무신은 30년 전의 술법 대결에서 곤족을 멸족시킨 후 본인 역시 장한산 한복판에 영영 발이 묶이고 말았다. 세상 사람들은 모두 그녀의 조부가 죽었다고 했지만, 그녀는 알고 있었다. 대무신의 육신이 온전하게 남아 있으며, 영혼 또한 가까운 곳에 있다는 것을.

이는 어린 시절부터 날이면 날마다 들려오던 부름 덕분이었다. 일족 역사상 가장 신성하고 강대했던 사내를 되찾으라는, 그의 죽음과 함께 잃어버린 일족 최강의 술법을 되찾으라는, 그리하여 부풍만이 아니라 오주 전체가 무한한 위력을 가진 대광명법 앞에 머리 조아리게 하라는 부름.

그녀는 무신을 부활시키는 일에 일생을 통째로 바쳤다.

10년 전 장청 신전의 문이 열렸던 날, 그녀는 자신의 목소리를 대가로 신탁을 얻었다. 신전에서 알려 준 날짜와 생년월일시가 일치하는 여인을 찾으라고 했다. 그 여인은 하늘에서 떨어진 요물이요, 피의 제물로 쓰이기에 적합한 몸이라고 했다. 여인의 심장에 흐르는 피로 무신을 깨울 수 있을 거라고 했다.

웅장한 규모의 신전 한복판, 자욱한 연무 속에 꿇어앉아 있던 그녀에게 누군가 생년월일시가 적힌 종이와 연옥 조각 하나를 던져 줬다. 연옥은 보기 드문 살구색을 띠고 있었다.

신전 안쪽에서 건조한 목소리가 들려왔다.

'그 연옥의 빛깔을 변하게 하는 피를 가진 자가 바로 그대가 찾아야 할 사람이다.'

무신이 장한산맥에 있다는 사실이야 예전부터 알고 있었지만, 밖으로 가져오겠다는 생각은 하지 않았다. 곤족의 무덤 안에 존재하는 정기가 그의 육체를 썩지 않게 유지시켜 주고 있었기 때문이었다.

무신의 육체를 산에서 모시고 나오려면 그 전에 제물부터 찾아야 했다. 그녀가 천하에 두루 선행을 베푼 것은 사실 제물을 찾기 위한 방편이었다. 백성들이 도움을 구하러 오면 본인을 비롯한 가족들의 생년월일시를 대게 하고, 연옥에 피를 묻혀 색깔 변화를 확인했다. 그러나 그녀가 원하는 인물은 도통 나타날 줄을 몰랐다.

그러다가 2년 전, 대한 황제가 장한산을 가로지르다가 곤족 무덤을 헤집어 놓는 사태가 발생했다. 변고를 직감한 그녀는 비밀리에 곤족 무덤으로 수하를 파견했다.

수하는 밀실 문 위쪽의 구멍에서 사람의 피와 살점을 발견했고, 세심한 성격의 소유자답게 그걸 성궁으로 가지고 돌아왔다. 피를 연옥에 묻혀 본 결과, 색깔이 미묘하게 변하는 것을 확인한 그녀는 광적인 흥분에 휩싸였다.

다만 아무래도 오래 묵은 피인지라 색깔 변화가 확연하지는 않았다. 그 정도로는 피의 주인이 지금껏 찾던 인물이라고 확신하기 어려웠다.

그때부터 그녀는 맹부요를 주목하기 시작했다. 대한 황제와 함께 장한산을 통과한 일행 중 그녀가 아는 생년월일시에 제일 근접한 연령의 소유자가 바로 맹부요인 까닭이었다.

그녀는 시시각각 맹부요를 주시하면서 맹부요가 부지런히 앞으로 나아가는 모습을, 천하의 패권을 다투는 모습을, 한 걸음 한 걸음 더 높은 곳으로 향하는 모습을, 온갖 계략을 펼치는 모습을, 잘나기로 천하에서 둘째가라면 서러운 사내들이 맹부요의 마음을 얻기 위해 줄곧 여정을 함께하는 모습을, 빠짐없이 지켜봤다.

흡족했다. 그런 맹부요가 정말 자신이 찾던 인물이라면 앞으로 무궁무진한 이점을 취할 수 있으리라 생각했다.

하여, 맹부요가 선기국 황제의 초청을 받았을 때, 그녀 역시 이례적으로 부풍 땅을 떠나 선기국으로 향했다. 그러고는 주루에서 의도적인 만남을 연출해 맹부요의 피를 손에 넣고, 부적을 써서 과거의 기억을 일깨웠다. 맹부요가 과거를 기억해 내야만 출신을 알아낼 수 있고, 그래야 정확한 생년월일시 확인이 가능하기 때문이었다.

그렇게 해서 알아낸 생년월일시는 그녀가 궁창에서 전달받은 것과 하루 차이가 났지만, 피는 확실히 연옥의 색깔을 바꿔 놨다. 지난 10년간의 노고가 마침내 결실을 맺는 순간이었다.

그 이후에는 발강 왕실에 손을 써서 아란주를 불러들이고, 맹부요를 발강으로 끌어들였다. 촘촘하기 이를 데 없는 그물로 10년을 기다려 온 목표물을 마침내 사로잡은 것이다. 그 강대한 여인을 붙잡는다는 건 결코 쉬운 일이 아니었다.

그런데 그토록 애써서 잡은 목표물을 한순간의 탐욕 때문에 놓쳐 버리고 말다니. 이렇게 되어 버린 이상, 맹부요가 그녀의 예상보다 훨씬 강인한 존재임을 인정하지 않을 수 없었다.

맹부요의 가슴에서 피를 받기는 했지만, 그걸로 무신을 깨우지는 못했다. 위치가 살짝 빗나간 탓이었다. 그 한 끗 차이가 치명적인 실패를 잉태한 것이다.

현재 상황은 대한과 대완의 개입으로 인해 그녀에게 몹시

불리하게 돌아가고 있었지만, 아무래도 상관없었다. 아직 마지막 기회가 남아 있기에…….

매혹적인 미소를 머금고 일어선 비연이 황금 고리 장식을 단 소녀에게 물었다.

"달아達婭, 준비는 다 됐겠지?"

달아가 '네.' 하더니, 이내 확신 없는 투로 되물었다.

"그자가 지니고 다니는 물건이 정말 그 여자랑 관련된 거라고 생각하세요?"

"내가 그녀의 이력과 그 몇몇 사이의 관계를 면밀하게 확인하는 데 얼마나 많은 시간을 쏟아부었는데."

비연이 미소 지었다.

"그자는 장신구 같은 걸 주렁주렁 달고 다닐 성정이 못 돼. 그런 자가 밤낮으로 몸에 지니고 다닐 만한 물건이라면, 제 인생에서 가장 중요한 존재와 관련 있는 것이겠지."

그러더니 여유로운 웃음을 섞어 덧붙였다.

"앞니 하나가 색이 조금 다른 거, 눈치 못 챘어? 가짜인 것 같은데."

"이도 가짜가 있어요?"

달아의 눈이 휘둥그레졌다.

"이 세상에는 가짜 이를 만들 줄 아는 자도 존재하거든. 예컨대 헌원국 황제라든가. 마침 둘은 막역한 사이고 말이야."

비연의 표정이 차갑게 식었다.

"헌원국 황제는 일찌감치 알았을 거야. 그 여자가 바로 내가 찾는 인물이라는 것을. 그런데도 나한테 일언반구도 없었지. 고대 헌원의 술법을 이용해 또 다른 얼굴을 가지도록 도와준 사람이 누군데!"

달아는 속으로 조용히 생각했다.

도와주기야 도와줬지만, 결정적인 단계에 수작을 부려서 그 남자의 몸을 완전히 망쳐 놨으면서.

차마 그 소리를 입 밖으로 꺼낼 수는 없었다. 그랬다가는 금강처럼 상냥하게 탑 밖으로 내던져질 수도 있으니까.

"내기할까."

뒷짐을 지고 선 비연이 탑 아래에 새카만 강줄기처럼 펼쳐져 있는 군영을 내려다보며 말했다.

"나는 그자가 허리에 차고 다니는 비단 주머니 안에 들어 있는 게 치아라는 데 걸겠어."

그런 다음 뒤로 돌아서서 전혀 나이를 먹지 않은 모습의 조부를 애틋하게 바라봤다.

"지난번 일은 내 불찰이었어. 단지 몸뚱이만이 아니라 무공과 영혼까지 내 소유로 만들어서 활용하고 싶었거든. 인맥과 신분 역시도. 그럴 수만 있다면 우리 탑이족의 패업을 이루는 데 막대한 도움이 될 테니까. 하지만 욕심이 너무 과해서는 안 되는 거였어. 이럴 줄 알았으면 심장부터 꺼내거나 아니면 이라도 모조리 뽑아 버릴걸. 그랬으면 지금처럼 남의 나라 군대가 코앞까지 들이닥칠 일은 없었을 텐데. 뭐 어쨌든, 지금도 너무 늦은 건 아니야. 이를 손에 넣어서 술법을 걸면 그 여자는 내 소유가 되니까."

피식, 비연이 웃었다.

"대한 황제는 지금껏 아무한테도 비단 주머니의 내용물을 보여 준 적이 없어. 그러니 누군가가 그 안에 들어 있는 물건의 정체를 알고 계략을 꾸미리라는 생각은 꿈에도 못 하겠지."

달아가 탄복한 모양새로 허리를 숙이고 물러나면서 말했다.

"진시[3]에 대한 황제와 회담을 한다고 하셨죠. 차질 없이 준비하겠습니다."

달아가 그때껏 분을 삭이지 못하고 빽빽거리는 금강을 데리고 나갔다. 비연은 뒷짐을 진 채, 하늘과 맞닿은 수평선을 묵묵히 바라보고 있었다.

한참 뒤, 비연이 제 목을 쓸어내리면서 부자연스럽게 헛기침을 뱉었다. 지금 그녀의 목에서 나오는 소리는 술법을 이용해 빌려 온 가짜였다. 그런 연유로 시시각각 목소리의 성별이 왔다 갔다 하는 것이었다.

그녀의 원래 목소리는, 꾀꼬리처럼 간드러지고 은쟁반을 구르는 옥구슬처럼 곱던 소리는, 장청 신전 제단에 바쳐진 지 오래였다. 가짜 목소리가 너무나 흉측했기에, 그때부터 그녀는 말을 하지 않게 되었다.

비연. 비언非言[4]과 한 끗 차이인 이름.

---

3 오전 7시에서 9시 사이.

4 말이 없다는 의미.

그녀는 20년을 침묵 속에서 보냈고, 침묵은 그녀에게 많은 것들을 보여 줬다.

만 리 강산이 소리 없이 쪼개지는 모습, 쟁패의 칼날이 광활한 대지에 길고도 깊은 갈등의 골을 새기는 모습, 번뜩이는 도광이 칠흑의 하늘을 밝히는 모습…… 그리고 그 칼날의 반사광을 받아 드러난, 구름 위에서 모든 것을 굽어보며 만족스럽게 미소 짓는 얼굴.

그것은 그녀의 얼굴이었다. 그녀는 줄곧 웃음기 어린 얼굴로 지켜봐 왔다. 목표물을 비롯한 그 주변인들이 정신없이 쫓고 쫓기고, 계략을 펼치고, 시시각각 함정을 설계하는 동시에 시시각각 운명이 파 놓은 함정에 빠져드는 꼴을.

그녀는 지금 낚싯줄을 드리운 채, 목표물의 접근을 기다리고 있었다.

부풍 탑이 대광명력 10년 5월 30일, 대한 황제와 부풍 성녀 비연의 회담이 성사됐다. 장소는 탑이 왕성인 오륜성에서 30리 떨어진 작은 산골 마을이었다.

사실 전북야는 전쟁 중에 회담 따위를 할 인물이 아니었다. 서로 칼을 겨누고 있는 사이에 나눌 대화가 뭐가 있단 말인가? 그럴 시간이 있거든 병력을 전개해 속 시원히 한판 붙고 말지.

그런 탓에 비연이 맨 처음 협상을 제안했을 때 그는 가차 없이 제안을 거절했다.

그런데 탑이 쪽 사자는 기가 꺾이기는커녕 비연의 전언을 가지고 다시 한번 그를 찾아왔다. 전언을 들은 전북야는 낯빛이 변하고 말았다.

'폐하의 가까운 벗이 악운을 만나 바다를 떠돌고 있다고 들었습니다. 실상 저주에 걸려 그리된 것인데, 푸닥거리라도 해야 하지 않겠습니까?'

잠시 입을 다물고 있던 전북야가 이내 찬웃음을 흘리며 말했다.

'좋아, 천하에 이름난 신공 성녀를 어디 한번 직접 만나 보도록 하지. 부풍 주술사의 푸닥거리라는 건 얼마나 대단할지, 기대되는군.'

그리하여 이 시각, 전북야는 일찌감치 주민들을 모두 내보낸 산골 마을 안 민가에 앉아 오랜만에 평온하게 차를 마시고 있었다. 짙은 눈썹이 초여름의 강렬한 햇살을 받아 새카맣게 빛나며 위압감을 자아냈다.

진시, 아침 해가 떠오르고 전북야는 차를 세 모금 넘긴 뒤였다. 잔을 내려놓고 일어선 그가 말했다.

"시간 됐군. 돌아간다! 내일부터 개전인 줄 알도록."

세상에 전북야를 기다리게 할 수 있는 여자는 맹부요가 유일했다.

이때 누군가 출입문을 두드렸다. 전북야가 고개를 들었다. 순간 그의 눈빛에 날이 섰다.

문 앞까지 오도록 발소리를 전혀 듣지 못하다니. 무공이 대단한 건가? 아니면 술법?

문이 열리더니, 어두운 남색과 진홍색이 섞인 의복을 입은 여인이 옷자락을 휘날리면서 안으로 들어섰다. 특별히 빼어난 미색은 아니었지만 눈썹이 단정하고 전체적인 선이 가늘고 유려했으며, 흡사 역광을 받은 도자기처럼 부드러운 아름다움을 발산하고 있었다.

여자의 뒤쪽으로는 머리를 황금 고리로 장식한 소녀가 따르고 있었다. 오늘 일행 중에 금강은 없었다. '어르신' 소리를 입에 달고 사는 금강이 이 자리에 나왔다가는 전북야의 손에 목이 부러질 게 분명하므로.

전북야는 두 손을 허벅지에 올린 자세로 꿈쩍도 안 하고 오연하게 앉아 있었다. 그래도 눈매는 아까보다 다소 누그러진 상태였으니, 시녀 하나만 달랑 데리고 나타난 비연의 배짱을 높이 평가했기 때문이었다.

그는 오늘도 테두리에 붉은색이 들어간 검은 장포 차림이었다. 허리에 찬 주홍색 요대에는 다른 장신구 없이 작은 주머니 하나만 단단히 매달려 있었다.

진홍 바탕에 금실로 무늬를 넣은 비단 주머니는 허투루 봐서는 눈에 띄지도 않을 만큼 작았고, 설사 발견하더라도 저 안에 과연 손가락 한 개나 들어갈지 의심이 들 지경이었다.

주머니에는 한 번도 눈길을 주지 않고 전북야를 향해 미소를 보낸 비연이 우아하게 자리에 앉았다.

전북야가 단도직입적으로 물었다.

"그래서 푸닥거리를 어떻게 하겠다고?"

비연이 손짓을 몇 번 하자 달아가 대신 대답했다.

"철군해 주십시오."

일순 눈썹을 꿈틀한 전북야가 놀란 눈으로 비연을 훑어봤다. 그가 풍기는 압도적 위압감 앞에서도 한 치의 물러섬 없이 각을 세울 줄 아는 여인이 한 명 더 늘어난 것이다.

"죽고 싶어서 환장을 했군. 탑이족 전체가 죽고 싶어서 환장을 했어."

전북야가 웃자 상어처럼 뾰족한 이가 번뜩였다.

"흥정을 이딴 식으로 하는 경우도 있나?"

"폐하의 마음속에서는 그 어떤 것보다도 맹부요가 가장 중요할 테지요."

달아가 비연의 뜻을 충실히 전달했다.

"그렇다고 해서 짐이 맹부요라는 이름만 나오면 손발이 묶인다는 뜻은 아니지."

전북야가 손안의 찻잔을 빙글빙글 돌리며 말했다.

"미리 알아보지도 않고 왔나? 짐이 누군가한테 겁박이라는 걸 당해 본 적이 있는지 말이야."

비연이 미소 지었다.

"오늘이 시작이 될 수도 있지요."

전북야의 눈이 일순 노기를 띠었다. 그가 찻잔을 '쾅' 하고 내려놓자 잔 밖으로 찻물이 왈칵 튀었다. 단, 전부 비연의 얼굴

쪽으로만 튀었기에 그의 손에는 물 한 방울 묻지 않았다.

비연이 엷게 웃으면서 바람을 '후' 불자 영롱한 물방울들이 그녀의 얼굴 앞 허공에 응결됐다. 이어서 그녀가 천천히 손가락을 뻗어 공중에 그림을 그렸다. 그러자 물의 장막 위에 움직이는 장면이 펼쳐졌다.

회백색 연무 탓에 주변 풍경은 분간이 가질 않는 가운데, 지면에 고인 피 웅덩이가 보였다. 피 웅덩이 한복판에서 누군가 헐떡이며 몸부림치고 있었다. 흠칫, 전북야가 몸을 굳혔다.

저건 부요가 아닌가!

회백색 안개 속에서, 인물이 자기 가슴팍을 붙들어 잡고 천천히 고개를 들었다. 눈에 초점이 없는 게, 소리를 듣는 데 집중하고 있는 모양새였다. 그러더니 갑자기 강한 충격을 받은 것처럼 온몸을 필사적으로 웅크렸다.

찻잔을 쥔 전북야의 손이 부르르 경련했다. 계속해서 몸을 작게, 더 작게 웅크리던 인물이 어느 순간 팔다리를 뻣뻣하게 펼치더니, 이내 엄청난 고통이 덮쳐 온 듯 바닥에서 뒹굴기 시작했다.

미친 듯이 나뒹굴고 발버둥을 치면서, 일어나려다가도 번번이 다시 쓰러지면서, 인물은 거대한 환각의 물결에 휩쓸리지 않기 위해 필사적으로 저항하고 있었다. 격한 움직임 탓에 상처가 벌어지면서 선혈이 안개처럼 뿜어져 나왔다.

뒹구는 과정에서 체중에 짓이겨진 선혈이 지면 전체에 섬뜩한 핏자국을 새겨 넣고 있건만 인물은 전혀 자각이 없는지, 죽기 살기로 자기 몸을 짓뭉개며 괴롭히고 있었다. 맹렬한 고통에 치여 숨이 넘어가기 직전이면서도.

부요!

콰직.

전북야의 손안에서 찻잔이 박살 났다. 날카로운 사기 조각에 찔린 살갗에서 피가 뚝뚝 떨어졌지만, 그는 아무런 감각도 느끼지 못했다.

부요였다.

나찰의 달밤, 그날의 부요!

그날 밤 그녀에게 정확히 무슨 일이 일어났었는지 다들 알지 못했다. 운흔이 다른 사람들을 안심시키고자 자세한 이야기를 생략했기에, 뭍으로 전해진 소식은 그저 그녀가 무사하다는 게 전부였다.

그래도 힘든 일을 겪었으리라는 예상은 했지만, 설마하니 이렇게까지 처절하게 몸부림치는 장면을 보게 될 줄이야.

부요가 고통에 얼마나 강한 내성을 가지고 있는지는 전북야가 제일 잘 알았다. 어지간한 상처에는 눈썹 하나 까딱하지 않는 그녀였다. 그런 그녀를 반미치광이로 만들었을 정도라면, 그것은 아마 인간의 한계를 훌쩍 넘어서는 맹렬한 고통이었을 것이다.

심리적인 충격이 너무 큰 탓일까. 전북야는 심장이 비정상적으로 격하게 뛰는 걸 느꼈다. 심장이 아프다 못해 산산이 부서지고, 조각조각 찢겨 나가는 것 같았다.

그는 가슴팍을 손바닥으로 꾹 눌렀다. 더 이상 보고 싶지 않았지만, 그의 의지를 벗어난 눈이 자꾸만 화면으로 향했다.

맹부요는 말을 몰고 질주하고 있었다. 조금 전 성 밖에서 전북야와 비연이 회담을 한다는 이야기를 들은 참이었다.

그녀가 아는 비연은 성실하게 평화 교섭 같은 걸 할 인간이 절대로 아니었다. 십중팔구는 또 무슨 꿍꿍이가 있는 것이리라. 무슨 일이 있어도 전북야를 비연과 단둘이 둘 수는 없었다.

그녀는 말을 재촉해 날듯이 내달린 끝에 양측 군대의 대치 지점인 산골 마을 근처에 당도했다. 마을을 10리 앞둔 지점부터는 탑이족 군대 및 비연을 따라온 호위대가 대기 중인 구역이었다.

질서 정연하게 도열해 있는 진한 남색 가죽 갑옷, 번뜩이는 칼, 장창 등이 멀리서부터 눈에 들어왔다. 마치 철갑의 바다가 펼쳐져 있는 듯한 광경이었다.

맹부요는 눈 하나 깜짝하지 않고 그 바다의 가장자리를 향해 곧장 달려들었다. 폭풍처럼 질주해 오는 말을 발견한 병사들이 허겁지겁 앞을 막아섰다.

"멈춰라! 출입 금지 구역이다!"

맹부요는 두말없이 채찍을 휘둘렀다. 기술적으로 뻗어 나간 채찍 끄트머리가 연달아 현란한 타격음을 냈다.

소리가 울릴 때마다 병사들이 한 명씩 엎어졌고, 지면에는 쓰러져 나뒹구는 병사들이 금방 한 무더기 쌓였다. 대경실색한 나머지 병사들이 뒤를 쫓으려 했으나, 맹부요는 이미 우르르 내달려 말발굽이 일으킨 흙먼지 너머로 모습을 감춘 뒤였다.

"대체 정체가 뭐지? 막아야 해, 막아야 하는데……."

앞쪽이고 뒤쪽이고 병사들이 질러 대는 고함으로 난리도 아니었지만, 한시라도 빨리 목적지에 당도해야 한다는 생각뿐인 맹부요는 비연이 마을 밖에 남겨 두고 간 3천 명 규모의 호위대 한복판으로 서슴없이 뛰어들었다. 그러고는 날이 바짝 선 칠흑의 송곳으로 화해, 남색 가죽 갑옷의 성궁 호위대 대형을 반으로 썩둑 갈라놨다.

이때 갑옷부터 투구까지 완전 무장한 인물이 멀리서부터 돌진해 오면서 호위대에 명령을 내렸다. 그러자 호위대 대형의 앞뒤가 서로 바뀌면서 번뜩 장창이 교차했다.

좌앗!

시천의 칼날은 비록 짧았지만, 검광은 거의 한 장 길이에 달했다.

맹부요가 손가락을 튕겨 맑은 소리를 내자, 싸늘한 광채가 파도처럼 층층이 일었다. 파도는 층을 더해 갈수록 점점 더 차고도 환하게 빛났고, 뒤따라오는 물결이 앞선 물결을 때리면서 거치적거리는 장창과 호위병들의 몸뚱이까지 한꺼번에 날려 버렸다.

'쨍' 하는 소리가 쉼 없이 울리고, 날려 간 장창이 까맣게 몰려오던 호위병들을 무차별적으로 가격했다. 질겁한 호위대가 마치 붉은 피거품 섞인 물결이 모래사장에서 밀려나듯 퇴각했다.

맹부요는 계속해서 앞으로 돌진했다.

물의 장막에 투영된 화면은 여전히 진행 중이었다. '그림' 속의 맹부요가 목이 터져라 소리를 지르고 있었다. 짧은 문장인 것 같은데, 표정이 결연했다.

입 모양을 유심히 살피던 전북야는 그녀가 '아니야!'라고 외치고 있음을 알아차렸다.

뭐가 아니라는 거지?

전북야는 동요하고 있었다. 그는 정돈되지 않은 머릿속으로 열심히 생각했다.

당시 부요는 대체 무슨 이야기를 하고 있었던 걸까?

그림에서 도저히 눈을 뗄 수가 없었다. 봐 봤자 가슴만 미어질 뿐이라는 걸 알면서도 차마 눈을 돌리지 못했다.

그것은 부요의 경험이요, 그녀가 당한 고통이었다. 움직이는 그림 자체는 환술이라는 걸 알고 있었지만, 저토록 현실적인 부요의 모습을 만들어 낼 수 있는 환술은 세상에 없을 터였다.

그는 맹부요가 머리를 부여잡고 뒹구는 모습을 지켜봤다. 그는 맹부요가 숨을 헐떡이는 중간중간 고개를 들 때마다, 흑

백이 분명하던 눈이 점차 불그스름하게 물들어 가는 걸 지켜봤다. 그는 맹부요가 구석으로 굴러간 뒤, 기습적으로 시천을 내지르는 걸 지켜봤다. 그는 맹부요가 들입다 벽을 뚫고 나가 흩날리는 핏방울 속에서 훌쩍 솟구쳐 오르는 모습을 지켜봤다.

그녀가 허공에서 뒤를 돌아봤을 때, 스러져 가는 달빛에 비친 눈은 피처럼 붉었고, 표정에서 읽힌 것은 광기였다.

실명. 그리고 광증.

그녀의 핏빛 눈동자를 마주한 찰나, 전북야는 거대한 망치로 심장을 얻어맞은 듯한 기분에 순간적으로 숨 쉬는 것마저 잊고 말았다.

맹부요는 이제 탑이군 진영을 벗어나기 직전이었다.

돌연 검은 장포를 걸친 괴한 열 명이 나타났다. 차림새를 보아 하니 왕실 소속 대주술사인 것 같았다. 근엄한 표정의 주술사들이 손가락으로 앞쪽 허공을 짚자 공기 중에 회색 연기가 자욱하게 번져 나갔다.

다음 순간 주술사라면 질색인 맹부요가 긴말할 것 없이 벽력같은 포효를 터뜨렸다. 하늘을 두 쪽으로 쪼갤 기세로 폭발한 포효는 불문의 사자후를 능가하는 위력을 가지고 있었다.

술법에는 능통할지 몰라도 무공으로는 맹부요와 상대가 안 되는 주술사들은 흡사 머리 위로 벼락이 떨어진 듯한 충격에 사지를 파르르 떨었다. 그 결과, 술법을 행하던 손짓과 입으로 웅얼거리던 주문에 일순 공백이 생겼다.

그 짧은 공백 사이, 검은색 돌풍이 주술사들의 시야를 가로질렀다. 뺨에 홧홧한 통증이 찾아들었다. 마치 누군가 철판 같은 옷자락으로 따귀를 때리고 순식간에 지나간 것 같았다. 바로 뒤이어 눈처럼 새하얀 검광이 아무런 예고도 없이 그들의 머리 위를 덮쳐 왔다.

이때 상대의 외침이 얼결에 귀에 꽂혔다.

"운흔, 뒤를 부탁해!"

주술사들이 소리를 따라 퍼뜩 고개를 돌렸을 때, 외침의 주인공이자 그들이 저지하려던 목표물은 이미 그들의 머리 위를 훌쩍 뛰어넘어 간 후였다.

대신에 그들이 마주한 것은 범접하기 어려운 싸늘함과 불티가 반짝이는 눈을 가진 검은 옷의 소년이었다. 불티가 반짝이는 눈동자도 눈동자였지만 소년의 검법은 눈빛보다도 한층 더 찬란했으며, 소리 소문 없이 목숨을 앗아 가는 유려함을 자랑했다.

맹부요는 피가 튀는 살육의 현장을 뒤로하고 몸을 날렸다. 이제 정말 탑이군 진영을 벗어나는구나 했건만. 한 무리의 인원이 마대 자루를 메고 나타나 내용물을 바닥에 와르르 쏟아 놨다.

개미, 뱀, 지네, 전갈, 누에, 미꾸라지……. 생각해 낼 수 있는 것부터 상상조차 불가능한 것까지, 고술에 이용되는 세상 모든 독충이 맹부요가 반드시 지나야 하는 길 위에 쫙 깔렸다.

곧이어 황색, 청색, 자색, 녹색의 연무가 지면을 뒤덮으면서 서로 얽혀 독을 품은 오색 그물을 이루더니, 맹부요를 향해 덮쳐 왔다.

전북야가 보는 앞에서, 어슴푸레한 달빛과 그에 비해 선명한 햇빛을 받으며, 맹부요가 뒤를 돌아봤다. 눈동자는 기묘한 핏빛이었고, 표정은 혼돈 그 자체였다. 그 무한히 확장 중인 진홍색 속에서, 핏빛 심연이 어수선한 그림자와 함께 빙글빙글 돌고 있었다.

그 눈빛. 보면 볼수록 진짜인 것만 같은, 선명하고 직관적인 그림 속에서 맹부요가 불현듯 고개를 돌려 보낸 눈빛.

전북야는 그녀가 지옥에 떨어진 사람의 눈을 한 채 바로 코앞에서 자신을 바라보고 있다는 착각에 사로잡혔다.

누구든 그 눈을 본다면 단박에 그녀가 미쳐 버렸다는 것을 알 수 있을 터였다.

누구든 그 비통한 눈빛을 정면으로 마주한다면 똑같이 미쳐 버리고 말 터였다.

전북야 역시 순간적으로 미쳐 버릴 뻔했다. 나찰의 달밤에 부요가 겪은 일이 설마 저런 것이었을 줄이야, 상상조차 못 했었다.

그의 심장이 아무리 강철로 만들어져 있다 해도 그녀가 당한 참상을 두 눈으로 직접 봐 버린 이상, 평정을 유지하기란 힘들었다. 어디 단순히 평정을 유지하기 힘든 것뿐이겠는가. 그는 이미 그녀의 고통을 제 뼛속 깊이 새겨 버렸고, 안쓰러운 마음이 격랑이 되어 그를 통째로 집어삼킨 뒤였다. 거대한 격랑이 몰아닥치자 머릿속이 아찔하고 눈앞이 캄캄해졌다.

전북야의 눈앞이 캄캄해진 바로 그 찰나, 비연이 손끝을 튕겼다. 그러자 둥글게 말려 있던 손톱이 툭 튀듯이 펼쳐졌다. 펼쳐진 손톱의 길이는 손가락 여러 마디를 합쳐 놓은 정도였고, 끝은 칼날처럼 날카로웠다.

그 칼날 같은 손톱이 전북야의 허리춤을 소리 없이 스쳤다.

산골 마을 오두막에서 그리 멀지 않은 곳에서는 수를 헤아릴 수 없는 독충들이 엉망진창으로 뒤엉켜 땅바닥을 뒤덮고 있었다. 주위는 온통 울긋불긋한 맹독성 연무로 자욱했다.

연무는 애초에 맹부요를 중독시킬 목적으로 살포된 것이 아니었다. 그저 그녀를 탑이군 진영 안에 묶어 둘 수만 있으면 충분했다. 그녀의 발을 아주 잠깐만 묶어도 목숨 여럿을 살릴 수 있었다.

어디 그뿐이랴. 전쟁의 승자와 부풍 세 부족의 운명, 더 나아가서는 천하의 흐름과 오주의 미래까지도 바꿔 놓을 수 있었다. 그 한 몸에 시대의 판도가 걸려 있고, 한 걸음에 천하가 뒤흔들리기에!

잠시 말을 세운 맹부요가 큰 소리로 외쳤다.

"구미!"

그녀의 부름에 금빛 털 뭉치가 옷 밖으로 굴러 나왔다.

"세상의 모든 독충은 네게 복종하게 되어 있지."

맹부요가 손가락을 뻗었다.

"저 정도도 해결하지 못할 거면 차라리 접시 물에 코 박고 죽든가."

그러자 구미가 킬킬거리며 웃더니, 말 머리 위로 뛰어 올라가 맹부요를 향해 허리를 꾸벅 굽혔다. '마음 놓고 가시지요.' 하는 자세였다.

맹부요는 그 즉시 말을 달렸다. 앞쪽에 쫙 깔린 게 뱀이든 전갈이든, 융단처럼 두꺼운 오색 연무가 지면을 뒤덮고 있든 말든, 더는 알 바가 아니었다.

구미는 말 머리 위에 안정적으로 올라서서, 원보 대인이 하듯이 〈타이타닉〉 자세를 잡았다. 그대로 꼬리 아홉 개를 휘날리며 제멋에 한껏 심취해 있다가, 독물들로 이루어진 띠가 가까워지자 홱 뒤로 돌아서 방귀를 뀌었다.

그윽한 향기가 사방으로 퍼지면서 오색 안개를 밀어냈다. 바닥을 뒤덮고 있던 뱀과 벌레들이 '쫘아아' 하고 썰물처럼 물러나자 금세 앞길이 뻥 뚫렸다. 저만치 앞쪽에 대한군 진영이 보이고, 그 너머로 회담 장소인 오두막이 눈에 들어왔다.

이때, 일부 겁 없는 적군 병사들이 맹부요가 조금 전 잠깐 멈춘 틈을 노려 그녀를 저지하고자 뒤를 따라붙었다. 장창이 말발굽을 덮쳐 오자 피식 찬웃음을 흘린 맹부요가 팔을 뻗어 창 한 자루를 그러잡고 몸을 날렸다.

그녀가 곧장 오두막을 향해 돌진하자 창 한쪽 끝을 잡고 있는 병사는 졸지에 공중에 붕 뜬 신세가 됐다. 그녀는 탑이족 병사를 창끝에 매단 채로 무시무시한 바람 소리를 내며 하늘을 가로질렀다.

맞은편 대한군은 철통같은 탑이족 진영을 뚫고 파죽지세로 진격해 오는 그녀를 보면서 제 나라 황제 폐하 못지않은 용맹함에 감탄을 금치 못하고 있었다. 보고 있자니 어쩌나 피가 끓고 손이 근질근질한지, 함부로 자리를 이탈하지 말라는 군령만 아니었으면 아마 진작에 뛰쳐나가 패싸움이라도 벌였을 터였다.

맹부요를 향해 흡사 신적인 존재를 우러러보는 듯한 눈빛을 보내던 그들은 그녀가 가까이 접근하자 바다가 갈라지듯 양쪽으로 물러나 길을 터 줬다. 먹장구름처럼 머리 위를 가로지르는 검은 그림자를 올려다보던 병사 하나가 동경심을 주체하지 못하고 외쳤다.

"누구십니까?"

맹부요가 쩌렁쩌렁한 목소리로 대답했다.

"맹부요다!"

'와!' 하고 병사들이 들끓었다.

우리 한왕 전하이셨을 줄이야!

대한의 개국 공신이자 유일무이한 친왕, 십대 강자 구소.

폐하와 함께 장한산을 통과하고, 폐하를 도와 천살 왕조를 전복시킨 독보적 여인.

게다가 여인의 몸으로 일국의 황족을 멸하고 대완 황제의 자리에 오른, 맹부요!

그녀의 이야기는 대한 군사들과 백성들 사이에서 영원토록 칭송받을 서사시이자 전설로 자리매김한 지 오래였다.

충심, 정의, 정열, 격정, 최고의 지략과 무공, 최고의 용기와 간절함으로 충만한 전설. 인간을 고무시키는 세상 모든 정신과 가치 일체가 바로 그 안에 들어 있었다.

황금을 녹여 놓은 듯한 초여름 햇살이 검은 옷을 입고 소년 모양새로 꾸민 여인을 비추고 있었고, 햇살 속 여인의 모습은 흡사 천신처럼 보였다.

그녀는 창끝에 적군 병사를 매달고서 군사들의 머리 위를 훌쩍 지나쳤다. 강철 같은 옷자락이 세찬 바람 속에 절세 영웅의 빛나는 전설을 새겨 넣었다.

모두가 고개를 들고 숨을 멈춘 채, 봉황이 춤추는 하늘을 올려다보고 있었다. 장창이 놀랍도록 아름다운 궤적을 그리며 목표물을 향해 쏘아져 갔다.

콰앙!

탑이족 병사가 매달려 있는 창끝을 오두막 벽면에 때려 박자 벽체가 괴력을 이기지 못하고 요란하게 무너졌다.

자욱한 흙먼지를 뚫고 뛰어 들어간 맹부요가 일갈했다.

"비연!"

벽이 무너지는 순간, 전북야가 퍼뜩 고개를 돌렸다.

벽이 무너지는 순간, 비연이 손톱을 거둬들였다.

벽이 무너지는 순간, 번개처럼 오두막 안으로 뛰어든 맹부요는 전북야가 비연에게서 멀찍이 떨어진 자리에 아무렇지 않게 앉아 있는 모습을 보고 안도의 한숨을 쉬었다. 그런 다음 두말없이 일 장을 내질렀다.

비연이 종잇장처럼 날아서 맹부요의 손바닥을 피하며 미소 지었다.

"아무리 전쟁 중이라 해도 교섭 사절은 죽이지 않는 법인데."

그 소리에 눈썹을 꿈틀한 전북야가 노기 어린 눈으로 비연을 노려보다가, 곧바로 고개를 돌려 맹부요를 쳐다봤다.

전북야는 그녀를 꼼꼼히 훑기 시작했다. 예전보다 야윈 몸과 척 보기에도 한 단계 더 상승한 무공이 눈에 들어왔다. 그의 눈길이 가장 오래 머문 곳은 불그스름한 눈동자였다. 그 옅은 색채를 보고 있는 사이, 전북야의 눈빛이 어둡게 가라앉았다. 마치 폭풍우의 도래를 앞둔 바다처럼, 소용돌이치는 먹구름이 재난을 예고하고 있었다.

한편, 맹부요의 불그스름한 눈은 오로지 비연만을 쏘아보고 있었다. 비연을 위아래로 훑어보고 난 그녀가 피식했다.

"신공 성녀? 신공이 맞긴 하네. 정신병의 신에 공허의 공!"

비연은 화는커녕 고운 미소를 지으며 맹부요를 마주 봤다.

"맹부요, 빨갛게 눈병 걸린 눈으로는 아무것도 제대로 볼 수 없을 거다."

"입씨름이나 하자고 온 거 아니거든."

맹부요는 당장 싸움을 거는 대신 의자에 척 걸터앉아 다리를 꼬았다.

"이제야 앞뒤 사정을 대충 알게 되어서 말이야, 확인 좀 받으려고 하는데. 어떻게, 귀하신 성녀께서는 좀 들어 줄 시간이 되시는지?"

비연이 빙긋이 웃으며 고개를 끄덕였다.

"처음부터 네 진짜 목표는 나였어."

맹부요가 말했다.

"발강 왕실을 건드린 것도 실은 그저 아란주를 돌아오게 만들기 위해서였지. 그러면 아란주가 날 데리고 나타날 테니까. 아마 나와 내 주변인들의 뒷조사를 하는 데 꽤 많은 시간을 들였을 거야. 그렇게 해서 우리가 어떤 식으로 얽혀 있는지 샅샅이 알아냈고, 아란주한테 무슨 일이 생기면 내가 반드시 나서리라는 것도 알아냈겠지. 그 결과를 토대로 아란주를 이용해 날 끌어들일 작전을 짠 거, 맞지?"

비연이 웃음 지었다.

"너 같은 부류에게 육체적 고통은 별 의미가 없으니까. 원래는 죽일 생각이었지만, 나중에 생각해 보니 종으로 만드는 편이 훨씬 효용 가치가 높겠더군. 너를 굴복시키려면 당연히 네가 무엇보다 중요하게 여기는 믿음과 애정부터 손을 댈 필요가 있었어. 그래야 심리적 방어막을 와해시킬 수 있을 테니까. 세상에 너를 흔들 수단으로 장손무극과 아란주보다 더 적당한 게 있을까? 한 명은 너한테 사랑을 상징하고, 다른 한 명은 우정을 상징하지. 그래서 나찰의 달밤에 술법을 이용해 장손무극이 아란주를 공격하는 환영을 보여 줬더니 네가 쫓아왔잖아?"

비연을 노려보던 맹부요가 화제를 바꿨다.

"발강 재상 강철을 제거하는 과정이 이상하리만치 쉬웠던 이유를 이제야 알겠군. 강철은 버리는 패에 불과했던 거야. 놈의 혼등을 가지고 있으면서도 너에 관한 비밀만 발설하지 못하게 단속했을 뿐, 왕후를 살해하고 정권 탈취를 기도한 일은 술술 불도록 놔뒀지. 주주에게 권력을 쥐여 주고, 모든 단서가 소당을 가리키고 있다는 걸 보여 주는 게 목적이었으니까. 그렇게 해서 주주가 소당을 치게 만들고 발강군을 적진 깊숙이 끌어들인 뒤, 진작에 네 손아귀에 들어간 소당과 힘을 합쳐 발강을 일거에 궤멸시킬 꿍꿍이였던 거야."

아무 말 없이 웃고만 있던 비연이 잠시 후 입을 열었다.

"강철은 참 안타깝게 됐어. 너희가 너무 잔인했어."

"그보다는 네 밑으로 들어간 것 자체가 비극이었지."

맹부요가 코웃음을 쳤다.

"아마 넌 강철이 왕궁을 장악하고 있던 기간에 궁궐 일부를 개조했겠지. 나찰의 달밤에 맞춰 비장의 술법을 펼치기 위해

은밀히 준비를 해 뒀을 거야. 우리 쪽이 무공은 쓸 만해도 술법에 대해서는 무지했고, 궐 안에서 술법을 좀 안다 하는 자들은 모두 너한테 잡혀간 뒤였어. 그나마 남은 아란주 역시 썩 훌륭한 주술사는 아니었기에 우리는 줄곧 너한테 질질 끌려다닐 수밖에 없었지."

비연은 반박 없이 웃고만 있었다. 긍정인 셈이었다.

맹부요는 상대의 고혹적인 미소를 보며 생각했다.

처음에는 저걸 겸손하고 진정성 있는 얼굴이랍시고 좋게 봤었다니, 내가 눈이 삐었지!

상대는 아주 긴 안목을 가지고 판을 짤 줄 아는 인물이었다. 게다가 두 가지 계략을 동시에 전개하기까지.

대체 언제부터 복선을 깔았던 건지 가늠조차 힘들었다. 인내심도 있고 수완도 좋기에 가능한 일이었다.

발강을 판에 끌어들이는 동시에 목표물의 목숨을 노리고, 신기에 가까운 술법력을 보유하고 있는 동시에 심리전에도 능하고, 본인만 강대한 것이 아니라 주변에도 실력자들이 수두룩한 그녀를 죽음 직전까지 몰아가기도 했으니, 지금껏 오주대륙을 돌아다니면서 만나 본 여인들 중 최강이라 평할 만했다.

당시 비연이 과한 욕심을 부려 복종을 얻어 내려 한 데다가 그녀의 의지력을 얕잡아 봤기에 망정이지, 그렇지 않았다면 정말로 당하고 말았을 것이다.

비연과 비교하면 배원이 가진 것은 알량한 자만심뿐이요, 선기 황후가 가진 것은 방약무인한 독기뿐이었다. 개중에 제일 심계가 깊다 할 수 있는 봉정범조차도 비연에 비하면 가식 떠는 데나 능하고 잔머리 좀 쓰는 축에 지나지 않았다.

다만 부풍 세 개 부족을 통일하겠다는 야심을 가진 것으로 보이는 비연이 어째서 자신을 노렸는지, 대체 자신에게서 뭘 얻으려고 했던 건지는 아직 오리무중이었다.

뭐, 몰라도 큰 상관은 없을 것이다. 죽여 버리면 전부 깨끗이 마무리될 테니까.

맹부요가 씩 웃으면서 기지개를 켰다.

"아아, 한참 떠들었더니 피곤하네. 내 애완동물들이 네 주변에 뭘 좀 뿌리는 데 시간이 필요하지만 않았어도 구역질 나는 거 참으면서 이렇게 오래 말 섞을 일은 없었을 텐데. 와, 진짜 목소리 거북해서 못 들어 주겠네!"

"나도 그사이에 할 일이 있지 않았다면 이렇게 오래 말을 섞을 일은 없었을 거다."

비연이 건조하게 말했다.

"물론 내 목소리가 남자도 여자도 아니긴 하지만, 인생 자체를 남자도 여자도 아니게 사는 너에 비하면 역겨운 것도 아니지."

맹부요가 고개를 비스듬히 기울이고 비연을 쳐다보면서 피식했다.

"무슨 꿍꿍이가 됐든지 간에 그게 통하겠어? 나찰의 달밤도 아닌데 술법으로 날 어찌할 수 있을 것도 아니고, 무공으로는 아예 나랑 상대가 안 될 텐데."

조용히 미소 짓던 비연이 느릿하게 손을 앞으로 내밀었다.

손바닥 위에서 진주알 같은 치아 조각이 또르르 굴렀다. 한편, 다른 손에서는 어느새 푸른색 화염이 일렁이고 있었다.

순간 흠칫한 맹부요가 급격히 굳은 얼굴로 전북야 쪽을 돌아봤다. 전북야도 놀라서 급하게 자기 허리춤을 내려다봤다. 자그마한 비단 주머니는 어느새 사라지고 없었다.

"한발 늦은 것 같군."

비연이 고혹적으로 웃으며 말했다.

"내가 원하던 물건은 진작 손안에 들어왔거든. 아까는 그저 진화眞火를 정제할 시간이 필요했을 뿐이고. 네 이에 무신의 가장 순정한 불꽃을 끼얹어 주지."

그녀가 여전히 웃는 얼굴로 덧붙였다.

"이건 너를 위해 무려 10년에 걸쳐 준비한 최상급 성화야. 한때 심장과 연결되어 있었던 치아는 강력한 사령술을 보유한 주술사에게 있어 무엇보다 좋은 살인 병기지. 피나 살점, 혹은 손톱이라든가 머리카락보다 훨씬 효과가 좋거든."

그녀의 손에 맺힌 화염은 안정적으로 단단하게 뭉친 모습이었다. 불덩어리 내부는 푸른색이었고 외곽으로 갈수록 기묘한 붉은빛이 돌았다. 붉은빛보다 더 바깥쪽은 노란색, 노란색 밖은 보라색인 식으로 명확하게 구분된 색상층이 요사스러운 아름다움을 자아내고 있었다.

전북야가 노호를 터뜨리며 달려들었지만, 너무 늦어 버린 뒤였다. 비연의 오른손을 떠난 화염이 치아 위에 내려앉았다.

순간 새카만 불꽃이 폭발했다. 진창 속의 진흙처럼, 늪 속의 썩은 물처럼 끈적거리는 불꽃에서는 음침한 죽음의 기운이 풍겼다.

맹부요가 맥없이 쓰러졌다. 꼭두각시 인형처럼, 줄기에서 끊어져 나온 풀잎처럼, 칼날에 단숨에 동강 난 양초처럼, 그렇게.

전북야가 다급히 뒤로 돌아 맹부요에게로 달려갔다. 그가 맹부요를 품에 안자마자 등 뒤에서 남자도 여자도 아닌 기묘한 웃음소리가 들려왔다.

"아직 죽지는 않았어. 뭐, 이제 곧 살점이 조각조각 떨어지고, 뼈가 토막토막 갈라지고, 머리는 하얗게 세서 세상 가장 추하고 고통스러운 방식으로 죽어 가겠지만. 대한 황제, 당신은 사랑하는 여인이 절세가인에서 순식간에 백발이 되어 사흘 밤낮을 울부짖으며 몸부림치는 꼴이 보고 싶은가? 아까 물방울에 맺힌 그림처럼 말이야. 그러다가 참혹하기 이를 데 없는 최후를 맞이하길 바라는 건가?"

전북야가 비연 쪽으로 고개를 홱 돌렸다. 그러고는 마치 늑대 무리의 왕이 원수를 노려보듯 피비린내 나고, 사납고, 독하고, 살기등등한 눈으로 그녀를 노려봤다.

보통 사람이었다면 당장에 다리가 후들거렸겠지만, 비연은 그 눈빛을 본체만체 무심히 소맷자락을 떨쳤다. 그러더니 일곱 빛깔이 선명한 불꽃을 손에 올린 채 건조하게 자기 할 말만을 했다.

"조금이라도 편히 죽게 해 주고 싶으면 철군 명령을 내려. 그런 다음, 너는 자결하고."

비연이 차분하게, 심지어는 상냥하게 들리기까지 하는 어조로 말을 이었다.

"사실 두 번째 요구 사항은 굳이 붙일 필요도 없겠지만 말이야. 너는 어차피 자살할 테니까."

비연을 노려보던 전북야의 충혈된 눈이 차츰 평정을 되찾았다. 그는 비연에게서 눈길을 거두고, 품에 안겨 바르작거리는 맹부요를 조심스럽게 어루만지기 시작했다. 길쭉한 손가락이 그녀의 머리카락에서 이마로, 이마에서 콧등으로, 콧등에서 입술로 살며시 미끄러졌다…….

손끝을 맹부요의 입술에 대고 몇 초간 멈춰 있던 전북야가 상체를 비스듬히 아래로 기울였다. 조심스럽게 마지막 입맞춤을 남기려는 듯한 모습이었다.

그 모습을 지켜보며 비연이 찬웃음을 흘렸다. 손안에서 찬란히 빛나고 있는 무지갯빛 화염 탓에 안 그래도 윤곽이 뚜렷한 얼굴에 한층 깊이 있는 음영이 져서, 이 순간의 그녀는 평소보다 유독 음침하고 의뭉스러워 보였다.

그사이에 상체를 더 기울인 전북야가 맹부요의 뺨 바로 앞에서 동작을 멈췄다. 그녀의 붉은 입술이 지척이었다.

고작 손가락 한 마디 정도밖에 안 되는 거리. 허리를 아주 조금만 더 숙이면 꿈에도 그리던 달콤한 부드러움에 닿을 수 있을 터였다.

"애정 행각을 하려거든 서둘러."

비연은 화염을 제어하는 데 집중하는 중이었다.

"그 빨간 입술이 시커먼 입술로 변할 순간이 얼마 안 남았으니까. 그때가 되면 기분이 안 날걸."

비스듬한 자세로 멈춰 있던 전북야가 잠시 후 나지막이 한숨을 쉬더니 천천히 허리를 세웠다. 맹부요를 안은 채 자세를 바로 한 그가 이내 깊고 그윽한 눈으로 하늘을 올려다봤다. 지붕이 벗겨져 드러난 하늘에서 운명과 사랑에 관한 예언을 찾아보려는 듯이.

곧이어 맹부요를 품에 안고 일어선 그가 등허리 뒤쪽에 차고 있던 장검을 느릿느릿 뽑았다.

붉은 검. 손잡이에는 커다란 홍옥이 박혀 있고, 칼날은 싸늘하게 번뜩이고 있었다.

"내가 검을 잡을 때 가운뎃손가락에 눌리는 붉은색 보석이 바로 창룡의 두 눈이다. 지고지상한 검신의 눈동자에 손을 댈 수 있는 사람은 천살국 황족 전체를 통틀어 오직 나 하나뿐이었지. 이제 이 검을 네게 주마. 천살 황가의 신성한 검신의 눈을, 그리고…… 나의 전부를 네게 허락하겠다."

나의 전부를.

너는 아득히 멀기만 하지만 네게 건넨 검은, 네게 건넨 마음은, 네게 건넨 손은, 네게 건넨 내 생의 전부는, 이미 흩뿌려진 피가 그러하듯 돌이킬 수 없으리라.

전북야는 검을 눕혀서 목울대 앞에 가져다 댔다. 가을날 강물처럼 반짝이는 칼날이 그의 새카만 눈동자 안에도 광채를 심었다.

미소를 내보이던 비연이 갑자기 미간을 찌푸렸다. 다음 순간, 전북야의 목을 그으려던 장검이 돌연 옆쪽으로 미끄러지면서 '촤앗' 하고 찬란한 광채를 뿜어내는가 싶더니, 어두침침하고 먼지 날리는 오두막 내부를 빠르게 가로질러 비연을 덮쳤다.

비연이 황급히 뒤로 물러나는 찰나, 등 뒤편 벽을 뚫고 칼날이 쑥 들어왔다. 시퍼렇게 번뜩이는 칼날에는 앞선 살육이 남긴 선혈이 흥건하게 묻어 있었다.

칼을 발견한 비연이 아직 상황 파악 전인 달아를 붙잡아 칼날 쪽으로 밀어 버렸다.

"아악!"

충심 깊은 시녀 달아는 무슨 일이 일어났는지도 모른 채, 억울한 방패 신세가 됐다.

그때였다. 장검이 벽을 뚫고 들어오는 그 순간에 한 마리 매처럼 몸을 날린 인물이 있었다. 날아오는 장검을 손으로 거머쥔 인물이 번개 같은 동작으로 칼끝의 방향을 돌렸다.

어떠한 언어로도 형용할 수 없을 빠름의 극치!

그것은 벼락처럼 닥쳐와 누구라도 그저 두 손 놓고 당할 수밖에 없는, 전력을 다한 증오의 일격이었다. 파구소의 정점에 오른 맹부요, 그리고 같은 사문에 속한 운흔이 함께 펼친 공격을 누가 감히 피할 수 있을까.

막 한숨을 돌린 비연의 눈앞에서 무지갯빛 광채가 반짝했다. 마치 촛불이 한순간 바람에 흔들리듯이.

그리고 이내, 진홍빛 안개가 광채를 뒤덮었다. 찐득하고, 무겁고, 비린내를 풍기는 안개가 덮치자 무지갯빛 광채는 순식간에 꺼져 버렸다. 영원히, 빛을 잃고.

비연의 몸이 기우뚱 넘어갔다.

신공 성녀. 부풍 백성 모두가 우러러보는, 어질고 자비로운, 천하를 가슴에 품은 성녀의 넋이 마침내 공허로 돌아가는 순간이었다.

그녀는 바닥에 고인 자신의 피 위로 쓰러졌다. 서서히 죽음의 색으로 물들어 가는 눈이 가까스로 방향을 틀어 향한 곳에는 그녀를 죽음으로 몰아간 맹부요가 아닌 전북야가 있었다.

전북야를 노려보는 그녀의 눈빛은 앞서 전북야가 그녀에게 보내던 것과 닮았으되, 그보다 기괴했다. 그녀의 눈동자는 흡사 굳어진 핏덩이와 같았으며, 전북야의 얼굴을 똑바로 쳐다보는 것 같으면서도 한편으로는 아무것도 보고 있지 않은 것 같기도 했다.

전북야 역시 그녀를 쳐다보고 있었다. 뒷짐을 지고서, 마치 조금 전에 무슨 일이 있었냐는 듯이.

조롱의 눈빛을 보내던 그가 이내 묵직한 목소리로 말했다.

"네 꿍꿍이를 정말로 눈치 못 챘을 줄 알았나? 짐이 설마하니 널 만나는 자리에 부요의 몸 일부를 지니고 나올 만큼 부주의하려고. 비단 주머니 안의 물건을 본 사람도 없고 내용물의 정체를 아는 사람도 없으니 아무도 노리지 않겠구나, 하고 방심할 것 같았나?"

지난번 실종 사건만으로도 모자라 내가 두 번 세 번 부요의 안위를 소홀히 할 것 같았나? 내가 부요와 관련된 물건을 그렇게 대충 가지고 다닐 것 같았나?

부요가 사라진 이후로 술법에 관한 온갖 전설을 섭렵하는 과정에서 치아가 사령술의 중요한 매개체라는 사실을 알게 된 내가, 설마하니 너한테 빈틈을 내어 줄 리가.

부요의 잇조각이 나한테 있는 건 사실이지만, 그걸 보관해 둔 장소는 죽었다가 깨어나도 모를 거다. 너는 알려고 할 주제도 안 되고.

네 그 알량한 머리로는 치아의 존재를 추측하는 것까지가 한계일 터. 진정한 사랑이 시시각각 사람을 얼마나 마음 쓰이게 만들고 조심스럽게 만드는지는 절대 알 수 없겠지.

맹부요는 비연의 시신 앞에 조용히 서 있었다. 얼굴이 약간 상기된 채였다.

빌어먹을 전북야. 와, 진짜 의뭉스럽기는! 아까 죽은 척하고 있는 사이에 진짜로 입 맞추려던 거 맞지?

들킬 위험을 감수하고 확 꼬집지 않았다면 또 한 번 도둑 입맞춤을 당하고 말았을 것이다.

그나저나…… 전북야의 품 안에 안겨 있을 때 '천통' 능력을 통해 감지한 그의 우울과 아픔은 진짜였다. 마치 누가 정말로 죽기라도 한 것처럼.

맹부요까지 그 감정에 휩쓸려 하마터면 자기가 정말 죽었다고 착각할 뻔했다. 전북야가 자결하겠답시고 칼을 뽑은 순간에는 연기가 아닌 진짜로 그의 가슴을 스쳐 가는 극단적인 생각이 느껴졌다.

그때부터 불안해졌다. 그래서 운흔의 검이 등장하자마자 즉각 몸을 날렸다.

어쨌든 그리하여, 사람 심리를 미혹하는 데 도가 튼, 그 심계 깊은 여자를 마침내 해치웠다.

사실은 아까 오두막에 들어서는 동시에 전북야로부터 신호를 받았었다. 지금껏 같이 다니면서 이번처럼 손발이 잘 맞았던 적은 없었다.

맹부요는 피식 웃으며 생각했다.

만나기만 하면 서로 못 잡아먹어서 안달인 두 사람이 합동작전을 성공시키다니, 축하할 만한 일이라고.

그녀가 검을 갈무리해 넣으면서 말했다.

"성궁에 다녀와야겠어요. 또 무슨 꿍꿍이가 있는지 보게."

그러자 전북야가 얼른 대꾸했다.

"그 눈으로 보긴 뭘 본다고! 내가 가겠다."

맹부요가 발끈했다.

"반은 장님 아니냐는 소리네. 칫, 그래도 마음의 눈은 멀쩡하거든요?"

전북야가 눈썹을 찌푸렸다.

"생떼 부리지 마!"

"떼는 자기가 쓰고 있으면서!"

잠시 후, 맹부요는 허물어지다 만 벽체를 걷어차고 씩씩거리며 밖으로 뛰쳐나갔다. 조금 전에 한 생각은 취소였다.

저 벽창호랑 손발이 맞기는 개뿔!

맹부요는 성궁 중앙 탑에 들어서자마자 흠칫했다. 아는 얼굴을 발견한 까닭이었다.

휘장 뒤편에서 옷자락을 휘날리고 있는, 청삼에 흰색 허리띠를 맨 남자. 그는 분명 곤족 무덤의 밀실에서 언뜻 봤던 인물이었다.

남자는 그때와 똑같은 얼굴로 눈을 감은 채 미소 짓고 있었다. 눈가에 신비로운 광채가 어른거리는 것이, 금방이라도 깨어날 것만 같은 느낌이었다.

남자의 앞쪽에서는 금강이 쟁반 위에 있는 붉은색 무언가를 부리로 물어다가 남자의 입 안에 넣어 주고 있었다. 만약 비연이 조금만 더 이곳 탑에 머물렀다면, 지금 이 순간 여기 있었다면, 단박에 알아챘으리라. 무신이 곧 깨어나려 한다는 것을!

그가 긴 잠에 빠지기 전 일족 중 가장 영력이 강한 후손에게 남긴 말은 다음과 같았다.

'나의 몸은 죽지 않을 것이요, 나의 영혼은 금金에 있으리라.'

그해 격렬한 싸움을 치른 후, 무신은 어쩔 수 없이 자기 자신을 봉인해야만 했다. 그러면서 만약의 사태에 대비해 영혼의 일부를 금강의 몸에 가뒀다.

그의 영혼을 갖게 된 금강은 그때부터 입이 걸고 싸움을 좋아하며 제멋대로인 데다가 항상 '어르신' 노릇을 하는, 불로불사의 앵무새로 거듭났다. 사실상 녀석은 비연이 정말로 '어르신'이라 불러야 할 존재였던 것이다.

그러나 금강이 받은 것은 영혼의 극히 일부에 불과한지라 주인과 관련된 앞뒤 사정을 다 알지는 못했다. 녀석의 역할은 단순히 '주인을 깨우는 것', 그뿐이었다. 방법은 제물의 가슴에서 얻은 피에 녀석의 피를 섞어서 무신에게 먹이는 것이었다.

비연은 당초 맹부요의 가슴을 찌른 칼이 심장을 살짝 비껴간 걸 패착으로 보고 맹부요를 다시 노리려 했지만, 실상은 그럴 필요가 없었다. 당시 무신의 '죽음'으로 일족에 전해지지 못한 술법 비급 중에는 하필 부활술에 관한 것도 있었기에, 비연은 정상급 술법력을 가지고도 가장 핵심적인 지침을 전달받지 못했다. 그리하여 눈앞에 있는 성공을 허망히 지나치고 만 것이다. 탑 안에만 얌전히 있었어도 원하는 바를 절로 이루었으리라는 사실을 지금이라도 안다면, 비연은 영혼만 남은 채로도 가슴을 치고 발을 구르며 피를 토하리라.

운명이란 본래가 이런 모습이었다. 한순간, 한 치의 비껴감이 곧 하늘과 땅만큼의 거리가 될 수도 있는.

지금 탑에 있는 사람은 비연이 아니라 맹부요였다. 자세한 사정을 모르는 그녀였지만, 눈앞의 남자가 곧 깨어나리라는 사실만은 알 수 있었다.

저자가 깨어나면 분명 또 다른 말썽이 일어날 것이다. 그녀는 손을 쑥 뻗어 금강을 틀어잡은 다음, 자신의 피가 담겨 있는 그릇을 엎어 버렸다. 그러자 부활을 앞둔 무신의 얼굴에서 대번에 광채가 사그라들었다. 그러는 동시에 그의 옷소매가 파르르 떨렸다.

맹부요는 옷소매의 움직임을 미처 발견하지 못했다. 그녀는 하늘을 보면서, 전투를 알리는 먼 곳의 호각 소리에 귀를 기울이고 있었다. 머릿속에는 전북야가 군에서 전투를 지휘하는 사이에 얼른 내빼야겠다는 생각뿐이었다.

그녀는 금강을 밧줄로 꽁꽁 묶은 뒤, 곁에서 이를 드러내고 웃고 있는 원보 대인에게 던져 줬다.

"네가 책임지고 조련해 봐. '어르신' 말고 농염한 누님, 그런 느낌으로 고쳐 놓도록!"

원보 대인이 음흉하게 웃으며 밧줄을 잡고 걸음을 옮기기 시작하자, 금강이 질질 끌려가면서 소리쳤다.

"어르신은 남색은 안 한다! 남색은 안 한다고!"

부풍 탑이 대광명력 10년 5월 30일, 신공 성녀 비연이 죽고 천성 성궁은 맹부요가 보낸 수하들에 의해 불살라졌다. 이로써 탑이족은 무신 한 사람의 존재만이 아니라 일족이 잃어버린 극강의 술법 역시 영영 되찾을 수 없게 되었다.

맹부요가 바라던 바였다. 애먼 사람 해치는 데나 쓰이는 술법 따위는 적으면 적을수록 좋으니까.

열세에 몰린 상황에서 최후의 한 방으로 역전을 꿈꿨던 탑이군은 더 이상 연합군의 기세를 당해 낼 수 없었다. 이제 남은 문제는 부풍이 한 부족으로 통일될 것인가, 아니면 양대 부족 체제로 갈 것인가 정도였다.

줄곧 탑에 갇혀 있었던 발강 왕족들은 맹부요의 손에 구출됐다. 그녀는 아란주의 가족들을 대풍성까지 데려다주는 일을 전북야에게 떠넘긴 뒤, 뒤도 안 돌아보고 줄행랑을 놨다.

교성 항구에서 다시금 배에 오른 그녀는 돛을 올리고 바다로 나아갔다. 이번에는 예전처럼 정처 없이 망망대해를 떠도는 게 아니라 나찰도 북쪽, 사나운 파도와 무한한 위험이 도사리고 있는 절역 해구를 향해서였다.

거친 바닷바람이 난간을 짚고 서 있는 여인의 흑발을 허공에 넓게 흩뜨려 놨다. 그녀의 반짝이는 눈동자에 깃든 것은 미련이었으나, 그 눈빛과 달리 마음속 결심은 단단했다.

나는 가련다. 다들 잘 지내기를.

무극국, 황궁 정전 홍광전弘光殿.

등불이 어스름한 전각 안은 만卍자 문양과 서릿발 무늬가 들어간 황금색 융단 덕분에 발소리 하나 없이 고요했다. 노란색 비단 등갓을 통과하면서 한결 온화해진 불빛이 실내 정경 전체에 따사로운 운치를 부여하고 있었다. 물론 그 등불 아래에서 옥처럼 빛나는 인물의 자태에 비하면 대단하지는 않았지만.

인물은 한참 동안 아무 말 없이 손에 들린 밀서만을 물끄러미 내려다보고 있었다. 그의 표정에는 특별한 변화가 없건만, 전각 바닥에 꿇어앉아 있는 회색 옷의 사내는 잔뜩 긴장해서 머리를 땅에 박을 듯이 숙였다.

폐하의 심기가 불편하시다……!

잠시 후, 한숨을 내쉬며 밀서를 접은 인물이 회색 옷의 수하에게 이만 나가 보라는 손짓을 했다. 회색 옷의 사내는 겨우 살았다는 듯이 허리를 꾸벅 숙인 후 밖으로 사라졌다. 허망한 불빛 아래에 장손무극의 그림자만을 덩그러니 남겨 둔 채.

장손무극의 눈동자 안에서는 물결이 일렁이고 있었다. 그 물결에 뒤도 돌아보지 않고 떠나 버린 이의 뒷모습이 비쳤다.

한참이 지나서야 그가 나지막이 읊조렸다.

"부요, 역시 나와 한 약속은 잊었군."

작게 한숨을 내쉰 그가 생각에 빠진 모양새로 백옥 같은 손가락을 턱 아래에 가져다 댔다. 달빛이 선명하게 그려 낸 그림자만큼이나, 그의 근심 또한 선명했다.

"상관없지……. 아무리 그래도 나는 그대 곁을 지킬 것이니."

7부

궁창 장청

절역 해구

망망대해의 파도를 가르는 거대한 배 한 척. 배의 선수에는 맹부요가 기대어 있었다. 왼손에는 하얀 털 뭉치, 오른손에는 노란 털 뭉치를 데리고.

등 뒤에는 욕쟁이 하나가 묶여 있었다. 현재 원보 대인은 구미와 티격태격할 여유가 없는 상태였다. 얼마 전 대인에게 부여된 위대한 임무 때문이었다. 어느 어르신을 책임지고 '농염한 누님'으로 조련해 놓으라는.

그 어르신은 밧줄에 묶인 채 갑판 위에서 팔짝팔짝 뛰며 욕지거리를 해 대고 있었다.

"이런 씨팔! 뭐 하자는 거냐! 이건 영웅을 짓밟는 짓이다!"

옆에서 원보 대인이 꿀밤을 한 대 먹이자 격분한 어르신이 날개를 퍼덕이며 달려들었다. 하지만 원보 대인이 앞발로 잡고 있던 밧줄을 팽팽하게 당겨 버렸다. 금강은 몇 걸음 뒤뚱거리다가 콰당 엎어졌다.

원보 대인이 음흉하게 웃으며 호주머니에서 씨앗 한 줌을 꺼내더니, 광적인 씨앗 애호가 금강을 앞에 두고 그걸 느긋하게 까먹기 시작했다. 껍질 부스러기를 금강의 머리에다 툭툭 뱉으면서.

"이런 썅! 이놈의 쥐 새끼, 내 언젠가 잡아서 털 그슬고 껍데기를 벗기고야 말 거다! 힘줄을 뽑고 살점은 볶아 먹고 뼈는 튀겨 먹을 테다! 기필코 골수를 빼서 술안주로 삼고……."

원보 대인은 고개를 비스듬히 기울이고 금강을 쳐다보며 생각했다. 참으로 훌륭한 발상이라고.

그리고 잠시 후 맹부요를 올려다보면서 그녀의 옷자락을 잡아당겼다.

저 말대로 해도 돼? 응?

맹부요가 그런 녀석을 못마땅하게 내려다봤다.

내가 조련하라고 했지, 언제 구워 먹으라고 했냐?

원보 대인의 호주머니에서 나머지 씨앗을 꺼내 자기 입에 넣은 그녀가 오물오물 껍질을 벗기며 느릿하게 말했다.

"배짱 한번 끝내주게 좋은 앵무새네. 어디서 저런 배짱이 나오는 거지?"

"비연의 성격과는 거리가 있어 보이는군."

말을 받은 사람은 입가에 엷은 미소를 머금은 운흔이었다.

"대체 누가 길렀기에 저렇게 입만 열면 욕지거리인지."

운흔을 슬쩍 흘겨본 맹부요는 콧방귀를 뀌며 생각했다. 다른 사람들은 다 떨어냈다만, 떠돌이 백수만은 못 당하겠다고.

전투를 지휘해야 하는 전북야와 달리 운흔은 홀가분한 자유의 몸이었고, 할 일이라고 해 봐야 그녀를 지켜보는 게 전부였다. 맹부요는 사태가 일단락되자마자 길을 나섰다. 처음에는 다 따돌리고 혼자만 잘 빠져나왔구나 했다. 그런데 이틀도 안 돼서 운흔이 철성까지 달고 쫓아올 줄이야.

궁창은 앞선 어느 나라와도 비교할 수 없이 위험한 곳이었다. 그 정도는 머리가 아니라 발가락으로 생각해도 충분히 예상 가능했다. 그렇지 않았다면 소위 '오주 7국' 중에 궁창만 항상 동떨어진 취급을 받을 까닭이 있겠는가. 그 오랜 세월 대륙에 굳건히 자리하고 있는 나라에 대해 제대로 아는 사람이 없는 데는 다 그럴 만한 이유가 있는 것이다.

지난 세월 동안 그 땅으로 향했던 사람이 적지는 않을 터인데, 개중에 살아 돌아온 인원은 열 명 중에 채 하나도 안 되는 것 같았다. 덕분에 궁창이라는 신권 국가는 지금껏 줄곧 신비에 가려져 있었다.

맹부요는 그 위험한 곳에 주변인 중 어느 누구도 끌어들이고 싶지 않았다. 목숨을 걸어도 자기 혼자 걸 일이었다. 뭐 하러 죄 없는 사람들까지 끌고 들어간단 말인가.

"부요, 뭔가 이상하다는 생각 안 들어?"

운흔이 불쑥 물었다.

"응?"

맹부요가 그를 쳐다봤다.

"너는 급하게 떠나서 모르겠지만, 난 뒷일을 조금 더 지켜보고 올 수 있었거든."

운흔이 말했다.

"탑이족은 애초에 연합군의 상대가 아니었어. 마지막으로 판을 뒤집어 보려던 시도도 실패로 돌아갔으니 몰락은 정해진 수순이었지. 그런데 이상하게, 비연이 죽은 후에도 전투 면에서나 퇴각 면에서나 탑이군이 보여 주는 모습이 지나치게 차분하고 짜임새 있더군. 연합군에 밀려서 설 자리가 점점 줄어드는 와중에도 사기가 크게 꺾이지도 않고. 하지만 내가 알기로 탑이족 내부에는 현 국면을 돌려세울 만한 능력자가 없거든. 탑이 왕실은 이렇다 할 정치적 성과를 보여 준 적이 없고, 대권은 줄곧 비연의 손아귀에 있었던 것 같고 말이야."

"어쩌면 지금까지는 비연의 기에 눌려 있다가 비연이 죽고 나자 능력 발휘를 하는지도 모르지. 애석하게도 너무 늦어 버렸지만."

잠시 다른 데 정신이 팔린 듯하던 맹부요가 이내 한숨을 뱉었다.

"무슨 말이 하고 싶은지는 알아. 하지만 우리 둘 다 그때 현장에 있었잖아. 비연은 우리가 두 눈 시퍼렇게 뜨고 지켜보는 앞에서 골로 갔다고."

센 표현이 들어간 마지막 말에 픽 웃어 버린 운흔이 곧 말을 이었다.

"나와 전 형은 둘 다 그날 비연을 처음 보는 거였어."

순간 흠칫한 맹부요는 뒤늦게야 생각에 잠겼다.

그녀의 시력은 아직 완전히 회복되지 않은 상태였다. 눈앞에 사람이 있어도 흐릿한 윤곽만 보일 뿐이었다. 하지만 당시 그녀의 눈에 비친 비연은 행동거지도, 풍기는 분위기도, 보통 사람한테서는 절대로 나올 수 없게 몸에 밴 고위층 특유의 차분함과 무심함도, 의심의 여지없는 진짜였다.

그녀도 해적왕 시절 술법에 관해 이것저것 꽤 많이 알아본 바가 있었다.

예를 들어 의인술의 경우, 보통은 종이를 오려서 사람 모형을 만든 후 저승에서 죽은 자의 영혼을 불러와 모형에 주입한다. 그 때문에 종잇장처럼 나풀거리는 느낌을 주고, 세세한 부분에서 가짜 티가 나기 마련이다. 나찰의 달밤에 멀리서 본 장손무극이 유독 유령처럼 움직였던 것도, 창문에 비친 그림자를 보고 손가락이 너무 길다는 느낌을 받았던 것도, 전부 그런 연유에서였다.

그에 반해 비연의 경우는 어색한 구석이 전혀 없었다. 맹부요는 눈앞에 있는 게 진짜 사람인지 아닌지도 구분 못 할 정도로 어수룩하지 않았다. 하물며 오두막집 안에서 그녀의 치아를 태우는 데 쓰였던 일곱 빛깔 화염 자체도 정상급 주술사가 아니면 일으킬 수 없는 것이었다.

일반 주술사가 낼 수 있는 색채는 두 가지, 대주술사는 네다섯 가지가 한계로, 일곱 가지 색깔은 급이 비연 정도 되어야만 만들어 낼 수 있었다. 그 불꽃을 제어하는 데는 고도의 집중력이 필요하므로, 무공 고수도 아닌 비연이 그 상황에서 그녀와 운흔의 기습 협공을 받았으니 꼼짝없이 당하는 것이 당연했다.

사람이란 질기게 오래 살 수도, 허망하게 빨리 죽을 수도 있는 존재였다. 아무리 강대한 인물도 마찬가지였다.

맹부요는 생각에 생각을 거듭했지만, 아무리 생각해도 그날의 비연이 가짜였을 것 같지는 않았다. 가짜는 절대로 그런 불꽃을 만들어 낼 수가 없으니까.

비록 그녀 역시 운흔과 마찬가지로 묘한 불안감을 느끼고 있기는 했지만, 그 건은 더 이상 고민하지 않기로 했다. 어차피 이미 바다 한복판까지 도망 와 버린 거, 나머지 문제는 전북야한테 맡기면 그만이었다.

여기서 맹부요가 한 가지 잘못 안 점이 있었으니, 사실 대한 황제는 그리 성실한 사람이 아니라는 것이다. 그녀가 교성을 떠난 직후 전북야 역시 서둘러 그곳을 떴다. 군대 지휘권은 소칠에게 넘겨주고서.

전북야에게 있어 탑이족 정벌이나 부풍 통일 따위는 전혀 중요한 일이 아니었다. 이 세상에서 그에게 가장 큰 의미가 있는 것은 맹부요였다. 부풍 땅의 전란은 현재 진행형이었지만, 상황이 어떻게 전개되든 간에 발강이 또다시 열세에 몰릴 일은 결코 없을 터였다. 지금까지 그가 아란주 대신 점령한 영역만도 벌써 부풍 전체 면적의 절반 이상이었으므로.

그는 한순간도 지체하지 않고 곧장 배에 올라 바다로 나아갔다. 다른 일은 다 맹부요 혼자 하게 둘 수 있어도 궁창 그곳만은…… 절대 홀로 보낼 수 없었다.

본국을 비워 놓고 나온 문제는 과거 맹부요가 썼던 것과 같은 방식으로 일단 틀어막기로 했다. 종월에게 자신과 똑 닮은 가면을 만들어 달라는 주문을 넣어 뒀으니, 조만간 소칠에게 '황제 폐하'를 모시고 군사들과 함께 대한으로 돌아가라는 지시를 내릴 일만 남았다.

그는 종월에게 가면을 부탁하고자 서신을 보내면서 다른 문제 하나에도 명확한 답변을 요구했다.

당분간 나라를 비울 계획인데, 혹여 헌원국 군대가 국경을 넘어오는 일이 발생할 가능성은?

상대가 비밀 연락책을 통해 보내온 답변은 다음과 같았다.

공교롭게도 이쪽 역시 자리를 비울 것 같은지라.

얼마 안 가 오주 내륙에서는 퍽 기묘한 상황이 벌어졌다. 대한, 무극, 헌원이 약속이나 한 듯이 동시에 변경 수비군을 이동시켜 각기 세 방향에서 태연과 상연의 국경선을 에워싼 것이었다. 두 약소국을 향해 '어이, 이웃사촌. 우리 삼대 천왕이 손잡고 너희를 먹어 버리고 싶어서 몸이 근질근질하거든.'이라고 으름장을 놓는 모양새였다.

서글프게도 세 나라와 국경을 맞대고 있는 상연과 태연은 덕분에 좌불안석이었다. 제씨 집안 두 형제는 뒷간에서조차 양볼기짝을 최대한 오므리느라 용을 써야만 했다. 큰일 보는 중에 무심결에 힘을 줘서 구린내가 국경을 넘기라도 했다가는, 비위가 팍 상한 어느 분이 당장 군사들을 이끌고 뒷간으로 쳐들어오실지도 모르므로.

특히 대한과 국경선을 공유하는 상연은 철조망을 모조리 벽돌담으로 교체했다. 대한에서 토끼가 넘어올 가능성을 원천 차단하겠다는 의지의 발현이었다.

제씨 집안 두 형제는 현저한 독서량 부족 탓에 알지 못했다. 세상에는 '위장술'이라는 멋진 단어가 존재한다는 사실을.

사실 국경선에 배치된 병력은 단순한 전시용에 불과했다. 세 강대국이 현시점의 유일한 적국에 대해 이심전심으로 취한, 공통의 대비책이었던 것이다.

황권 탈취 전문가 맹부요의 활약에 힘입어, 현재 태연과 상연을 제외한 오주 각국의 황위는 전부 그녀와 혈육이나 다름없는 사람들에게 돌아간 상태였고, 그들은 아주 끈끈한 관계였다. 나중에야 어떻게 될지 몰라도, 일단 현시점의 관계는 그러했다.

아무런 정보가 전해지지 않는 바다 한복판의 맹부요는 자기 때문에 대륙에 무슨 일이 일어나고 있는지 알 턱이 없었다. 그녀는 그저 태평하게 항해에만 신경을 쓰고 있었다.

그녀가 부풍을 다급히 떠나온 이유 중 하나는 갑작스럽게 얻은 정보였다. 절역 해구를 통과하기가 어려운 건 1년 내내 풍랑이 끊이지 않기 때문인데, 딱 6월 중순에만 며칠간 바다가 잠잠한 기간이 있다는 것이었다. 그 시기를 잘 맞춰서 가야 그나마 해구를 통과할 한 줄기 희망이라도 있다고 했다.

그 말을 듣고 마음이 급해진 그녀는 부랴부랴 여정을 서둘렀다. 단 며칠뿐인 기회를 놓치면 또 1년을 기다려야 했으므로.

다행히 항해가 순조로워서 예상보다 며칠 이르게 목적지에 당도할 수 있었다. 절역 해구의 위치는 부풍과 궁창의 경계선으로, 교성에서 그리 멀지 않은 곳이었다. 그곳이 부풍과 궁창 중 정확히 어느 쪽에 속하는지는 딱 잘라 말하기 힘들었다.

악해는 부풍령이었고, 대부분의 해역이 부풍 영내에 속했다. 하지만 절역 해구가 위치한 구역만은 마치 기다란 손가락처럼 궁창 안쪽으로 뻗어 들어가 있었다.

원체 타국에 관심이 없는 궁창은 절역 해구의 소유권에 대해서도 이렇다 할 의견이 없는 것 같았다. 절역 해구는 어차피 일반인의 접근이 불가한 곳, 사실상 자연적 국경선이라 할 수 있었다.

그나저나 해구란 결국 해저 골짜기라는 뜻이고, 골짜기야 그 밑으로 빠졌을 때는 당연히 문제가 되겠지만, 조심만 하면 괜찮은 거 아닌가? 그런데도 굳이 '바깥세상과 단절된 위험 지대'라는 뜻의 '절역'으로 불리는 건 좀 이상하지 않나?

절역 해구 주변에는 작은 섬들이 드문드문 흩어져 있었는데, 대부분이 무인도였으나 개중 한 곳에서만은 어렴풋이 사람이 사는 흔적이 눈에 띄었다.

맹부요가 의아하다는 듯 말했다.

"어어, 여기도 누가 사네? 부풍인일까, 궁창인일까?"

그러자 곁에 있는 요신이 얼굴을 긁적이면서 말을 받았다.

"절역 근처 섬에 드물게 사람이 산다는 이야기는 들었어요. 궁창에서 '버려진' 사람들이래요. 어쩌다가 나라로부터 버림받았는지는 아무도 모르고요."

맹부요가 눈을 반짝 빛냈다.

"궁창 쪽에서 내려왔으면 해구를 통과한 경험이 있겠네. 가자, 가서 조언도 좀 얻고 그 김에 숙소도 빌리게. 어차피 며칠은 더 기다려야 하니까."

이어 늘어지게 기지개를 켠 그녀가 기대에 찬 투로 말했다.

"바다 위에서 흔들흔들, 이 느낌 진짜 별로야. 단단한 땅에 발 딛고 제대로 된 집에서 푹 좀 자야겠어."

그녀는 운흔, 요신, 그리고 애완동물들을 주렁주렁 데리고 배에서 내렸다. 그런 가운데 원보 대인은 금강 어르신을 질질 끌고 득의양양하게 걸었고, 금강은 앞에 가는 녀석을 향해 몇 차례나 주먹이든 앞차기든 날리고자 했으나 번번이 실패했다.

그런데 한창 걷던 도중, 원보 대인이 갑자기 앞쪽으로 튀어 나갔다. 녀석이 밧줄 끄트머리를 그대로 잡고 뛰는 통에 금강 어르신은 속절없이 나뒹굴면서 끌려갔다.

격분한 금강이 욕을 싸질렀다.

"이런 씨팔! 감히 어르신한테! 야, 이 죽일 놈아!"

원보 대인은 듣는 둥 마는 둥, 오로지 앞쪽을 향해 팔짝팔짝 뛰느라 바빴다. 그러나 기를 쓰고 버티는 금강 탓에 앞으로 나아갈 수가 없었다. 그렇다고 밧줄을 놓자니 그건 또 아쉬웠다.

몇 걸음 질질 끌려가던 금강이 급기야 '나 죽었소!' 하고 뒤로 벌러덩 누워 버리자, 제자리에 멈춰 선 원보 대인이 소리를 질러 댔다.

"찍찍! 찍찍!"

맹부요가 뒤를 돌아봤을 때, 원보 대인과 금강은 서로 걷어차고 할퀴고, 쪼고 물어뜯느라 난리가 아니었다. 주먹질을 하던 와중에 맹부요를 돌아본 원보 대인이 앞발로 어딘가를 열심히 가리켰다. 새하얀 털을 바짝 곤두세우고서.

맹부요는 속으로 생각했다.

내가 저 귀찮은 것들을 뭐 하러 데리고 내렸을까? 시끄러워 죽겠는데 조련에나 힘쓰라고 배에 둬야겠다.

성큼 걸음을 옮긴 그녀가 한 손에 한 놈씩 털 뭉치를 들어 올렸다. 원보 대인이 옳다구나 그녀의 손을 끌어안고 아주 중요한 사실을 알리려는 찰나였다.

'휘리릭' 하고 천지가 돌고 세상이 뒤집혔다. 순백의 아름다운 털이 쪽빛 하늘에 유려한 포물선을 그렸고, 다음 순간 원보 대인은 금강과 함께 배 위에 서 있었다.

뭍의 맹부요는 손을 탁탁 맞부딪쳐 쥐 털과 깃털을 털어 냈다. 애완동물이 너무 많은 것도 골치 아프구나 싶었다. 위생과 치안 방면에서 심각한 문제가 초래되고 있지 않은가.

흐음, 한 마리는 가둬 키워야 하나?

그녀는 배 위에서 죽는다고 찍찍거리는 원보 대인에게 손을 흔들어 준 후, 뒤도 안 돌아보고 걸음을 옮겼다. 뱃전을 부여잡고 비통함을 금치 못하는 원보 대인을 덩그러니 남겨 둔 채.

이래서 외국어 몇 개 정도는 기본적으로 배워 둬야 하는 것을…….

섬에는 풀과 나무로 지은 민가 몇 채가 드문드문 흩어져 있었고, 집집마다 벽에 생선을 걸어 놓고 말리고 있었다. 갯벌에는 어민들의 고깃배가 올라앉아 있고, 노인 몇몇이 집 문간에 느긋하게 앉아 햇볕을 쬐며 그물을 손보고 있었다.

맹부요는 그들과 멀찍이 거리를 두고 멈춰 선 후, 감각을 끌어올려 노인들의 대화에 귀를 기울였다.

"……풍향을 보니 며칠만 있으면 바다가 잠잠해지겠어."

"아창한테 날짜 놓치지 말고 진주 따라고 해. 작년에 좋은 진주로 한몫 단단히 챙겼잖아!"

"대하도 튼실한 놈 있으면 좀 잡고. 지난번 새우는 진짜 끝내줬지. 그 자리에서 한 솥 가득 쪄 냈더니 기름 없이도 벌건

윤기가 자르르 흐르는 게, 상어한테 쫓기는 줄 알고 질겁했어도 맛 하나는……. 쩝쩝."

"아시, 자네는 어째 배 속에 거지가 들었나. 한평생을 혼자 늙어 가면서도 먹는 것밖에 모르니. 진주 따서 마누라 얻을 생각을 해야지!"

"다 늙어서 여자는 얻어다가 뭐 해? 집에 여편네라고 들어앉아 있어 봐, 뭐 하나 눈치 안 보고 할 수 있는 게 있나. 기름기 반지르르한 생선 꼬리도 양보해야 될 텐데, 에잉! 미련한 짓거리지!"

"그럼 오밤중에 잠 못 이루고 혼자 뒤척거리지나 말든가!"

"허허……."

전형적인 어부들의 대화일 뿐, 의심스러운 구석은 전혀 없었다.

마침내 마음을 놓은 맹부요가 피식 웃으며 생각했다. 하도 별의별 일을 다 당해서 그런가 신경이 너무 곤두선 것 같다고.

여기는 세상과 동떨어진 부풍 변두리의 섬이고, 규모도 섬 전체가 한눈에 다 들어올 정도로 작았다. 설마하니 이런 데서 적을 만날 리가.

저벅저벅 노인들에게 다가간 맹부요가 싱긋 웃으며 말을 붙였다.

"어르신, 실례 좀 하겠습니다."

그러자 나이 탓에 눈이 침침한 어부들이 깜짝 놀란 표정으로 고개를 들더니 그녀를 위아래로 훑어봤다.

이곳 섬은 절역 해구와 바로 이웃해 있고, 해구에서 조금만 더 올라가면 신비의 나라 궁창이었다. 지난 수년간 외부인의 발길이 거의 닿은 적 없는 섬에 느닷없이 웬 소년이 나타난 것이다.

역광 탓에 얼굴은 뚜렷이 보이지 않았지만, 소년은 흡사 선계에서 내려온 듯한 분위기를 풍기고 있었다. 평생 사람 구경 자체를 별로 못 해 본 어부들은 낯선 방문객이 풍기는 비범한 기운에 일순간 압도당하고 말았다. 그들은 누구 하나 제대로 된 대답을 못 내놓고, 소년의 눈을 피해 힐끔힐끔 서로 눈치만 봤다.

노인들 사이에 넉살 좋게 끼어들어 자리를 잡고 앉은 맹부요가 앞섶에서 진주가 가득 든 주머니를 꺼내며 씩 웃었다.

"이것 좀 봐 주시겠습니까? 대체 값이 얼마나 나갈지, 궁금해서요."

어부들이 주머니를 건네받아 매듭을 풀자 안에서 찬란한 광채가 뿜어져 나왔다. 바람 탓에 눈물이 그렁그렁하던 어부들의 눈에 그 즉시 핏발이 벌겋게 섰다.

그들의 표정을 살피던 맹부요가 빙긋이 웃으며 말했다.

"돈이 될 것 같은 물건은 아닌데, 혹시 마음에 들면 가지십시오. 노리개 삼으면 되겠네요."

"그럴 수는 없네!"

서로 눈빛을 교환한 어부들이 얼른 주머니를 맹부요에게 반납했다.

"값어치가 엄청난 물건일세. 그간 긴 세월 진주를 따며 살았지만, 이런 최상품은 처음이야. 준다고 넙죽 받을 수야 없지, 없고말고!"

맹부요가 예상했던 것과는 다른 반응이었다. 싱긋 웃으며 진주를 다시 챙겨 넣은 후, 그녀의 눈이 어부들의 얼굴을 훑었다. 다들 따로 꿍꿍이 같은 건 찾아볼 수 없는 표정들이었다.

맹부요가 괜히 민망해지려고 하는 참에 어부 하나가 질문을 던졌다.

"그런데 어떻게 여기까지 온 겐가? 섬 밖에서 온 사람은 거의 10년 만에 보는 것 같은데."

"오?"

맹부요가 '10년'이라는 말을 놓치지 않고 잽싸게 물었다.

"예전에도 누가 왔었습니까?"

"아리따운 여인이었지."

늙은 어부 하나가 몽롱한 표정으로 웃음을 흘렸다.

"바다의 여신 만큼이나 아리따웠어!"

"얼굴형은 이렇게 생겼고……."

다른 어부가 허공에 여인의 얼굴을 그려 보였다.

"머리가 길고 콧대가 엄청 오뚝했어."

워낙 사람의 발길이 뜸한 곳이라 과거 방문객의 인상이 아직껏 머릿속에 깊게 박혀 있는 모양이었다. 맹부요는 어부들이 묘사하는 인물이 비연과 흡사하다는 느낌을 받았다.

10년 전.

10년 전 궁창 장청 신전의 문이 열렸던 날 궁창에 입성해 신탁을 구한 여인이 있다더니, 그게 설마 비연인 걸까?

그렇든 아니든 간에 이미 다 지난 일이었다. 그보다, 비연도 절역 해구를 통과한 적이 있다면 그녀라고 못 할 이유가 뭐겠는가?

정신이 번쩍 난 맹부요가 말했다.

"그 여자는 어르신들한테 뭘 물어보던가요?"

"딱히 물어본 건 없었고, 그저 여기서 하룻밤 묵고 그 이튿날……."

"아시!"

돌연, 매서운 목소리가 말을 끊었다. 어부 일동은 그 소리에 흡사 바늘에라도 찔린 양 흠칫하더니, 즉시 입을 딱 다물었다.

맹부요는 눈을 가늘게 뜨고서 아까부터 자신을 외면하고 있는 노인을 쳐다봤다. 까무잡잡한 피부, 길게 찢어진 눈매. 딱히 눈길을 끄는 구석이 있는 건 아니었지만, 아까 진주 주머니를 내놨을 때 저자만 유일하게 주머니 쪽으로 고개를 돌리지 않았었다.

조금 전 아시라는 어부는 대체 무슨 말을 하려고 했던 걸까? 그리고 저자는 왜 그리 급하게 말을 잘랐을까?

피식 웃고 난 맹부요는 더 이상 캐묻지 않고 다음 화제로 넘어갔다. 해구를 통과하는 방법을 물었더니, 역시나 며칠 뒤 바다가 잔잔해질 때라면 통과할 수 있을지도 모른다는 답이 돌아왔다. 그러면서 꼭 성공이 보장되는 것은 아니라며, 지금까지

거길 건너간 사람은 아무도 없다는 말을 덧붙였다.

말의 앞뒤가 안 맞는다고 느낀 맹부요가 냉큼 물었다.

"10년 전 그 여인은 성공했다면서요?"

질문이 나오자마자 노인네들의 입이 딱 닫혔다.

이어서 궁창에서 버려진 사람들이라는 건 또 무슨 이야기냐고 물어보려 했으나, 이번에는 아예 다들 귀머거리라도 된 양 멀뚱멀뚱 먼 산만 바라보는 것이었다.

맹부요는 뭔가 더 알아내는 걸 포기하고 숙소만 빌려 달라고 했다. 거기에 대해서는 큰 불만이 없는지, 어부 하나가 손을 휘휘 저으며 말했다.

"집이 허름해도 괜찮다면야 얼마든지 묵었다 가게."

맹부요는 아까 아시라는 어부의 말을 잘랐던, 얼핏 어부들 중 발언권이 제일 세 보이는 검은 얼굴의 노인을 향해 웃음을 보냈다.

"그럼 어르신 댁에서 신세 좀 지겠습니다."

검은 얼굴의 노인이 그녀를 슬쩍 쳐다보며 고개를 끄덕이는가 싶더니, 한마디를 툭 던졌다.

"섬 서쪽에는 가지 말게."

"예?"

맹부요의 고개가 섬 서쪽으로 돌아갔다. 울창한 숲이 보일 뿐, 특별한 점은 눈에 띄지 않았다.

"조상님들의 무덤이 있는 곳이니 함부로 휘젓고 다니지 말라는 게야."

"아아."

맹부요는 속으로 웃기지도 않는 핑계라고 생각했다.

궁창에서 쫓겨난 사람들이면 조상님 무덤이 있어도 궁창에 있을 게 아닌가. 게다가 어민들은 사람이 죽으면 바다에 장사지내는 게 보통인데, 무슨 조상 묘를 찾고 앉았어?

섬 서편을 곁눈질하며, 그녀는 밤에 꼭 가 보리라는 결심을 굳혔다.

해가 뉘엿뉘엿 서편으로 넘어갈 무렵, 맹부요는 해변에 무릎을 끌어안고 앉아 바다를 바라보고 있었다. 저무는 해 아래로 수면 절반이 노을빛에 물들어 있었다. 새파란 바다 위에서 화염이 이글이글 타오르고 있는 것 같았다.

그 화염의 끝자락에는, 세상 어디보다도 신비한 땅이라 일컬어지는 나라가 있으리라. 신의 권능이 만방을 다스리는, 아득히 높은 곳에 있으면서 한 번도 베일을 벗은 적이 없는 나라.

그녀는 그곳으로 향할 것이다. 예측 불가한 운명을 뚫고. 과연 그 땅이 문을 열어 줄지, 문을 열어 준다 해도 과연 소망을 이룰 수 있을지는 알지 못하는 채로.

그 소망은 오늘날의 그녀에게 사실상 싸늘한 아픔이기도 했다. 저편으로 달려가려면 이편을 끊어 내야만 한다는 생각, 그런 생각을 할 때마다 심장을 쥐어짜는 것처럼 고통스러웠다.

곱디고운 노을빛 속에서, 석양을 바라보고 있는 그녀의 얼굴이 점차 하얗게 식어 가고 있었다. 때 이르게 서리를 맞은, 가을이 다 가기도 전에 마지막 겨울을 맞이해 버린 단풍잎처럼.

곁에서는 운흔이 조용히 앉아 그녀를 응시하고 있었다. 지금껏 따라다녔으니 운흔도 그녀의 목적지가 궁창이라는 것쯤은 당연히 알았다.

궁창에 가려는 이유가 정확히 무엇인지는 들은 바가 없었다. 하지만 그녀가 현재 가진 지위와 막강한 영향력, 오주대륙 전체를 아우르다시피 하는 정상급 인맥을 생각할 때, 목숨을 걸고 궁창까지 가서 장청 신전에 도움을 청해야 하는 일이라면 아마 세상 최고의 난제일 터였다.

그녀와 그녀의 주변인들도 해결하지 못할 정도로 어려운 문제가 이 세상에 존재하다니, 그게 대체 무엇이란 말인가?

운흔은 그런 의문에 휩싸일 때마다 마치 빙설 한 움큼이 가슴속을 콱 틀어막은 듯, 머리끝부터 발끝까지 온몸이 차게 식는 느낌이었다.

속세의 지위와 명예든 아니면 연인 간의 애정이든, 그 무엇도 맹부요의 발을 묶어 두지는 못했다. 작위, 재산, 사랑, 심지어 세상 사람이면 누구나 바라 마지않는 황위에도 그녀는 미련이 없었다.

마치, 마치 처음부터 이곳 오주대륙에서 일생을 보낼 생각이 없었던 사람처럼. 이곳은 그저 잠시 스쳐 가는 경유지일 뿐이요, 진짜 종착점은 아득한 하늘 너머에 있는 것처럼.

나그네.

그랬다. 그녀는 줄곧 나그네의 자세로, 자기가 가진 모든 것을 대해 왔다. 궁창행을 제외하고는 자신을 위해 그 어떤 것도 욕심낸 적이 없었다.

어째서였을까?

운흔의 손가락이 모래사장을 파고들었다. 손끝의 한기에 얼어붙은 모래 알갱이가 손바닥에 까슬까슬하게 쓸렸다.

순간 그는 장손무극의 눈동자 속에서 지워질 줄 모르던 쓸쓸한 무력감의 의미를 깨달았다.

순간 그는 항상 그녀의 곁을 지키면서도 언제든 그녀를 날려 보낼 준비가 되어 있던 장손무극의 마음을 깨달았다.

물결 일렁이는 바다 깊숙이에서 운명의 심오하고도 광대한 부름이 들려오고 있었다. 스러지기 직전 선명히 타오르는 노을 한복판에, 살짝 고개를 든 여인의 결연한 뒷모습이 새겨졌다.

운흔의 눈동자 안에서 휘돌던 불티가 여인의 부드러운 어깨선과 흔들림 없는 뒷모습에 내려앉았다.

그녀가 단지 나그네일 뿐이라 해도, 운흔 자신 역시 그녀의 인생을 잠시 스쳐 가는 나그네에 지나지 않는다고 해도, 상관없었다. 그래도 그녀의 생에 작은 흔적이나마 남길 수 있었으니, 그걸로 족했다.

날이 어두워지자 고기를 잡으러 나갔던 어부들이 모두 돌아왔다. 그런데 어째 어딜 봐도 사내들뿐이었다. 맹부요는 내심 놀랐다.

이 섬에는 여자가 없는 건가?

그녀의 표정을 읽어 낸 아시가 웃음을 섞어 말했다.

“예전에는 섬에 여자들도 있었네만, 풍수지리가 안 좋은지 다들 오래 살질 못했어. 대부분이 아이를 낳다가 피를 너무 많이 흘려서 목숨을 잃었다네. 저기 보게.”

아시가 턱짓으로 건장한 청년 하나를 가리켰다.

“아창도 그렇게 어미를 잃었거든.”

맹부요가 물었다.

“그럼 대는 어떻게 잇고요?”

“거의 다들 섬을 떠났지.”

아시가 대답했다.

“혼인할 나이가 되면 부풍으로 나가는 거야. 이제 남은 건 하루하루 사는 게 고단해도 섬을 떠나고 싶지 않은 우리 늙은이들밖에 없다네. 아창도 나이가 조금만 더 차면 밖으로 내보낼걸세.”

그러자 아창이 머리를 긁적이며 배시시 웃었다. 그런 아창을 쓱 쳐다본 검은 얼굴의 노인이 흙집 방 한 칸을 가리키며 맹부요에게 말했다.

“원래 건어물을 쌓아 두는 곳인데, 냄새가 조금 나도 괜찮다면 저길 쓰게.”

“더 남는 방은 없습니까?”

운흔이 불쑥 물었다. 얼굴이 발그레했다.

맹부요가 잽싸게 그를 꼬집었다.

"형제 같은 사이에 좀 끼어서 자면 어떻다고. 어르신 귀찮게 무슨 방을 따로 써."

반항할 틈을 주지 않고 운흔을 방으로 끌고 들어간 그녀가 이내 환호성을 질렀다.

"드디어 흔들거리며 자는 데서 해방이다……!"

문이 닫힌 직후, 운흔이 말했다.

"아무래도 나는 배에 가서 자는 편이 좋겠어."

"요신하고 철성을 배에 남겨 두고 오면서 해안에 너무 붙지 말고 바다 쪽으로 나가서 정박해 있으라고 했어."

맹부요가 말했다.

"달걀은 한 바구니에 다 담는 법이 아니잖아?"

"섬이 의심스러운 거야?"

"그걸 지금 말이라고 해?"

"일단 눈 좀 붙여."

운흔이 침상에 이불을 깔아 줬다.

"땅 위에 놓인 침상을 얼마나 그리워했는지 잘 아니까."

"너는?"

"연공."

두말없이 뒤로 돌아앉은 운흔이 연공에 집중하는 자세를 취했다.

침상에 앉아 소년의 다소 야윈 뒷모습을 빤히 쳐다보길 잠시, 맹부요의 입꼬리가 천천히 말려 올라갔다. 지금껏 단둘이 시간을 보내 본 적이 많지 않은 관계로 운흔을 깊이 안다고는 할 수 없었지만, 보아하니 나머지 몇 놈들보다는 됨됨이가 훨씬 나은 것 같았다.

흐음…….

만약 여기 있는 게 전북야였다면 분명 한 침상에서 같이 자자고 했으리라.

종월이었다면 자기가 침상에서 자겠다고 그녀를 바닥으로 밀어냈을 테고.

장손무극이었다면…… 냄새 풀풀 나는 방 안은 분위기 없다며 나무 위든 해변이든 끌고 가서 달구경을 시켜 줬겠지…….

장손무극이 떠오르자 입가에 피어나던 미소가 순간 얼어붙었다. 한숨을 푹 내쉰 그녀는 눈을 감고 운흔과 마찬가지로 연공에 돌입했다.

그런데 잠시 후, 무아지경에 빠져 있던 그녀의 귓가에 이상한 소리가 들려왔다. 실로 기묘했다. 무언가 들리는 것 같다가도 아무것도 들리지 않는 듯도 했다. 아주 먼 바다에서부터 날아온 느낌의, 근원을 알 수 없는 어렴풋한 소리였다.

맹부요가 감각을 끌어올려 출처를 알아내려고 하자마자 소리가 뚝 끊겼다. 그녀는 혹시 내 마음 깊숙이에서 들려온 소리였을까 하고 생각했다.

하지만 그녀 정도의 절정 고수면 마음이 거울처럼 맑고 반석처럼 굳건하기 마련이었다. 어떠한 외부 요소도 흔들지 못할 고요한 마음에서 갑자기 괴이한 소리가 들려온다니, 있을 수 없는 일이었다.

귀를 기울이고 있자니 부드러운 파도 소리 같기도 하고, 여인이 미소를 섞어 나지막이 부르는 노랫소리 같기도, 조용한 밤중에 차분하게 들려오는 풀벌레 울음소리 같기도, 10리 밖에서 꽃이 피고 풀줄기가 자라는 소리 같기도 했다. 아무런 위협도 되지 않는, 그저 자연의 소리라 할까.

경계심이 누그러질 수밖에 없는 소리였다. 나른하니 졸음이 몰려왔다.

졸음.

졸음이야말로 그 무엇보다 가장 경계해야 할 위험 요소가 아니던가! 그녀 정도 되는 고수가 갑자기 졸음을 느끼다니?

번쩍 눈을 뜬 맹부요가 어둠 속에서 눈동자를 별처럼 빛내며 속삭였다.

"운흔!"

바닥에 앉아 있는 운흔이 즉시 대답했다.

"응."

"무슨 소리 못 들었어?"

"들은 것도 같은데……."

잠시 간격을 두고, 그가 긴가민가한 투로 말했다.

"여자가 울부짖는 소리 같기도 하고, 거친 파도 소리 같기도, 벌레들이 여기저기서 우왕좌왕 기어 나오는 소리 같기도, 아주 멀리서 꽃가지가 검광에 잘려 나가는 소리 같기도 했어."

맹부요는 흠칫 굳고 말았다.

둘이 동시에 들은 소리가 어쩜 이렇게 다를 수 있지?

그렇다고 둘 중 하나가 잘못 들었다기에는 운흔도 그녀도 너무 뛰어난 신체 능력의 소유자였다.

"진기의 흐름이라든지 몸에 뭔가 이상이 느껴지지는 않아?"

"전혀."

맹부요가 침상에서 일어서며 말했다.

"확실히 이상한 섬이야. 가자. 잘 게 아니라 나가서 한바탕 놀아 보자고."

"뭘 하려고?"

"남의 조상 묘 파헤치기!"

달빛 아래의 섬은 이 끝에서 엎어지면 저 끝에 코가 닿을 규모로, 전체 둘레라고 해 봐야 몇 리 되지도 않았다.

은색 달빛에 젖은 섬 서쪽 숲은 언뜻 보기에는 지극히 정상적이기만 했다. 숲 깊숙이까지 들어간 맹부요는 봉분이 쭉 늘어서 있는 장소를 발견했다. 의심의 여지 없는 묘지였다.

만들어진 시기가 저마다 달라 보이는 무덤들이 섞여 있는 가운데, 몇몇 봉분에 길게 웃자란 잡풀이 누적된 세월을 알려 주고 있었다. 노인이 거짓말을 하지는 않은 모양이었다.

맹부요는 무덤 앞에 쪼그리고 앉아 고뇌를 거듭하면서, 무의식적으로 봉분에 난 풀을 잡아 뽑았다.

이제 어쩌나. 진짜로 남의 조상님 묘라도 파헤쳐?

그런데 손에 잡히는 풀뿌리가 어째 맥아리가 하나도 없었다. 살짝 잡아당겼을 뿐인데도 풀이 뭉텅이로 뽑혀 나왔다.

맹부요가 '어라?' 하면서 팔을 크게 움직이자 봉분에 새로 풀을 입힌 부분이 아예 넓게 벗겨졌다. 흥분한 그녀는 냉큼 무덤을 가짜라고 결론 내렸다. 그게 아니라면 인위적으로 풀을 얹어 놓을 이유가 뭐란 말인가? 그러나 주위를 한 바퀴 빙 둘러본 결과, 무덤은 확실히 무덤이었다.

맹부요는 침울해졌다. 분명 뭔가 있다는 걸 알면서도 속 시원히 확인해 볼 수는 없는 것보다 더 괴로운 경우가 과연 세상에 있을까? 이 무덤이 바로 그러했다.

의심스러운 것 같기도 하고 아닌 것 같기도 하고. 확인을 해보려면 무덤을 파헤치는 수밖에 없는데, 아무리 간이 배 밖에 나온 파렴치한이라도 이렇다 할 명분도 없이 남의 무덤을 뒤집어엎는 건 차마 못 할 짓이었다.

싸늘한 달빛이 숲 사이의 봉분을 비추고, 봉분에 돋은 풀들이 사락사락 소리를 내며 바람에 흔들렸다.

맹부요는 봉분 꼭대기에 올라앉아 갈등하고 있었다. 잠시 후, 그녀가 말했다.

"칼 좀 빌려줘 봐."

운흔이 장검을 건넸다. 맹부요는 적당한 위치를 잡은 후, 검을 도굴용 낙양삽처럼 세워서 흙 속으로 푹 찔러 넣었다.

쩡!

검이 무언가 딱딱한 물체와 충돌하는 소리였다.

돌인가? 아니면 금속?

관이 금속으로 되어 있을 리는 없었다. 일부 부족들이 돌로 관을 짜는 경우야 있지만.

어쨌든 안에 관이 있다는 건 확인했으니 이만 물러나도 될 법하건만, 맹부요는 원래가 궁금한 건 못 참는 성격이었다. 게다가 그간 온갖 풍파를 헤쳐 오는 과정에서 일단 의심스러운 부분이 있으면 철저하게 확인해야 한다는 관념이 박히기도 했다. 살림살이 팍팍한 바닷가 어민의 것이라고는 절대로 볼 수 없는 기묘한 무덤을 발견했는데 여기서 그냥 물러나다니, 하늘이 두 쪽 나도 그렇게는 못 했다.

이 섬은 수상한 구석이 한둘이 아니었다. 말을 하다가 만 어부, 궁창에서 쫓겨난 사람들이라는 이야기, 비명횡사한 여자들, 한밤중에 나는 괴이한 소리, 진짜인지 가짜인지 애매한 무덤……. 그 모든 것들이 합쳐져서 도저히 그냥 지나칠 수 없는 의문 덩어리를 이루었다.

맹부요는 봉분 꼭대기에 쪼그리고 앉은 채, 입을 앙다물고 검에 살짝 힘을 실었다.

끼릭.

달빛 아래 무덤에서 나는 소리를 듣고 있자니 소름이 쫙 끼쳤다. 봉분 안에서 알 수 없는 무언가가 은밀히 움직이고 있는 것만 같았다.

맹부요는 집중력을 유지하면서, 손목을 살살 돌려 촉각만으로 석관의 모서리를 찾았다. 그러고는 검 끄트머리로 관 덮개를 천천히 밀어젖혔다.

작업에 집중하던 그녀는 내심 탄식을 뱉었다.

빌어먹을! 왜 관 뚜껑은 꼭 들어서 젖히게 만드는 거야. 비과학적이게, 진짜. 슬라이딩 방식으로 만들면 좀 좋냐!

잠시 후 '덜컹' 하는 소리가 났다. 맹부요는 검을 뽑아 올린 뒤 검신에 붙어 나온 진흙을 살폈다. 석회나 시체가 썩으면서 생긴 침출수, 부패한 살점, 깨진 뼛조각 등 관 속에 시체가 있다는 걸 증명해 줄 만한 물질은 아무것도 없었다. 그렇다고 시체가 아닌 다른 무언가가 있다는 증거가 나온 것도 아니었다.

잠시 고민하던 맹부요는 옷자락을 찢어서 손에다 둘둘 감고 봉분 위에 엎드렸다. 구멍으로 손을 넣어 볼 생각이었다.

이때 운흔이 그녀를 저지했다.

"내가 할게!"

맹부요는 고개를 가로젓고 그를 밀어냈다.

그녀가 손가락을 한 번 떨치자 진기가 손으로 모여들면서 손바닥이 옥석처럼 빛났다. 전신의 모든 진력을 손에 집중시킨 지금, 그녀의 손은 날카로운 이빨에 뜯기거나 바위에 눌려도 아무렇지 않을 만큼 강인해져 있었다. 세상 그 무엇도 일격에 그녀의 손에 상처를 입히지는 못할 터였다.

손이 봉분 안으로 들어갔다. 도굴꾼들 사이에서 유명한, 길고 단단하게 단련한 두 손가락만 밀폐 공간에 넣어 내부를 살피는 기술. 지금 맹부요가 하는 행동은 무척 위험할 뿐만 아니라 대단한 담력이 필요한 일이었다.

인간이라면 누구나 미지의 대상에 태생적인 두려움을 느끼기 마련이다. 손을 집어넣었다가 무엇을 맞닥뜨리게 될지는 아무도 모르는 일이었다.

그러나 맹부요는 원체 겁이라는 걸 몰랐고, 무덤에 대해서는 더더욱 그러했다. 그녀가 알기로 세상에서 가장 무서운 것은 귀신이 아니라 사람의 마음이었다.

손을 집어넣자 축축하고 부드러운 진흙이 만져졌다. 해안지대 진흙의 특징이었다. 이런 땅에서는 본래 시체가 쉽게 썩기 마련이다.

맹부요는 관이 비어 있다는 게 확인되거나 그 전에 부패한 시신이 만져지면 즉시 손을 빼기로 마음먹었다. 그런데 다음 순간, 그녀의 팔이 흠칫 굳었다.

그 시각, 해안 근처에 정박해 있는 배에서는 하얗고 작은 털뭉치가 갑판 가장자리에 붙어 바닷물을 내려다보며 구슬피 찍찍거리고 있었다.

잠시 후, 중대한 결단을 내린 듯한 녀석이 금강을 묶어 놓은 밧줄을 한쪽에서 졸고 있던 구미에게 넘겨줬다. 구미는 비몽사몽간에 밧줄을 넘겨받아 궁둥이 밑에 대충 깔고 앉은 다음, 마저 졸기 시작했다.

불안한 기색으로 그 모습을 지켜보던 원보 대인이 냅다 구미의 뺨을 후려쳤다. 구미가 방귀를 '뽕' 뀌자 원보 대인은 질색을 하며 뒤로 물러났다.

아무리 향기로워도 방귀는 방귀니까!

한심하다는 투로 찍찍거리며 한숨을 폭 내쉰 원보 대인이 고개를 돌려 바다를 바라봤다. 그러다가 마침내 뱃전을 타고 기어 내려가 물로 뛰어들었다.

작고 하얀 털 뭉치가 허우적허우적, 필사적으로 헤엄을 치기 시작했다. 사람 눈에는 지척이었지만, 원보 대인이 보기에 해변까지의 거리는 거의 태평양 수준이었다.

아오, 맹부요 이 망할 것! 너 만나고부터 고생만 바가지로 하잖아! 오늘도 이 어르신이 장렬히 희생하신다…….

달빛에 비친 선박의 거대한 그림자가 광활한 수면을 거무스름하게 뒤덮고 있었다. 배에서 뛰어내린 털 뭉치가 그 수면을 힘겹게 건너 섬으로 향하는 가운데, 작은 배 한 척이 소리 없이 파도를 가르고 접근해 오더니 거대한 선박의 그림자 속에서 조용히 움직임을 멈췄다.

몸을 던져 서로를 지키다

대형 선박의 그늘로 들어온 작은 배 안에는 한 사람이 가부좌를 틀고 앉아 있었다. 대형 선박의 거대한 선체를 올려다본 사람이 중얼거렸다.

"으음? 왜 이리로 흘러온 게지?"

뱃전에 기댄 사람이 수면에 비친 제 모습을 자세히 들여다봤다. 수려한 얼굴, 건장한 체격, 청삼에 흰색 허리띠를 맨 품격 넘치는 자태. 그리고 달빛 아래에서 흡사 흑과 백이 섞인 옥석처럼 그윽하게 빛나는, 거침없이 자유분방하되 은근히 위험한 기운이 섞인 서늘한 눈빛.

무신.

역사상 전무후무한 능력을 떨쳤던, 부풍의 지고지상한 대무신이자 비연이 그토록 부활시키고자 애썼던 조부가, 바로 그였다. 한시라도 빨리 부풍을 뜰 생각밖에 없었던 맹부요는 알지 못했으나, 사실 금강은 그때 이미 제 반쪽을 깨워 놓은 뒤였고, 마지막 합혼 의식만을 치르지 못했을 뿐이었다.

무신은 맹부요가 떠난 다음에야 눈을 떴다. 잠들어 있었던 수십 년 세월 탓에 몸은 뻣뻣했고, 의식은 격전을 치르고 잠에 빠져들던 과거의 순간에 머무른 채였다.

그 상태로 화염에 휩싸인 천성 성궁을 보고 곤족 왕이 궁을 불사르는 것이라 착각한 그는 소리 없이 현장을 빠져나왔다.

이후에는 부풍 여기저기를 돌아보면서 천천히 시간을 가지고 공력을 회복했다. 오늘날의 부풍은 기억 속 모습과 전혀 달랐다. 그 와중에도 그는 자신의 뿌리인 보보족을 찾아갈 생각은 하지 않았다. 그는 원래부터가 탕아였고, 머릿속에 집이라는 개념 자체가 없었다.

잠들기 직전, 의식 한 오라기에 실어 보낸 구조 요청도 실은 아무렇게나 허공에 날린 것이었다. 세상을 대충 떠다니다 보면 운 좋게 누군가한테 가닿을 수도 있겠지, 하면서.

하필이면 손녀 비연이 운 나쁘게 그 부름을 들을 거라고는 꿈에도 생각지 못했다. 비연이 그 부름에 응하고자 제 청춘과 목소리뿐만 아니라 더 소중한 것까지 바칠 줄은 더더욱 몰랐고.

물론 알았어도 상관 안 했을 가능성이 크긴 했다. 그러게 그 딴 소리는 왜 듣고 다니나, 제 팔자 제가 꼰 게지.

그의 의식은 아직 시대를 못 따라잡고 있었으나, 본인 영혼의 일부가 사라졌다는 것쯤은 알았다. 자연스럽게 영혼을 쫓아 움직이다 보니 금강이 있는 곳에 당도한 것이다. 맹부요는 영문도 모르는 채 웬 신을 한 분 불러들인 꼴이었다…….

무신 대인은 수면에 비친 서른 살가량의, 대단히 매력 넘치는 사내를 발견하고 불만과 슬픔에 차서 생각했다.

후우, 늙었구나, 늙었어! 고작 그거 한숨 자는 사이에 20년은 폭삭 늙어 버리다니, 어떻게 이럴 수가? 여기까지 오는 동안 하루에 계집들을 열 명씩 상대해 가면서 어렵사리 10년 세월을 되돌리긴 했지만, 으음…….

해결해야 할 세월이 아직 10년 더 남아 있었다. 이게 다 계집들 용모가 변변치 못해 흥이 안 났기 때문이다.

하아…….

무신 대인은 하늘의 달을 향해 원통한 눈길을 보내며 한숨을 내쉬었다.

아아, 미녀가 필요해!

미녀 애호가 무신 대인은 원통함을 모두 쏟아 낸 다음, 천천히 몸을 일으켜 한 걸음 한 걸음 대형 선박의 선체를 타고 위로 걸어 올라갔다.

날아오르거나 뛰어오르는 등 우아하지 못한 동작은 그의 기품을 해칠 뿐만 아니라 이 순간의 심정과도 어울리지 않았다. 무신 대인은 울적할 때일수록 느긋하고 품위 있게 행동하는 분이셨다. 우울한 자태도 남들과는 확실한 차별화가 필요했기에.

품격! 품격! 품격을 잃느니 차라리 죽는 게 나으리라!

품격 넘치게 걸음을 옮긴 무신 대인이 뱃전에 올라서는 동시에 소맷자락을 떨쳤다. 그러자 그가 타고 온 배가 희미한 빛을 발하면서 작아지더니, 흐물흐물하게 녹아 수면 아래로 사라졌다. 마치 종이배가 바닷속으로 가라앉는 듯한 모습이었다. 물론, 원래가 종이로 접은 배였으니 당연한 일이었지만…….

무신이 한 줌 잿가루처럼 사뿐히 갑판에 내려섰다. 작은 기척조차 없이. 오랫동안 맹부요를 따라다니며 절정 고수들의 지도를 받아 어느덧 일류 고수 수준으로 발돋움한 철성도, 바다 위 생활에 익숙한 데다가 소리에 무척 예민한 요신도, 전혀 낌새를 채지 못했을 정도였다.

그 순간 금강이 깨어났다. 고개가 꺾인 채 침을 질질 흘리고 자면서 꿈속에서 씨앗을 까먹던 녀석이 갑자기 번쩍, 아무런 조짐도 없이 눈을 뜬 것이다.

녹색과 노란색이 섞인 눈알이 일순 절반은 은백색, 절반은 진홍색으로 빛났다. 기묘하리만치 강렬한 눈빛이었다.

제 원래 주인이 눈에 들어오자 금강 어르신은 몹시도 흥분했다.

이제 살았구나!

푸드덕, 홰를 친 녀석이 소리를 빽 질렀다.

"노주인님!"

퍽!

무신이 석 장 밖에서 가볍게 소맷자락을 떨치자 금강 어르신의 몸뚱이가 빙그르르 돌면서 붕 떠올랐다가 갑판에 내리꽂혔다. 녀석은 그대로 나무 바닥을 닦으며 한참을 쭉 밀려갔다.

하지만 금강 어르신은 그 꼴을 당하고도 투덜거리기는커녕, 날개로 허둥지둥 제 부리를 가렸다.

이런 육시랄 나 자신아! 그간 떨어져 있었다고 주인님 역린이 뭔지도 잊어버린 거냐! 주인님 앞에 '늙을 노' 자를 붙이면 어떡해! 늙었다는 말은 절대 금기인데! 홱 돌았다 하면 품격이고 나발이고 남의 조상 묘에서 뼈다귀 파헤쳐다가 마작 패 만들고도 남을 분인 거 몰라서 그러냐고…….

이때 철성과 요신이 달려 나왔다. 금강이 내지른 소리가 두 사람을 깨운 것이었다.

무신은 눈썹을 찌푸렸다. 방금 자신의 영혼이 씨앗 무더기에 엉망으로 파묻혀 있는 걸 본 탓이었다.

빌어먹을 앵무 놈, 저걸 저따위로 가지고 있었다니.

정화가 필요했다. 정화가!

하지만 정화는 시간이 꽤 걸리는 일이었다. 게다가 중요한 합혼 의식을 남들이 보는 앞에서 치를 수는 없었다. 아무래도 조금 여유를 가져야 할 것 같았다. 어차피 급할 것도 없으니.

"웬 놈이냐!"

철성의 첫마디는 항상 모범 예시 그 자체였다.

요신은 그사이에 갑판 가장자리로 달려가 아래를 확인했다. 불청객이 타고 온 배를 찾기 위해서였다.

그러나 망망대해 어디에 배 따위가 있단 말인가. 요신은 심장이 툭 떨어지는 기분이었다. 부풍 출신인 그는 감이 빨랐고, 일이 꼬여도 단단히 꼬였음을 즉시 알아차렸다.

요신의 눈에 수면 한복판에 동그란 털 뭉치가 떠 있는 게 보였다. 털 뭉치는 태평양을 건너느라 안간힘을 다해 허우적거리고 있었다. 그게 원보 대인임을 알아본 요신은 가슴속 깊이 안도했다.

쥐 새끼가 맹부요한테 상황을 알리러 가고 있구나. 다행이다. 똘똘한 녀석 같으니!

쥐 새끼가 물에 뛰어든 게 먼저고, 무신이 배에 올라온 것은 나중이며, 맹부요는 현재 제 코가 석 자라는 사실을 알 리가 없는 요신은 쥐 새끼에게 한없는 찬사를 보냈다…….

그런데 그의 눈길이 원보 대인에게 꽂힌 찰나, 어떻게 알았는지 무신이 같은 방향으로 고개를 돌리더니 열심히 파닥거리고 있는 원보 대인을 발견하고는 씩 웃음 지었다.

무신이 손가락을 까딱 굽히자 가느다란 실 한 줄기가 원보 대인을 향해 날아갔다. 아무것도 모르는 원보 대인은 그 와중에도 열심히 네 다리를 젓고 있었다.

파닥, 파닥파닥.

파닥, 파닥파닥…….

왜 가도 가도 끝이 없지? 한참 헤엄친 것 같은데, 왜 아직도 제자리 같은 거야?

왜…… 등이 끈적하지?

뒤늦게야 머뭇머뭇 뒤를 돌아본 원보 대인은 자기 등에 붙어 있는 거미줄을 발견했다. 자신과 체급 차이가 거의 없는 은백색 거미 한 마리가 기묘하게 푸르른 달빛 아래에서 고개를 쳐들고 거미줄을 연주하듯 튕기고 있었다. 자못 쓸쓸하고도 고상한 모습으로.

눈길을 느낀 거미가 대인 쪽을 돌아보더니 과히 매혹적인 미소를 보냈다. 초승달처럼 접히는 눈매며, 앵두같이 새빨간 입술이 길게 찢어지는 모양새며, 소름 끼치게 인간과 닮은 얼굴을 하고서.

"찌익!"

처절한 비명이 밤하늘을 가른 직후, 조금 전까지만 해도 주인을 구하고자 바다를 건너려던 원보 대인이 갑자기 어디서 튀어나왔는지 모를 신공을 시전했다. 단숨에 수면을 박차고 펄쩍 뛰어오르더니 기다란 거미줄을 등에 매단 채 '쌩' 하고 공중을 가로질러 배로 복귀한 것이다.

갑판에 내려선 원보 대인이 막 안도의 한숨을 내쉬었을 때였다. 등에 뭔지 모를 묵직함이 느껴져 대인이 뒤를 돌아봤다.

생긋이 보내는 미소에 교태가 줄줄 흐르니, 이보다 아리따운 거미는 또 없으리라.

"찌익!"

원보 대인은 장렬하게 뻗어 버리고 말았다. 대망의 주인님 구출 작전이 중도 실패로 막을 내리는 순간이었다.

손짓으로 인면 거미를 불러들인 무신이 곧이어 한 손가락으로 축축하게 젖은 쥐 새끼를 들어 올렸다. 철성이 즉각 달려들었으나, 그보다 한발 앞서 무신이 손가락을 튕겨 쥐 새끼를 날려 보냈다. 쥐 새끼는 한쪽에서 음흉하게 눈을 빛내고 있던 금강 어르신 앞에 떨어졌다.

날아온 원보 대인을 한쪽 발로 척 고정한 금강이 목을 빙빙 돌리고, 날개를 쭉쭉 펴고, 다리를 탈탈 찼다. 그렇게 몸풀기를 마치더니, 음흉하게 웃으면서 천천히, 원보 대인과의 거리를 좁혔다…….

세상사 돌고 도는 것이 진리라 하지 않던가. 덮치냐 덮쳐지느냐의 험난한 투쟁 과정에서 업보의 순환은 언제든 일어날 수 있는 일일지니…….

철성도 원보 대인을 구해 줄 여력이 없는 상태였다. 불청객의 몸 앞에는 흡사 투명한 장벽이 존재하는 것 같았다. 아무리 용을 써 봐도 그 벽을 뚫을 수가 없었다.

지금껏 수많은 절정 고수를 만나 봤지만, 이런 종류의 무공은 처음이었다. 쉬운 상대가 아니라는 느낌이 왔다. 맹부요가 자리를 비운 지금, 그는 이 배의 책임자로서 신중할 필요가 있었다.

철성이 다시 한번 소리 높여 물었다.

"대체 누구길래 한밤중에 남의 배에 쳐들어온 것이오?"

"제비천帝非天이라고 하네만."

뱃전에 기대어 바다 위에 걸린 달을 바라보던 무신이 대답했다. 문인 분위기가 물씬 풍기는 모습에 걸맞게 말투도 참 고상……하려다가 말았다.

"이 배 주인 어디 있어? 당장 튀어나오라고 해! 퉤……!"

대충 손을 뻗어 금강을 움켜쥔 무신이 입꼬리를 끌어 올리며 한마디를 씹어뱉었다.

"감히 내 새를 건드려?"

남의 집 새를 건드린 맹부요는 그때껏 봉분에 손을 집어넣은 채였다. 왜 아직도 그 자세 그대로인가 하니, 놀라도 너무 놀란 탓이었다.

이……, 이……, 이거……, 손에 만져지는 이거……. 대체 뭐지? 부드럽고, 따뜻하고, 탄력 있고, 심장 박동도 있고……. 심장 박동이 있……

심장 박동……?

심장 박동!

오밤중에 남의 무덤 속을 더듬거리다가 심장이 펄떡거리는 가슴을 만지는 것보다 더 무서운 일이, 과연 세상에 있을까?

맹부요는 꽥 소리를 지르면서 황급히 팔을 움츠렸다. 그러나 이미 늦어 버린 뒤였다. 무덤 속에서 엄청난 힘이 그녀를 잡아당겼다.

안 그래도 비스듬히 몸을 기울이고 있던 맹부요는 밑으로 훅 끌려 내려갔다. 운흔이 달려드는 순간, 갑작스러운 굉음과 함께 주위 풍경이 급변했다.

주변 무덤들이 일제히 솟구쳐 오르고, 사방에서 괴성이 울렸다. 부드러운 파도가 돌연 거칠어졌다가, 곧 평온을 되찾았다가, 또다시 들끓는 소리 같기도 하고, 미소를 머금고 노래하던 여인이 돌연 울부짖다가 그 후에 다시 노래를 시작하는 소리 같기도 하고, 조용히 울던 풀벌레들이 갑자기 우왕좌왕 어디선가 기어 나왔다가 다시 들어가는 소리 같기도 하고, 검광에 잘려 나간 꽃송이들이 기묘하게도 가지로 돌아가 붙었다가, 다시 잘려 나가고, 또 돌아가 붙는 소리 같기도 했다.

무한한 순환, 반대되는 현상의 반복.

마치 영화 필름을 빠르게 앞으로 감았다가 뒤로 감기를 거듭하는 것만 같았다. 어지러운 화면 속을 사람들이 휙휙 스쳐가고, 빠른 반복이 계속되면서 눈에 보이는 모든 것이 현실감을 잃는, 그런 느낌.

신기에 가까운 술법력이 만들어 낸 그 환영들이 운흔을 덮쳐 왔다.

맹부요는 추락하고 있었다. 그녀를 끌어당긴 힘은 실로 어마어마했다. 어둠 속에 도사리고 있던 맹수가 먹잇감을 덥석 물고 세차게 머리통을 흔든 듯한, 그 기세에 지면이 무너져 내린 듯한 상황이었다.

뿐만 아니라 추락 높이 또한 기묘했다. 평범한 봉분의 깊이는 분명 얼마 안 될 텐데, 족히 몇 미터는 떨어진 것 같았다.

맹부요는 추락과 동시에 허리를 튕겨서 그 힘으로 몸을 회전시켰다. 공중에서 한 바퀴를 도는 사이에 사방을 샅샅이 훑어볼 수 있었다.

지금 그녀가 있는 곳은 그리 크지 않은 지하실이었다. 규모는 수십 제곱미터 정도 될까. 공간은 전체적으로 휑한 느낌이었고, 회색과 황토색이 섞인 흙벽에서는 군데군데 걸린 색색의 초가 희미한 무지갯빛 광채를 발하고 있었다.

정면에 제단처럼 생긴 검은색 구조물이 보였는데, 제단 앞에는 도포 자락을 길게 늘어뜨린 사람이 그녀를 등지고 서 있었다. 촛불이 만들어 낸 사람의 그림자가 흡사 검고 기다란 뱀처럼 바닥에서 느릿느릿 꿈틀거렸다.

그녀가 곧장 곤두박질칠 뻔한 지점에는 회색 옷의 사람들이 무표정하게 가부좌를 틀고 앉아 동그란 대형을 이루고 있었다. 그들은 하나같이 눈을 그녀에게 고정한 채였다. 그녀가 움직이면 그들의 눈동자도 따라서 같이 움직였다.

맹부요는 눈으로 주변을 한 바퀴 훑는 즉시 목표 지점을 정했다. 그녀는 한 발로 흙벽을 박차고 올라 다리를 일자로 찢으면서 지면과의 거리를 벌리고, 시천을 치켜들었다. 검게 번뜩이는 칼날이 정확히 제단 앞의 여인을 겨눴다.

그 여인은 그 와중에도 뒤를 돌아보지 않고 그저 피식하는 듯했다. 그러더니 탁하게 쉰 목소리로 입을 열었다.

"내려올 줄 알았지."

맹부요도 똑같이 피식하며 응수했다.

"역시 안 죽었군."

"명색이 정상급 주술사인데, 그리 간단히 죽어서야 신공 성녀라는 이름으로 불릴 자격이 있겠어?"

그 여인, 비연이 뒤로 돌아섰다.

오늘 그녀는 머리부터 발끝까지 온몸을 꽁꽁 싸맨 모습이었다. 그나마 드러나 있는 얼굴마저 어스름한 무지갯빛 광채에 젖어 윤곽이 모호했고, 공허하고 몽롱한 목소리는 흡사 땅 밑에서 들려오는 것 같았다.

맹부요가 비연을 무심히 바라보며 말했다.

"감탄했지 뭐야. 책에서 보니까 그때 그 일곱 빛깔 불꽃은 진짜 대단한 주술사만 만들어 낼 수 있는 거라던데, 그 경지를 넘어 가짜를 조종해서 불꽃을 일으킬 수 있을 정도라니."

"이거 몸 둘 바를 모르겠네."

비연이 생긋 웃는 듯했다.

"솔직히 나도 놀랐어. 가짜라고는 해도, 그 꼭두각시에는 최대한 나처럼 보이게 하기 위해 내 영혼의 3할이 들어가 있었거든. 너희가 죽여 버리는 바람에 나까지 부상을 입었지. 아아, 근래 몇 해 들어서는 한 번도 다친 적이 없었는데."

비연은 다소 아쉬운 기색이었다. 여러 해 동안 제 피를 먹여 키운 끝에 어지간한 대주술사 못지않은 수준으로 완성된 꼭두각시였으니 그럴 만도 했다.

하지만 애초에 목적이 있어서 만든 물건이라면 그 목적대로 쓰임이 당연하지 않은가. 그 꼭두각시가 바로 전북야와의 회담에 앞서 그녀가 달아에게 준비시켰던 물건이었다.

당시 그녀는 근처에서 직접 꼭두각시를 조종하고 있었다. 오두막 안에서의 대화와 동작은 전부 그녀가 자신의 모습을 꼭두각시에 투영함으로써 이루어진 것이었다.

그중에서도 생생하게 타오르는 일곱 빛깔 불꽃을 원거리에서 전송하는, 최고난도 중에서도 최고난도인 술법에는 실로 엄청난 힘이 소모됐다. 그래서 꼭두각시가 번개 같은 일격에 당했을 때 미처 반격을 가하지 못했고, 어쩔 수 없이 부상을 입은 채로 도망쳤던 것이었다.

일곱 빛깔 불꽃을 만들어 낼 수 있는 주술사 자체도 워낙 드물지만, 그 불꽃을 원거리에 있는 대상의 손으로 옮겨 놓는 것은 세상 가장 비밀스러운 주술 비급에서조차 찾아볼 수 없는 기술이었다. 지금껏 어느 누구도 다다른 적 없는, 기적의 경지이기 때문이었다.

비연은 천하를 통틀어 오직 자신만이 할 수 있는 일이라고 자부했다.

신공神空.

생생한 신력을, 허공을 넘어 전하다.

사소한 실패쯤은 괜찮다. 중요한 것은 마지막에 누가 이기느냐다.

비연은 싸늘한 눈으로 맹부요를 쳐다보면서 내심 만족하고 있었다. 자고로 적은 강해야 하는 법이다. 강할수록 쓸모가 많으니까.

"너하고 다르게."

맹부요가 찬웃음을 흘렸다.

"나는 다치는 게 일상사거든. 그런 말이 있던데. 피를 자주 보는 사람은 골골거려도 명이 질기지만, 반대의 경우는 오히려 한 방에 골로 가는 수가 있다고."

"너 따위가 정말 날 어쩔 수 있을 것 같아?"

비연이 미소 지었다.

"맹부요, 나는 널 오랫동안 지켜봤어. 네가 대한 땅에 처음 발을 들였을 때부터 네 일거수일투족을, 적을 상대하는 방식을, 네 주변 사람들을, 네 성격을, 너를 따르는 수하들을, 하나도 빠짐없이 지켜보고 있었단 말이야. 네 적은 강력한 실력자일 뿐만 아니라 너를 속속들이 파악하고 있어. 그런데도 마지막에 웃는 게 너일 것 같아?"

"여기가 네 진짜 본거지인가?"

비연의 질문을 무시하고 주변을 둘러보던 맹부요가 동그랗게 모여 앉아 있는 사람들을 바라보았다.

"설마 저게 다 애 낳다가 죽은 여자들이고, 그 여자들 시체로 무슨 괴물 같은 걸 만들었다고 할 건 아니지?"

"내 술법에 거추장스러운 수하 따위는 필요치 않아."

비연이 건조하게 말했다.

"저들이 제공하는 것은 갓 분만을 경험한 모체만의 특별한 피, 그리고 새끼를 두고 비명횡사한 어미의 원한뿐이지."

"구역질 나는 술법이네."

맹부요가 '퉤' 하고 침을 뱉었다.

"궁창에 가고 싶은가?"

그런 맹부요를 보며, 비연이 비뚜름하게 웃었다.

"내 생각에는 여기서 죽는 편이 좋을 것 같은데. 지금껏 수많은 사람이 그랬고 말이야."

"네가 바로 궁창의 진짜 문지기였나?"

맹부요는 이제야 알 것 같았다.

"절역 해구라는 이름이 한 곳을 지칭하는 게 아니었다? 절역 따로, 해구 따로, 살아 돌아온 사람이 없는 건 사실 풍랑과는 아무런 상관도 없는 문제였고?"

비연은 웃고만 있었다. 반응을 보니 사실인 모양이었다.

절역, 그리고 해구.

세상 사람들은 두 단어를 묶어서 궁창과 부풍의 경계선에 위치한, 1년 내내 풍랑이 휘몰아치는 해구의 이름으로 알고 있었다. 그래서 다들 풍랑을 위험 요소로 인지하고 있지만, 진실은 그게 아니었다.

섬에 사는 '버림받은 사람들'은 사실 궁창 쪽에서 의도적으로 방출한 자들이었다. 해구 근처 섬에 사람이 살면 궁창으로 향하는 여행자들은 당연히 섬을 찾아가 길을 물을 테고, 그러다가 함정에 빠지는 것이다.

섬 주민 중에는 물론 아무것도 모르는 사람들도 있겠지만, 궁창 또는 비연의 지시를 받는 자들도 존재했다. 얼굴이 유독 검은 그 노인처럼.

목적지가 무려 궁창인 점을 고려할 때, 이곳을 찾는 여행자들은 나름대로 고수라고 자부하는 이들이 대부분일 터였다. 섬에 와서 이런저런 의문점을 맞닥뜨리다 보면 자연히 호기심이 동할 것이고, 본인 무공에 자신이 있는 만큼 배짱도 좋은 여행자들은 '섬 서쪽에는 가지 말라'는 경고에 오히려 기를 쓰고 섬 서쪽으로 향할 게 뻔했다.

그리하여 다들 해구가 아닌 절역에서 최후를 맞는 것이다. 바깥세상에서는 절대 모르겠지만.

이러한 생각이 머릿속을 스치자 맹부요는 조만간 자신이 가려는 나라가 얼마나 위험한 곳인지 새삼 다시 고려해 보게 됐다. 그간 국경이나 타국에 별다른 관심 없이 항상 초연한 태도를 보이던 궁창이, 뒤로는 '신비의 해구'라는 허상을 이용해 외부인들의 접근을 막고 있었다니.

고작 해구 하나가 왜 그리 건너기 어려운지, 국경 검문소조차 없는 나라에 왜 아무도 못 들어가는지, 세상 사람들은 이유를 알지 못했다. 그런 채로 실패가 누적되면 될수록 궁창의 신비로움과 그들이 가진 힘에 점점 더 경외감과 존경심을 느끼고 있을 뿐이었다.

상식으로 설명되지 않는 미지의 무언가와 맞닥뜨렸을 때, 인간은 보통 그것을 '신력'으로 해석하기 마련이다. 이러한 효과 덕분에 궁창은 나날이 더 신비롭고 거룩한 땅으로 거듭나고 있었다.

겉만 봐서는 모르는 악랄함, 초연한 껍데기 아래에 숨겨진 지저분한 수작질, 빈틈없는 분위기 조성. 합쳐 놓으니 딱 수완 좋은 무당들이 하는 짓 아닌가!

"지난 10년 동안은 내가 이곳의 주인이었어."

비연이 웃음을 흘렸다.

"네 강대한 영혼이 이제 곧 내 손에 들어온다니, 아주 만족스러워. 이보다 후한 녹봉이 있을까."

그녀가 소맷자락을 떨치자 뿌연 연무가 일었다. 순간 동서남북 네 방향에 가부좌를 틀고 앉아 있는 시체들이 일제히 방향을 틀어 비연을 바라봤다.

이어서 시체들의 입이 쩍 벌어지는 동시에 차디찬 안개, 뜨거운 열풍, 날카로운 비명, 펄떡거리는 도깨비불이 각각 뿜어져 나왔다. 사방 벽면의 무지개색 촛불도 폭발적으로 밝기를 더했다.

시체가 발하는 음기와 기묘한 촛불에 의해, 지난번 손바닥 위에 피어났던 자그마한 불꽃과는 수준 자체가 다른 화염이 만들어졌다.

맹부요는 덜컥 해구 밑바닥으로 떨어진 듯한 느낌을 받았다.

화염의 바다 한복판, 지옥같이 추운 골짜기!

벌거벗은 몸에 맹렬한 불길을 뒤집어쓴 채 극지의 빙하를 뚫고 지나는 기분이었다. 불은 꺼질 줄을 모르고, 빙하는 녹지를 않고. 극단적인 열기 속으로 극단적인 냉기가 퍼졌다. 극명한 온도 차이가 기묘하게도 한데 섞여 공존하고 있었다.

맹부요는 땀을 흘리는 한편 추위에 몸서리를 쳤다. 가슴 한 구석에는 후끈하게 열이 오르는데, 다른 구석에는 음습한 한기가 뻗쳤다.

이때, 제단 앞에 서 있는 비연이 싸늘하게 말했다.

"맹부요, 네 무공은 온갖 잡다한 것들의 집합체야. 원래 익혔던 무공 말고도 대풍, 뇌동, 월백, 옥형의 진력과 수련 방식이 뒤섞여 있지. 게다가 네 몸 안에는 독이 잠복해 있어. 하나도 아니고 여러 종류가. 그것들이 상호 견제와 자극을 통해 지금의 너를 만들어 줬지. 그런데 말이야, 지금의 너를 만들어 준 것들을 잘만 이용하면 너를 부숴 버릴 수도 있거든."

비연이 소맷자락을 떨치자 홀연 몸 앞쪽에 양면 거울이 등장했다. 그녀의 가벼운 손놀림을 따라 커다랗게 한 덩어리로 뭉친 일곱 빛깔 광채가 거울에 반사됐다.

그녀가 흡사 실을 잣듯이 광채에서 일곱 빛깔 가느다란 빛의 줄기를 뽑아내 사방으로 날렸다. 눈 깜짝할 사이에, 어두컴컴한 지하 공간이 그물처럼 흐느적거리는 일곱 빛깔 실로 촘촘하게 채워졌다.

"맹부요!"

거울 뒤편의 비연이 느긋하게 바닥에 앉더니 마치 털옷을 짜듯 빛의 그물을 손으로 엮으며 말했다.

"어디 할 수 있으면 계속 내려오지 말고 공중에 머물러 보시지. 반대로, 내려와서 날 죽이고 싶다면 이 음골광망부터 뚫어야 할 거다. 음골광망의 일곱 가지 빛깔은 일곱 세상에서의 윤회를 상징하지. 한 세상을 지날 때마다 한 번씩 죽는 것이 윤회의 이치, 과연 너는 몇 개를 통과할 수 있을까? 행여나 잘난 무공으로 단숨에 돌파하겠다는 생각은 하지 않는 게 좋아. 너같이 잡탕 진기를 가진 자들은 음골광망으로 인해 체내에서 진기 간의 충돌이 일어날 수 있거든. 이건 아주 오래전부터 널 위해 준비되어 있던 진법이야."

맹부요는 냉소했을 뿐이었다. 굳이 직접 내려가 보지 않아도 비연의 말이 허풍이 아니라는 것쯤은 알 수 있었다. 일곱 빛깔 광채를 처음 보자마자 속이 울렁거리고 몸속 진기가 꿈틀거리는 느낌이 왔으니까.

공력을 혼자서 차근차근 쌓은 것이 아니라 여러 절정 고수의 도움으로 성취했다는 사실은 분명 그녀의 가장 큰 약점이었다. 맹부요는 비연이 자신을 속속들이 파악하고 있음을 인정할 수밖에 없었다.

그러나 다음 순간 맹부요는 코웃음을 치면서 칼을 위쪽으로 쳐올렸다.

좌앗!

검광이 명주 폭처럼 펼쳐지고, 칼끝에 서릿발이 섰다. 칼이 머리 위 가짜 봉분을 갈라 깨끗하게 두 쪽을 내 놨다.

'우르릉' 하는 소리와 함께 진흙 무더기가 공중으로 솟구쳐져 멀리 날아가서는 비처럼 땅으로 쏟아져 내렸다. 봉분이 갈라져 하늘이 드러나면서 은백색 달빛이 지하실 안으로 쏟아져 들어왔다. 그러자 일곱 빛깔 광채가 일순 일렁이는가 싶더니, 곧 눈에 띄게 어두워졌다.

지하에 숨어서만 시전할 수 있는 술법이라면 분명 햇빛이나 달빛에 약할 터!

순간적으로 맹부요의 머릿속을 스쳐 간 추측이 절묘하게 맞아떨어진 것이었다.

무덤이 갈라지자마자 위쪽에서 운흔의 외침이 들려왔다.

"부요!"

"괜찮아!"

짧은 대답을 마치자마자 맹부요의 관절이 투둑투둑 소리를 내면서 뒤틀렸다. 제 몸의 형태를 길고 가느다란 깃대처럼 바꾼 그녀는 곧 칼과 하나가 되어, 번개같이 몸을 날렸다.

가늘고, 뾰족하고, 빠르고, 예리하게!

날카로운 바늘이 하늘 꼭대기에서부터 지옥을 향해 바람을 몰고 번개를 스치며 내리꽂히듯이, 더러운 세상이 앞을 가로막을지라도 그 어떤 장애물이든 거침없이 쳐부술 기세로!

그렇게 그녀는 일곱 빛깔 광채 속으로 뛰어들었다. 공중에 뜬 그대로 그녀가 칠흑의 칼날을 들어 표적을 겨눴다. 칼에서 뿜어져 나온 번갯불 같은 빛이 '촤앗' 하고 내리꽂히자 동쪽에 앉아 있던 시체가 소리 없이 흔들거리더니, 곧 뻣뻣하게 굳은 자세 그대로 기우뚱 쓰러졌다.

맹부요는 한순간도 지체하지 않고 공중에서 허리를 비틀어 일곱 빛깔 광채 한 줄기를 아슬아슬하게 스쳐 지났다.

바로 그 찰나, 그녀의 옆구리 부근에서 새카만 검광이 남쪽을 향해 쏘아져 나갔고, 남쪽에 앉아 있던 시체가 펄떡 경련하는가 싶더니 이내 재가 되어 부스러졌다.

곧장 이어진 공중회전으로 또 다른 무지개색 광선을 뛰어넘은 그녀가 칠흑의 검광을 내쏘자 이번엔 서쪽 시체가 엎어졌다.

새카만 검광의 잔영이 눈동자에서 지워지기도 전, 새로운 검광이 그녀의 어깨 뒤편에서부터 믿을 수 없는 각도로 발출됐다.

촤앗!

북쪽 시체가 정확히 반쪽으로 갈라졌다.

공중에서 연속 네 번 칼이 나가고 시체들이 줄줄이 나자빠지기까지 걸린 시간은 그야말로 찰나였다.

맹부요는 허리를 비틀고, 고개를 돌리고, 팔을 떨치고, 뼈마디를 뒤틀면서 얽히고설킨 무지갯빛 광채 사이를 빠르게 통과했다. 가히 유연성과 순발력의 정점이라 표현할 만한 모습이었다. 그러고는 흡사 용수철이 튀듯 허공에서 몸을 튕겨, 비연으로부터 한 장밖에 떨어지지 않은 지점까지 쏘아져 갔다.

비연이 손을 놀려 그물을 확 조이자 아까보다 훨씬 빽빽해진 빛줄기들이 맹부요를 덮쳤다.

칠도 윤회를 상징하는 바람, 구름, 천둥, 번개, 비, 안개, 빛을 품은 무지개 광채.

그것은 흡사 중생의 가슴속에서 연주되는 신의 거문고와도 같았다. 현이 진동할 때마다 각기 다른 근원으로부터 비롯된 진력들이 단전 깊숙이에서 날뛰어 댔다. 이대로라면 통제력을 잃고 선율에 끌려다니다가 어둠의 심연으로 추락하고야 말 것이다.

쿵쿵, 쿵쿵.

맹부요의 심장이 들뛰고 있었다. 홀연 단전 깊숙이에서 천둥소리가 울렸다.

굉음은 한 번, 또 한 번 반복되면서 점점 커졌다. 누군가 단전에 숨어서 온 힘을 다해 거대한 북을 치고 있는 것 같았다. 수련 기간이 짧아 아직 근간이 제대로 잡히지 않은 뇌동의 무공이 제일 먼저 음골광망에 반응한 것이었다.

심장을 때리는 천둥소리에 가슴만이 아니라 영혼, 의식, 진력까지 미세하게 진동하기 시작했다.

맹부요가 주춤하는 찰나, 머리 위쪽에 언뜻 검은색 옷자락이 보였다. 그녀는 위를 올려다보며 짧게 손짓을 보냈다.

"도와줄 사람을 찾나?"

비연이 냉소했다.

"그래 봤자 시체만 하나 더 늘어날 뿐인 것을!"

그 말에 피식 웃은 맹부요가 기습적으로 팔을 휘둘렀다. 바닥에 널브러져 있던 시체와 그 잔해들이 붕 떠올라 거울을 향해 날아갔다. 그와 동시에 맹부요 역시 옷자락을 나부끼며 몸을 날려 시체와 잔해들의 뒤를 따라붙었다.

앞쪽에 시체 방패막이가 있어도 자욱한 연무가 시야를 잠식하기는 마찬가지였고, 음습한 냉기 혹은 이글거리는 열기를 품은 무형의 빛줄기가 온몸을 때렸다. 멀찍이 떨어져 있을 때는 그저 광선에 불과했으나, 막상 몸에 닿은 그것은 독액이자 불꽃이었다.

앞쪽의 시체 조각 역시 독액과 화염을 당해 내지 못하고 시시각각 녹아 없어지고 있었다. 방패막이의 면적이 야금야금 줄어들 때마다 맹부요의 몸에는 상처가 하나씩 늘었다. 어떤 상처는 푸르딩딩했고 어떤 것들은 붉은색이었다. 상처는 크지 않았지만, 번번이 피가 솟구치고 통증이 뼛속까지 파고들었다. 그 통증은 결코 사소한 상처에서 느껴질 수준의 것이 아니었다.

맹부요는 온몸을 칼로 난도질당하는 기분이었다. 이 또한 육체적 공격과 정신적 공격이 결합된, 적의 의지를 꺾으려는 비연의 수작이 분명했다.

그러나 맹부요는 그리 쉽게 꺾일 의지력의 소유자가 아니었다. 그녀는 한순간도 멈추거나 속도를 늦추지 않고 앞을 향해 돌진하면서 아직 한 장가량 떨어져 있는 비연을 향해 주먹을 날렸다.

날아오는 주먹을 보며 콧방귀를 뀐 비연이 앉은 자세 그대로 몸을 살짝 틀어 공격을 피하는 찰나, 비연의 머리 위쪽 천장에 '뻥' 하고 구멍이 뚫렸다. 달빛이 비쳐 들기에 앞서 그보다 강렬한 푸른빛이 먼저 구멍 안으로 쏟아져 내렸다. 흡사 비연의 머리 위로 스포트라이트가 떨어지는 듯한 광경이었다.

운흔!

조금 전 맹부요가 위를 보며 보낸 손짓은 운흔에게 비연이 앉아 있는 위치를 짚어 주기 위함이었다. 그다음 맹부요는 의도적인 정면 공격으로 비연의 주의를 끌었고, 운흔은 그 틈에 지표를 뚫고 비연의 정수리를 향해 검을 내리꽂은 것이었다.

비연은 냉소를 흘렸다. 연무처럼 엷은 웃음이었다. 이어서 그녀의 모습이 느릿하게 일렁이는가 싶더니 홀연 온데간데없이 사라져 버렸다.

맹부요는 등에 싸늘한 한기를 느꼈다. 미처 뒤를 돌아보기도 전에 얼음처럼 차디찬 해골 갈퀴가 등을 움켜쥐었다. 맹부요는 반사적으로 뛰어오르면서 한 바퀴를 돌았다.

좌앗!

검은색 옷감과 함께 살점 한 조각이 그녀의 등에서 떨어져 무지갯빛 광채의 그물에 걸렸다가 금세 잿가루가 되었다.

해골 갈퀴는 그사이에 유성처럼 날아가 차게 웃고 있는 비연의 손아귀에 안착했다. 아까만 해도 맹부요의 정면에 있던 비연은 어느새 맹부요의 등 뒤로 자리를 옮긴 뒤였다.

목표물을 놓친 운흔은 경이로운 순발력을 발휘해 검세를 그대로 살리면서 공격의 방향을 틀었다. 일순 흔들리던 검광이 이내 '쐐액' 하는 소리를 내며 공중에 떠 있는 거울을 향해 쇄도했다.

그런데 이때, 거울 앞에 비연이 나타났다. 그녀가 소맷자락을 떨치자 거울 표면이 물결치는 수면처럼 일렁이면서 검광을 자연스럽게 흘려보냈다. 맹렬한 검기가 지나가고 나자 거울은 흔적 하나 없이 원래 모습을 회복했다.

운흔의 장검이 이번에는 일곱 빛깔 광채의 그물을 노리고 뻗어 갔다. 칼날이 그물에 닿는 순간, 운흔은 칼이 끈적한 무언가에 붙들리는 느낌을 받았다.

곧이어 눈앞에서 빛이 번쩍하고 새된 파공음이 울리는 동시에, 검이 튕겨 나왔다. 그 기세에 칼자루를 잡고 있던 운흔까지 덩달아 비틀거렸다.

비연은 제자리에 서서 빙긋이 웃고 있었다.

거울은 하나요, 비연은 어느덧 둘이었다. 둘 중 하나는 가짜인 걸 빤히 아는 맹부요는 콧방귀를 뀌었다. 거울의 농간이 분명한데, 실체 없이 그저 기를 뭉쳐 놓은 물건인지라 부수고 싶어도 부술 방법이 없었다.

그보다 맹부요는 무지개 광채 한복판에 머무는 시간이 길어질수록 체내의 진기가 불안정해지고 있었다. 가로세로로 뒤얽힌 빛의 그물을 닮아 가듯, 단전 안의 진기가 서서히 뒤엉키면서 불안하게 들끓고 있었다.

그물을 뚫고 위쪽으로 뛰어오르려고도 해 보았으나, 명주실 같은 그물이 그녀를 놓아주질 않았다. 아무리 용을 써 봐도 점점 더 가늘어지고, 팽팽해지고, 무거워지면서 등을 짓눌러 오는 그물로부터 탈출하기란 불가능한 일이었다.

무지갯빛 도는 광채가 거리를 좁혀 옴에 따라 어렴풋이 여인의 흐느낌이 귀에 들리기 시작했다. 영혼의 울음소리였다.

맹부요는 칼을 등 쪽으로 돌려서 칼날이 위를 향하도록 세워 잡았다. 그물의 접근에 저항하려는 시도였지만, 이미 몸이 아래로 짓눌리는 중이었다. 곳곳에 난 상처에서 피가 뿜어져 나왔다. 어떻게든 허리에 힘을 주고 버텨 보려고 무진 애를 쓰다 보니 슬슬 다리가 후들거렸다.

지금 그녀를 짓누르고 있는 것은 인간 세상의 힘이 아니라 저승에서 빌려 온 음기의 집합체였다. 그러니 사람의 힘으로는 당해 낼 수 없는 게 당연했다.

그럼에도 불구하고, 그녀는 저항하고 있었다.

쿵!

하중을 못 이긴 한쪽 무릎이 땅바닥에 처박히듯 접혔다. 지면이 움푹 파이면서 흙이 튀었다.

비연은 맞은편에 서서 빙긋이 웃고 있었다. 장포가 살짝 팔랑이는가 싶더니 비연의 턱이 꼿꼿이 쳐들렸다. 자기 앞에서 무릎을 꿇은 맹부요를 내려다보는 게 무척 만족스러운 기색이었다.

맹부요는 이를 악물었지만, 무리해서 일어나려 하지는 않았다. 한순간의 자존심이 중요한 게 아니었다. 그녀는 어떻게 해야 이 빌어먹을 술법을 깰 수 있을까, 그것만 생각하고 있었다.

최대한 빨리 싸움을 끝내야 했다. 이대로 계속 힘만 빼다가는 정말 목숨을 잃을 것이다.

비연은 쭉 이곳에서 사령술을 수련해 왔고, 여기가 바로 비연이 가장 강력한 힘을 발휘할 수 있는 장소인 게 분명했다. 이 위기를 극복하지 못하면 절역에서 절명하게 될 터였다.

불행 중 다행인 것은 맹부요가 밟는다고 밟힐 나약한 인간이 아니라는 점이었다. 역경이 오히려 그녀를 냉철하게 만들었다.

그녀는 항해 도중에 본 술법서의 내용을 떠올리려 애썼다. 개중에서도 제대로 시전할 수 있는 사람이 없다고 칭해지는 최상위급 술법 위주로. 그 결과, 지금 자신을 옭아매고 있는 술법이 전설의 '칠혼대법'인 것 같다는 결론을 얻었다.

칠혼은 여인 일곱 명의 영혼을 뜻했다. 그것도 반드시 자궁 출혈로 인해 목숨을 잃은 여자들이어야 했다.

그렇게 죽은 여자들을 각각 비바람, 안개, 천둥, 번개 등에 노출시켜 자연의 정기를 흡수하게 하고, 술법으로 영혼을 정제하면 칠혼대법의 재료가 완성되는 것이다.

책에서 말하길 칠혼대법은 남자보다는 여자에게 더 치명적인 술법이라 했고, 파하는 방법은 지극히 두루뭉술하게만 소개되어 있었다.

염원에 달려 있다.

염원에 달려 있다니, 대체 누구의 염원에?

순간, 퍼뜩 떠오르는 생각이 있었다.

난산으로 인해 죽은 여자들…….

낮에 아시라는 노인한테서 들은 말이 귓가를 스쳐 갔다.

'섬 여자들 대부분이 아이를 낳다가 피를 너무 많이 흘려서 목숨을 잃었다네. 아창도 그렇게 어미를 잃었고.'

여기 일곱 명의 영혼 중에…… 아창의 어머니도 있을까?

맹부요의 눈이 반짝 빛났다. 이때 운흔이 홀연 그녀 쪽을 돌아봤고, 그녀는 운흔과 눈을 맞췄다. 그간 수차례 함께 싸우면서 형성된 교감이 있었기에, 두 사람은 곧바로 서로의 의중을 읽어 냈다.

'이 그물은 나보다 너한테 더 위험해. 그러니까 먼저 나가!'

'아니!'

'방법을 알아낸 거 맞지? 저 여자를 죽여야 돼! 살려 두면 앞으로도 계속 문제가 될 거야!'

'네가 나가!'

맹부요가 입 모양으로 한 단어를 전달했다.

아창.

운흔은 그녀의 말뜻을 바로 알아차렸지만, 아창을 찾으러 나가는 대신 검을 비연에게 겨누고 돌진했다.

두 명의 비연 중 운흔이 먼저 노린 것은 거울 앞에 서 있는 쪽이었다. 예상대로 가짜였던 거울 앞 비연은 연무가 되어 흩어졌고, 이어서 진법 한복판으로 뛰어든 운흔이 맹부요를 밀쳐내고 진짜 비연을 향해 달려들었다. 자신의 급소를 전부 적에게 내놓은, 완전히 무방비한 자세로.

콧방귀를 뀌며 고개를 든 비연이 막 손가락을 움직이려던 때였다. 운흔이 돌연 검을 멀찍이 던져 버렸다. 그의 장검은 어두운 지하실에 눈부시게 푸른 반원을 그리며 반대편으로 날아갔다.

비연으로서는 당혹스러운 상황이었다. 적을 앞에 두고 하나뿐인 무기를 버리다니. 의심 많고 조심스러운 성격의 그녀는 자기도 모르게 눈으로 검의 궤적을 좇고 있었다. 손으로 조종하고 있던 빛의 그물도 그쪽을 향해 움직였다.

바로 그 틈을 노려, 운흔이 비연을 덮쳤다. 온몸을 날려 여인을 덮친 그는 제 가슴을 여인의 손과 그 손에 잡혀 있는 빛의 그물에 바짝 갖다 붙였다.

일순 저승에서 올라온 울부짖음이 지하 공간을 쩌렁쩌렁하게 울리고, 살갗이 독액과 불꽃에 녹아 타들어 가는 냄새가 퍼졌다. 빛의 그물을 짓누르고 있는 운흔의 몸에서 나는 냄새였다.

그러나 운흔은 신음 한 번 흘리지 않았다. 창백한 얼굴의 그가 입술을 굳게 다물더니, 손을 뻗어 비연을 결사적으로 껴안았다.

일생을 처녀로 살아온 비연은 지금껏 한 번도 남자와 이렇게 가까이 있어 본 적이 없었다. 지금처럼 서로 팔다리가 뒤엉킨 채 가슴과 가슴을 맞대고 끌어안은 자세는 더욱이 상상도 못 할 일이었다. 가슴이 쿵쾅쿵쾅 뛰고 몸에서 힘이 빠지면서 손아귀가 스르르 풀렸다.

그 즉시 운흔이 맹부요를 향해 고갯짓을 보냈다.

"가!"

운흔이 돌진하고, 검을 버리고, 자기 몸으로 비연을 제압하고, 그 모든 과정은 순식간에 일어났다.

맹부요는 등을 짓누르던 하중이 홀연 사라지는 걸 느꼈다. 그물이 걷힌 것이다.

운흔의 피맺힌 눈빛이 그녀에게 꽂혔다. 그는 말하고 있었다. 가라고.

가! 가라니까!

살갗이 타들어 가는 냄새가 공간 안에 진동하고 있었다. 비연이 놀라서 꼼짝 못 하는 것도 잠시뿐일 터, 더 망설이다가는 곧 빛의 그물이 운흔의 몸을 뚫고 다시금 그녀를 덮칠 것이다.

운흔의 몸을 뚫고…….

맹부요는 진저리를 쳤다. 그렇게 되면 결과는 뻔했다.

죽음.

운흔을 죽게 놔둘 수는 없었다.

하지만 그는 빛의 그물을 몸으로 짓누르는 순간에 이미 치명적인 상처를 입은 상태였다. 진법을 깨야 할 시간을 여기서 망설이느라 허비해 버린다면 어차피 운흔은 죽음을 맞이할 것이다. 그리고 그녀도 함께 같은 최후를 맞으리라. 살아오면서 맞닥뜨렸던 그 어느 선택의 순간도 지금처럼 어렵고 고통스럽지는 않았다.

빛의 그물이 번쩍이고, 비연이 숨을 들이쉬었다.

맹부요가 움직이지 않자 운흔이 고개를 틀어 핏발 선 눈으로 그녀를 노려봤다. 운흔은 어느새 작은 칼을 손에 쥐고 자기 목울대를 겨누고 있었다.

가! 네가 안 가면 난 지금 죽어!

비연의 몸이 꿈틀거림에 따라 빛의 그물이 번쩍거렸다.

맹부요가 결연히 돌아섰다.

가자! 운흔의 희생을 헛되이 할 수는 없어!

바닥을 박차고 도약한 그녀는 흙벽을 발끝으로 한 번 찍고 매처럼 솟구쳐 올라 지하실을 벗어났다. 검은 그림자가 어둠 속을 번개처럼 가로질러 순식간에 열 장 거리를 주파했다.

맹부요가 열 장 밖 허공에서 고개를 돌려 땅에 뚫린 구멍을 쳐다본 순간, 억눌려 있던 무지개색 광채가 강렬하게 폭발했다.

운혼의 몸을 꿰뚫고 나온 일곱 빛깔 불꽃…….

새빨갛게 충혈된 맹부요의 눈에서 터져 나온 것은 핏빛 눈물이었다.

황후는 빌려줄 수 없습니다만

흘러내리기 직전의 눈물이 눈가에 그렁그렁하게 매달려 있었다. 핏빛 영롱함이 눈시울 가득 차올라 눈꼬리에 파르르 떨리는 곡선을 그리고, 밤의 어둠을 배경으로 홍옥처럼 아찔한 아름다움을 발했다.

이 순간 달빛을 등에 업은 여인은 상처 입어 피를 뚝뚝 흘리는 늑대의 눈을 하고 있었다. 그녀는 상처와 비분을 안은 채 뒤도 돌아보지 않고 어둠 속으로 돌진했다.

그로부터 찰나의 시간이 지나, 칠흑의 회오리바람이 아창의 집으로 휘몰아쳐 들어갔다. '쾅' 하고 날아간 문짝이 벽에 처박혀 박살 났다.

세상모르고 잠들어 있던 아창은 굉음에 깜짝 놀라 눈을 떴다. 황급히 일어나 앉자마자 검은 그림자가 광풍처럼 몰아쳐

들어오는 게 보였다. 그 와중에 아창의 시야에 뚜렷하게 잡힌 건 새빨갛게 타오르는 눈동자뿐이었다. 상대에게 앞섶을 붙잡힌 아창은 다음 순간 이미 공중에 붕 떠 있었다.

겁에 질린 아창은 사력을 다해 발버둥 쳤지만, 그를 붙잡고 있는 맹부요의 손은 흡사 강철로 만들어진 것처럼 꿈쩍도 안 했다. 아창의 발버둥은 그녀의 손가락 하나 밀어내지 못했다.

그대로 출입문을 통과하는 찰나, 아무런 기척도 없던 문 뒤쪽에서 갑자기 삼지창이 튀어나오더니, 맹부요의 가슴을 노리고 독사처럼 덤벼들었다.

그러나 맹부요는 멈추지 않았다. 그녀는 시퍼렇게 번뜩이는 삼지창을 아예 없는 물건 취급하고 밖으로 뛰쳐나가다가, 창끝이 몸에 닿기 직전이 되자 다리를 들어 창을 '우지끈' 내리밟았다. 그러고는 훌쩍 도약하면서 발끝으로 삼지창을 차올렸다.

세찬 바람을 일으키며 빙그르르 날아간 삼지창은 기습을 시도했던 자의 가슴팍을 정확히 가격했다. 우두둑, 뼈가 부러지는 소리가 울리고, 어둠 속에 핏빛 연무가 흩뿌려졌다.

맹부요의 발치까지 굴러온 습격자가 허우적허우적 팔을 뻗어 그녀의 발을 붙들려고 했다. 습격자의 정체는 낮에 봤던 검은 얼굴의 노인이었다.

맹부요는 거들떠보기는커녕 그자를 거침없이 짓밟고 지나갔다. 분노에 찬 그녀의 걸음에는 무시무시한 무게가 실려 있었고, 늙은이는 비명조차 못 지르고 숨이 끊어졌다.

바깥으로 나오자 어둠 속에서 그림자들이 어른거리더니, 곧 여기저기 판잣집에서 사람들이 우르르 뛰쳐나왔다.

맹부요가 시체를 걷어차 날려 보냈다. 허공에 선혈의 비를 뿌리며 날아간 시체가 제일 선두에서 달려오던 자를 들이받았다. 시체에 들이받힌 자는 실이 끊어진 연처럼 맥없이 튕겨 나가다가 뒤쪽에서 따라오던 다른 자와 부딪쳐 함께 나뒹굴었다. 두 사내가 땅을 짚고 일어섰을 즈음, 맹부요는 이미 검은 잔영만을 남기고 한참 멀어진 뒤였다.

이 순간의 그녀는 바람이고 번개였다. 할 수만 있다면 빛보다도 빨라지고 싶었다. 속력을 내느라 근육에 힘이 들어가자 크고 작은 상처에서 피가 솟구쳤다. 짙은 어둠을 배경으로 진홍빛 선이 기다랗게 그어졌다가 이내 스러지길 반복했다. 맹부요는 심호흡 한 번 할 정도의 시간 만에 아창을 끌고 다시 무덤으로 돌아왔다.

구멍으로 내려가기도 전에 무지개색 광채가 먼저 위협적으로 뿜어져 나왔다. 무겁고 찐득한 질감의 광채가 순간순간 변화를 거듭하면서 여인의 울부짖음과도 같은 소리를 냈다.

급하게 주변을 살피던 맹부요는 한쪽 구석에 엎어져 있는 운흔을 발견했다. 죽었는지 살았는지 알 수 없는 모습이었다.

일단 눈길을 거둔 그녀가 아창을 앞쪽으로 떠밀고 소리쳤다.

"아창, 네 어머니는 살아 있어!"

"에엑?"

아창이 깜짝 놀라 두리번거렸다.

"어디요?"

이때껏 눈을 질끈 감고 있었던 아창은 뒤늦게 주변 풍경을 확인하고는 뭔가 잘못됐다는 걸 알아챘다.

그가 꽥 소리를 질렀다.

"여기는 우리 어머니 무덤인데! 어머니! 누가 어머니 무덤을 파헤친 거야!"

"저 여자!"

맹부요가 비연을 가리켰다. 비연은 목을 감싸 쥔 채로 거울 뒤에 숨어서 눈을 번뜩이고 있었다.

"저 여자가 무덤을 파헤치고 네 어머니 혼백에 손을 댔어!"

그러자 아창이 울부짖으며 비연을 향해 달려들었다. 물론 맹부요가 그 무모한 짓을 그냥 놔둘 리는 없었다. 그녀의 목적은 빙글빙글 돌며 울음소리를 토하고 있는 무지갯빛 광채 앞에 아창의 얼굴을 노출시키는 것뿐이었다.

돌연, 광채가 파르르 떨리더니 일곱 색깔 빛줄기 중 하나가 폭발적으로 밝아졌다. 이어서 작지만 새된 외침이 들려왔다.

"아가……."

그 빛줄기는 꼬이고, 빙빙 돌고, 좌충우돌하며 어떻게든 아창 가까이 오려고 발악을 했다. 끊길락 말락 들려오던 영혼의 흐느낌이 갑자기 커졌다. 조금 전까지만 해도 안정적인 짜임새를 유지하면서 보조를 맞춰 움직이던 광선들이 정신없이 서로 충돌하기 시작했다.

그때였다. 비연이 아창을 향해 새하얀 광채를 쏘아 보내더니, 다시 한번 분신술을 시전했다. 그녀의 모습이 크게 일렁인 직후, 거울 왼편과 오른편에 똑같이 생긴 두 명의 비연이 나타났다.

맹부요는 비연의 손끝에서 광채가 나가는 걸 보면서도 코웃음만 쳤을 뿐, 딱히 아창을 구하려 들지 않았다. 그러자 아까 그 빛줄기가 괴력을 발휘해 그물을 벗어나더니, 방향을 틀어 비연을 기습했다.

어느 쪽이 진짜인지 구분할 수 있는 빛줄기의 혼령이 덮친 것은 거울 왼편의 비연이었다. 빛의 그물이 엉망진창이 되는 찰나, 맹부요가 즉각 몸을 날렸다.

그녀의 왼손에는 어느새 아창이 붙들려 있었고, 오른손에서는 시천이 번갯불 같은 빛을 뿜었다. 다음 순간, 시천이 빛줄기의 난동으로 생긴 빈틈을 절묘하게 통과해 비연을 직격했다.

비연은 황급히 뒤로 물러나면서 자신을 덮쳐 오는 빛의 그물을 튕겨 낼 준비를 하는 중이었다. 주술사들이 가장 두려워하는 것이 바로 본인이 조종하던 존재에게 거꾸로 공격당하는 일이었다. 통제를 벗어난 존재는 정상적인 상황에서보다 훨씬 위력적이기 때문이었다.

그러나 비연이 무언가를 하기에 앞서 맹부요의 칼이 먼저 당도했다. 맹부요의 칼은 하늘 꼭대기에서부터 내리꽂혀 짙은 구름을 쪼개는 번개였다. 썩어 빠진 악을 철저히 타도하지 못할 거라면 차라리 공멸을 택할.

홍채가 도광을 반사하기도 전에 칼끝이 벌써 비연의 목줄기에 다다랐다. 맹부요의 삶을 통틀어 가장 신속한 일격이었다.

과거 천살국 황궁에서 그녀의 목숨을 구했던 운흔의 검처럼, 일생 중 최고의 능력치를 발휘한 것이었다. '쐐액' 하는 소리와 함께 광풍이 휘몰아쳤다.

그물을 제어하는 역할을 하던 벽면의 초에 맹렬한 돌풍이 불어닥치자, 심지 끝의 일곱 빛깔 불꽃이 일제히 바람에 휩쓸려 길게 늘어졌다. 그러자 빛의 그물이 힘을 잃었다.

챙!

극도로 가볍고 날카로운 소리가 울렸다. 칼이 살갗에 박히는 소리가 아니라 칼과 칼이 충돌하는 소리였다. 맹부요의 칼이 비연의 목에 꽂혀 있던 칼을 때린 것이었다.

미리 박혀 있던 것은 운흔의 칼이었다. 무덤에서 나가지 않으면 자결하겠다면서 칼을 들고 맹부요를 협박했던 운흔이 그녀를 내보낸 직후 그 칼로 비연의 목을 찌른 것이었다. 다만, 비연의 대처가 빨랐던 탓에 칼날은 3할 정도만 살갗에 박힌 상태였다.

맹부요는 무덤으로 돌아오자마자 운흔의 칼이 눈에 띄지 않는다는 걸 알아챘고, 잠깐이었지만 비연이 목을 감싸 쥐는 것을 보고 손의 위치를 정확히 기억해 두었다. 그런 다음, 가슴께를 찌르는 대신 목을 후려치듯이 공격한 것이었다.

먼저 박혀 있던 칼날이 살을 깊숙이 뚫고 들어갔다. 맹부요는 기도가 찢기는 소리, 그리고 피가 공기 펌프 안에서 분출 직전까지 압착되는 듯한 소리까지도 들을 수 있었다.

통제를 벗어난 무지개색 광채들은 일순 공중에 붙박이는가 싶더니, 이내 동시다발적으로 비연을 덮쳤다.

맹부요는 빛줄기들을 피해 재빨리 한쪽으로 비켜났다가, 자세를 낮추면서 벽 모퉁이로 몸을 날렸다. 그곳에는 운흔이 있었다.

운흔을 낚아챈 그녀는 얼른 그의 심장 부근에 손을 갖다 댔다. 결과는 그녀를 얼음장 같은 심연으로 추락시켰다. 손바닥에 심장 박동이 느껴지질 않았다.

그래도 포기하지 않고 이번에는 손을 코 밑으로 옮겼다. 그 상태로 가만히 숨죽이고 활력 징후가 포착되길 기다렸다. 가슴이 두방망이질 쳤다.

한참이 지나서야 아주 가느다란 숨결이 느껴졌다. 뛸 듯이 기뻤다.

그런데 충격과 기쁨을 오가는 감정 변화의 폭이 너무 컸던 탓인지, 갑자기 머리가 아찔하면서 눈앞이 캄캄해졌다. 순식간에 온몸이 식은땀으로 젖었다.

맹부요는 제 살을 인정사정없이 꼬집었다. 그런 다음 운흔을 안고 몸을 일으켰다. 등 뒤 비연이야 어떻게 됐건 말건 알 바가 아니었다.

그녀는 뒤도 안 돌아보고 위쪽으로 뛰어올랐다. 배에 가면 좋은 약도 있고 교룡왕의 내단도 있었다. 지금은 무엇보다 운흔을 살리는 게 급선무였다.

막 지하 공간을 벗어나는 찰나, 무언가가 발목을 붙잡았다. 고개를 돌리자 시뻘건 피를 뒤집어쓴 비연이 반쯤 잘린 목을 비스듬히 떨구고서 다리에 매달려 있는 게 보였다. 비연의 몸은 아까와 달리 일곱 가지 색깔로 번쩍거리고 있었다.

이건 대체 사람인가, 아니면 악귀인가.

설령 악귀라 한들 무슨 상관이랴. 지금 맹부요는 악귀가 만 번 덤비면 만 번 다 죽여 줄 용의가 있었다. 그녀는 가차 없이 비연을 내리밟았다.

그런데 비연이 잡아당기는 힘이 돌연 폭발적으로 강력해졌다. 맹부요와 운흔은 그 괴력을 못 이기고 다시 구멍으로 훅 끌려 내려갔다.

단번에 허리까지 구멍에 삼켜진 맹부요가 분노의 포효를 터뜨리면서 팔꿈치로 지면을 찍었다. 상체를 앞으로 기울여 무게중심을 위쪽으로 이동시킨 그녀는 어깨와 팔꿈치를 지지대 삼아 몸을 억지로 뽑아 올렸다.

그리하여 가까스로 구멍을 벗어났는데, 어째 다리가 묵직했다. 비연까지 함께 구멍 위로 딸려 올라온 것이었다.

맹부요는 지면을 딛고 선 다음에야 어깨와 팔꿈치에 극심한 통증을 느꼈다. 조금 전 비연과 힘겨루기를 벌일 때 갑작스럽게 팔에 과하게 힘을 준 데다가, 하필 뾰족한 돌멩이에 체중을 싣고 버티느라 뼈에 금이 가고 말았다.

하지만 지금은 아프다고 징징거리고 있을 때가 아니었다. 그녀는 운흔을 안고 미친 듯이 내달렸다. 다리에는 세상에서 제일 무거운 추를 매단 채.

비연은 결국 제 주술에 제가 당한 모양이었다. 일곱 빛깔 광채 속의 원혼들이 그녀의 몸을 차지한 것 같았다.

오랜 기간 혼령을 다뤄 온 대주술사의 육신은 영적 감수성과 수용력이 남달리 뛰어나기 마련이었다. 지금 비연은 죽었으되 죽지 않은 상태였고, 긴 세월 연마해 온 칠혼대법의 힘을 한몸에 품은 채 이번 생의 마지막 집념만을 되뇌고 있었다.

맹부요를 없애야 한다!

비연이 소리를 질러 대면서 맹부요를 붙잡고 늘어지는 사이, 비연의 손이 스쳐 간 부위마다 지독한 독성을 가진 불길이 일었다. 맹부요가 온 힘을 다해 비연을 뿌리친 다음, 운흔을 내던지고 바닥에 몸을 굴렸다. 그렇게 불을 끄고 난 그녀는 운흔에게 뛰어가 그를 안아 들고 다시 내달리기 시작했다. 그러자 비연이 또 덤벼들었고, 뿌리치고, 던지고, 구르고, 안아 드는 과정이 몇 번이고 무한 반복됐다.

무공 고수와 대주술사의 대결이라고 보기에는 몹시 괴상한 진흙탕 개싸움이었다. 섬 서편에서부터 동편까지, 무덤에서부터 마을까지, 그리고 거기서 다시 해안까지, 수 리에 걸쳐 먼지가 풀풀 날리고 난리 법석이 일었다.

집이 무너지고, 동물이 밟혀 죽고, 봉분이 박살 나고, 나무가 날아다니고, 흙먼지와 자잘한 돌멩이가 사방에 휘몰아쳤다. 두 사람이 뒤엉켜 싸우는 과정에서 튄 혈흔이 지나온 길을 따라 긴긴 궤적을 남겼다.

끝도 없이 이어진 핏자국, 그것은 보기만 해도 몸서리가 쳐지는 광경이었다.

통각을 상실한 비연은 어디가 어떻게 망가지든지 간에, 부러진 뼈와 쏟아져 나온 내장을 질질 끌면서 계속 쫓아왔다. 그야말로 찰거머리가 따로 없었다.

반대로 맹부요는 피가 도는 사람의 몸이었고, 안 그래도 부상이 심각했다. 그 상태로 비연을 떨쳐 내고, 불길과 싸우고, 불이 옮겨붙지 않도록 운흔을 던졌다가, 비연을 떼어 낸 후 다시 달려가서 안아 드는 과정이 반복되면서, 상처는 수도 없이 늘어나고 체력은 급격히 소진되어 갔다. 고작 몇 리밖에 안 되는 거리가 그녀에게는 일생 가장 험난한 길이었다.

맹부요가 바야흐로 해변을 코앞에 뒀을 무렵, 심장은 튀어나올 것처럼 펄떡이고 온몸은 땀에 푹 절어 있었다. 시야가 자꾸만 깜빡깜빡 암전하고 힘이 풀린 팔다리가 바들바들 떨렸다. 운흔을 안고 다니는 것도 더 이상은 무리였지만, 그녀는 사력을 다해 억지로 버티고 있었다.

등 뒤에서 비연이 깔깔거리는 소리가 들렸다. 남자와 여자 사이를 오가던 과거와 달리 지금 비연은 완벽한 여자 목소리를 내고 있었다. 다만 소리가 굵어졌다가, 가늘어졌다가, 고와졌다가, 탁해졌다가 하면서 일관성 없이 변화를 반복했다. 일곱 가지 색채가 서로 충돌하는 과정에서 시시각각 다른 색으로 빛나는 그녀의 몸뚱이와 마찬가지로.

"맹부요, 내 저승길 동무나 되어라!"

"나는……, 나는 이 세상에서 제일 강대한 대주술사다! 내가 바로 신공 성녀란 말이다!"

"대주술사가…… 죽이지 못할 사람은…… 없어……."

맹부요는 가쁜 숨을 몰아쉬면서 또 한 번 비연을 걷어찼다. 그 동작으로 마지막 남은 힘을 소진한 그녀는 다리가 풀리면서 바닥으로 고꾸라지고 말았다.

그런데 딱딱한 땅바닥에 처박히며 느껴야 할 고통이 어째 느껴지질 않았다. 머릿속이 멍한 와중에 설핏 아래를 보자 부드러운 모래사장이 눈에 들어왔다.

맹부요는 감격했다. 드디어 해변이었다!

그녀는 일단 운흔부터 안아 올렸다. 바닷물에 얼굴이 잠기면 큰일이니까.

고개를 들자 해안가 바로 앞에 정박해 있는 배가 보였다. 비틀거리며 급히 몸을 일으킨 그녀가 운흔을 앞쪽으로 밀어 보내면서 소리쳤다.

"철성! 요신! 발판 내려 줘!"

이때 갑자기 격통이 다리를 파고들었다. 뒤를 돌아보자 종아리를 물고 있는 비연이 눈에 들어왔다. 피가 철철 쏟아져 모래사장을 새빨갛게 물들였다.

하지만 맹부요에게는 이미 상대를 떼어 낼 여력조차 없었다. 그녀는 비연을 다리에 매단 채로 배를 향해 기어갔다. 살갗이 점점 더 길게 찢기면서 핏빛 고랑이 만들어졌으나 그녀는 오로지 운흔을 배 가까이 밀어 보내는 데만 온 힘을 쏟으며 외쳤다.

"빨리!"

그러나 멀찍이 보이는 배에서는 아무런 움직임이 없었다. 청삼 차림의 남자 하나가 무심히 아래를 내려다보고 있을 뿐이었다.

맹부요가 기억하기로 자신의 배에 저런 남자는 없었다. 눈을 가늘게 뜨고 살피던 그녀는 어째 남자가 눈에 익다는 느낌을 받았고, 잠시 머릿속을 뒤지다가 곧 심장이 쿵 내려앉는 소리를 들었다.

천성 성궁에서 금강에게 피를 받아먹던 그자가 아닌가! 장한산맥 곤족 무덤의 밀실 안에 가부좌를 틀고 앉아 있었던!

그때보다는 젊어 보였지만, 남자는 단 두 차례의 조우만으로도 맹부요에게 깊은 인상을 심어준 바 있었다. 방탕함과 위험한 매혹의 공존, 그는 다른 누구에게서도 찾아볼 수 없는 독보적 분위기의 소유자였다.

일순 눈앞이 캄캄해진 맹부요는 피를 토하며 '하늘이 나를 버리시는구나.'를 외칠 뻔했다. 이곳 해변이 자신과 운흔의 무덤이 되겠구나 생각하니 가슴이 욱신 조여들었다.

그리고 바로 그 순간 정신이 번쩍 들었다. 번갯불이 튀듯이, 돌연히 영감이 떠오르듯이, 순간적으로 남자의 눈빛이 읽혔다.

무심함, 냉담함, 비웃음, 무감각, 그리고 희미한 적의와 놀라움.

적의…….

누구를 향한 적의지?

남자는 딱 보기에도 대단히 강대한 인물이었다. 맹부요는 그런 인물이 다 죽어 가는 자신 따위에게 적의를 가지리라고는 생각하지 않았다.

적의를 느껴도 같은 부류를 상대로나 느낄 것 같은데…….

그녀의 등 뒤편에서 비연이 고개를 쳐들더니 피범벅이 된 입을 벌리고 깔깔거렸다.

"나는……, 나는 천하제일의 대주술사다……."

맹부요가 기습적으로 몸을 굴려 비연에게서 벗어나면서 바다 멀리까지 전해지도록 크게 소리를 질렀다.

"아니! 넌 아니야!"

비연이 멈칫하는 사이에, 맹부요가 온 힘을 다해 손가락을 뻗어 배 위에서 느긋하게 아래를 내려다보고 있는 청삼 차림의 남자를 가리켰다.

"천하제일은 저 사람이지!"

그러고는 반쯤은 기고 반쯤은 구르면서 죽자 사자 배를 향해 나아갔다.

비연은 홱 고개를 틀어 맹부요가 가리킨 쪽을 쳐다봤지만, 눈 안에 가득 고인 핏물에 가려 배 위의 사람을 똑똑히 볼 수는 없었다. 혼란한 머릿속 탓에 외부 세계와 상호 교류가 불가능한 비연이 반사적으로 맹부요를 쫓아가며 외쳤다.

"나는 신공 성녀다! 술법으로 나를 당해 낼 자는 없어!"

이때 철성이 배 가장자리로 뛰어나오더니, 청삼 차림의 사람이 보일 반응에 상관하지 않고 소리를 질렀다.

"발판 내려! 발판!"

예상 밖으로 무신은 철성을 저지하지 않았다. 그의 눈은 일곱 빛깔로 번쩍이는 비연의 몸에만 고정되어 있었다. 다소 놀란 표정과 함께 불편한 심기를 드러내면서.

몇 십 년 자리를 비웠을 뿐인데 그사이에 칠혼대법을 완성한 자가 나타나다니. 그것도 저렇게 젊은 나이에…….

지고지상하시며, 천하무적이시며, 존숭의 대상이시며, 지고는 못 사시는 무신 대인의 눈빛에 음험하고도 흉악한 기운이 돌기 시작하고 있었다…….

발판과 밧줄이 배 아래로 내려지자 맹부요는 발판에 올라서서 일단 밧줄로 운흔부터 묶었다. 운흔을 묶는 와중에 비연이 또 덤벼들었고, 맹부요는 비연을 팔꿈치로 가격해 떼어 내는 순간 아까 금이 간 뼈가 더 갈라지는 것을 느꼈다.

어렵사리 운흔을 묶고 난 맹부요는 자기 몸으로 밧줄 한쪽 끝을 누르고서 단단히 매듭을 만들었다. 도중에 비연이 손톱을 세우고 달려드는 통에 손이 휘청하면서 하마터면 운흔을 발판 아래로 떨어뜨릴 뻔했지만, 다행히 요신과 철성이 재빨리 밧줄을 끌어 올려 운흔을 구했다.

운흔을 올려 보내고 가까스로 한숨 돌린 맹부요는 새삼 온몸에 힘이 탁 풀렸다. 손가락은 아까부터 덜덜 떨리고 있었고, 몸을 움직일 때마다 목구멍으로 핏물이 넘어올 것 같았다. 심장은 금방이라도 가슴을 뚫고 나올 것처럼 미친 듯이 날뛰었다. 지금 필요한 게 휴식이라는 사실은 맹부요 본인도 잘 알고 있었다. 이대로 가다가는 기력이 다해 죽고 말 것이다.

하지만 지금은 쉴 수 있는 상황이 아니었다. 등 뒤에서 비연이 발판을 타고 올라와 그녀의 신발 뒤축을 악착같이 붙들었다. 비연의 손을 뿌리칠 기력이 없는 그녀는 위로 기어오르는 데만 집중했다.

철성이 밧줄을 하나 더 내려 줬지만, 맹부요는 자기 몸에 밧줄을 묶을 힘조차 없었다. 철성이 그 모습을 보고 아래로 뛰어내리려는 찰나, 무신이 소맷자락을 휘둘렀다. 철성은 마치 온몸으로 벽을 들이받은 양, '쾅' 하는 소리와 함께 뒤로 벌렁 나자빠졌다.

맹부요는 이제 손 하나 까딱할 힘이 없었다. 그녀는 위로 기어오르려는 시도를 그만두고 발판 중간에 멈췄다.

그녀가 갑자기 움직임을 멈추자 비연 쪽이 오히려 흠칫했다. 그런 비연을 향해 맹부요가 또박또박 말했다.

"인정할게. 너는 천하제일의 대주술사가 맞아. 이전에도 없었고 앞으로도 없을, 세상 누구도…… 범접하지 못할."

발판 중간에 축 늘어져 두 팔을 벌린 그녀가 차분하게 말을 이었다.

"얼른 죽여. 천하에서 제일가는 대주술사의 손에 죽는다면 나도 억울하지는 않을 것 같으니까."

"끼히히!"

흥분한 비연이 새된 소리로 웃어 젖혔다. 그러더니 핏물을 질질 흘리며, 맹부요에게 맞아 부러진 뼈와 밖으로 삐져나온 내장을 덜렁덜렁 매달고서 훌쩍 뛰어올랐다. 온몸에서 걸쭉한 핏물을 뚝뚝 떨구며 공중을 가로질러 날아오는 비연은 사람이 아니라 하나의 혼령, 아니, 일곱 혼령으로 보였다.

일곱 빛깔 광채와 한 줄기 선혈 속에서 도저히 인간의 것 같지 않은 손톱이 튀어나왔다. 날카로운 손톱은 곧장 맹부요의 가슴을 향해 쇄도했다. 심장을 뽑아낼 기세로!

좌앗!

새빨갛고 둥그스름한 심장이 튀어 올라 공중에서 한 바퀴를 돌았다. 떠오르는 태양을 배경으로, 그것은 꼭 칠보로 만든 공예품처럼 보였다.

일곱 빛깔 요사스러운 광채에 에워싸여 생동하는, 무지갯빛 심장. 심장은 아래로 낙하하지도, 더 높이 날아오르지도 않고 허공에 가만히 떠 있었다.

심장 위쪽에서 청삼 차림의 근사한 사내가 손을 내밀자 무지개 광채가 빙빙 돌며 올라와 남자의 손가락을 나긋나긋하게 휘감아 돌기 시작했다. 흡족한 표정으로 광채를 쳐다보던 남자가 이내 건조하게 말했다.

"흐음, 쓸 만하군. 꽤 숙련된 칠혼대법이야. 이 몸을 따라오려면 아직 멀었지만."

비연은 그때까지도 공중에 떠 있었다. 가슴에는 커다란 구멍이 뻥 뚫렸고, 그 자리에 있던 영혼의 그릇은 남의 손으로 넘어가 장난감 공처럼 다뤄지는 중이었다.

비연의 눈이 무신을 빤히 응시했다. 일곱 개의 혼령이 모두 빠져나가면서 혼돈이 걷혔고, 그리하여 온전한 자기 자신을 되찾은 그녀는 마침내 제 심장을 가지고 노는 자가 누구인지를 알아봤다.

"할아……."

그녀는 꺽꺽거리는 소리에 막혀 다음 음절을 끝내 내뱉지 못했다. 목구멍 아래쪽에 억눌려 있던 핏물이 울컥울컥 치받쳐 올라 그녀의 말을 막아 버렸고, 그녀의 생명 또한 틀어막았다.

"그래."

비연을 힐끗 한 번 본 무신이 눈을 하늘로 돌렸다.

"이 어르신이야말로 진정한 천하제일의 주술사다!"

눈앞에 온몸이 피 칠갑인 여인을 두고서도 무신은 스치듯 한순간 흘겨본 게 전부였다. 더 쳐다볼 가치 자체를 못 느끼는 듯했다.

비연은 그런 무신을 뚫어져라 노려보다가, 이내 입꼬리에 조소를 머금었다. 그녀가 마지막 순간에 무엇에 조소를 보냈는지는 영영 아무도 알 수 없을 터였다.

어쩌면 손녀딸을 본인 손으로 죽인 무신 제비천을 비웃은 것일 수도 있고, 세인들을 가지고 노는 냉혹한 운명을 비웃은 것일 수도 있었다.

아니면 자기 자신을 비웃었는지도 몰랐다. 청춘과 목소리, 그리고 목숨까지 바쳐 가며 10년이라는 고된 준비 기간을 거쳐 비로소 한 사람을 살려 낸 자신을, 그래 놓고 고작 누가 진짜 천하제일인지를 보여 주겠다는 이유로 가슴을 뚫고 들어온 그 사람의 손에 죽는 자신을.

세상사란 이토록 우스운 것이었던가.

최후의 순간, 비연의 부릅뜬 눈에 쪽빛 비단처럼 펼쳐진 하늘이 들어왔다. 눈부시게 투명한 정경이었다.

아래쪽에 보이는 바다 역시 하늘과 같은 빛깔이었다. 구름 밖 머나먼 어딘가로부터 날아왔음직한 햇살이 주변 풍광을 수정처럼 투명한 푸르름으로 빛내고 있었다. 거대하고, 비현실적이고, 아름다운 비누 거품을 보고 있는 기분이었다.

인생이란 결국 거대한 공허이자 한순간에 산산이 조각날 수 있는…… 비누 거품에 지나지 않았구나.

쿠웅!

둔탁한 소리가 모래사장을 때렸다. 세상에서 가장 강대한 여인 중 하나가 추락하는 소리였다.

살아생전에는 온 나라의 향불이 그녀를 위해 타오르고 만백성이 그 앞에 무릎을 꿇고 절하였으니, 한때 천하를 굽어보던 그녀의 이름은 신공 성녀였다.

맹부요는 다 죽어 가는 꼬락서니로 발판 위에 엎어져 있었다. 뱃전에 기대어 있던 무신 대인이 마치 본인이 배의 임자라도 되는 양 그녀를 내려다보며 말했다.

"거기 어린놈, 어르신이 도와주랴?"

그러자 맹부요가 발판을 끌어안고 헐떡거리며 대꾸했다.

"됐……거든! 강력한 맞수인 날 살리면……, 댁은 뭣 되는 거야……."

그 말에 눈을 반짝 빛낸 제비천이 흥미롭다는 식으로 맹부요를 훑어봤다.

"일부러 성질을 긁는 건가……. 마음에 드는군!"

그가 소맷자락을 대충 휘젓자 맹부요가 끌려 올라와 갑판 위에 내던져졌다.

"이 배는 이제부터 어르신의 것이니라! 다들 얌전히 군다면 해코지는 안 하겠지만, 반항하는 자가 나오면 금강에게 생고기 간식을 주게 되겠지."

제비천의 손아귀에 잡혀 있는 금강이 빽 소리쳤다.

"사람 고기는 안 먹어!"

제비천이 손에 힘을 주자 금강이 죽는다고 발버둥을 치면서 꽥꽥거렸다.

"먹을게요……. 먹어요……."

제비천이 고개를 돌렸다. 만면에 웃음을 머금고, 고상하기 그지없는 모양새로.

"음?"

"싫다는 금강한테…… 억지로 먹일 거 없이……."

한숨을 내쉰 맹부요가 한쪽 구석의 구미를 가리켰다. 조금 전까지만 해도 조용히 구석에 웅크리고 있던 녀석은 이제 제비천을 향해 알랑알랑 웃음을 흘리는 중이었다.

"저기…… 준비된 인재가 있는데."

열성적으로 살랑거리는 아홉 개의 꼬리를 힐끗 쳐다본 제비천이 일고의 가치도 못 느끼는 양 곧바로 눈길을 거뒀다.

"줏대 없는 것!"

그러더니 아까 금강의 유린에 맞서 목숨을 걸고 저항하던 원보 대인 쪽으로 눈길을 돌렸다.

"이쪽이 낫군. 장난감은 너로 정했다."

한 손으로 원보 대인을 달랑 집어 든 제비천이 맹부요를 유유히 밟고 지나갔다. 맹부요는 눈빛으로 간절히 구조를 요청하는 원보 대인을 보며 비통함을 금치 못했다.

아가, 견뎌야 한다! 내가 몸만 추스르면 반드시 저놈을 박살내서 네게 자유를 돌려줄 테니…….

"아, 맞다."

선실로 들어서기 직전에 무언가 생각난 게 있는 듯, 제비천이 뒤를 돌아봤다.

"어르신은 생선도 안 먹고 채소도 안 먹느니라. 물도 맹물은 안 마셔. 고기를 볶을 때는 매운 양념을 넣으면 안 되고, 국을 끓일 때는 매운 양념을 안 넣으면 안 된다. 시끄러운 것은 질색이지만 그렇다고 주변이 너무 조용해서도 안 되고, 이부자리는 매일 빨아서 햇볕에 말려야 한다. 비단 말고 꼭 순면 이불로 준비하고. 검은색은 질색이니 네 그 재수 없는 옷부터 빨리 다른 것으로 갈아입거라. 그리고 배에 여자가 있어서는 안 된다. 미녀는 예외지만."

듣고 있던 맹부요가 맥없이 말했다.

"배에 밥해 주는 여인이 있는데, 미인은 아니어도 음식 솜씨 하나는 끝내줘. 안 매운 고기반찬이랑 매운 탕국 둘 다 잘 만들고. 댁의 중차대한 요구 사항을 해결해 줄 사람은 그 여인뿐인데, 어쩔까, 바다에 던져 버려?"

진지하게 고민하던 제비천이 잠시 후 무척 대인인 양 대답했다.

"그럼 남겨 두어라. 단, 내 눈에는 안 띄게 하고."

그러더니 또 드는 생각이 있는지 덧붙였다.

"일단은 바다 위라는 점을 고려해 더 많은 것을 요구하지는 않겠다만, 뭍에 당도하거든 하루에 열 명씩 여자를 바치는 것을 잊지 말거라. 얼굴이 그런대로 봐 줄 만하면 다섯 명으로도 충분하고, 미색이 고우면 셋, 천하절색이면 한 명도 괜찮다."

제비천이 소맷자락을 멋들어지게 나부끼며 선실 안으로 사라진 후, 맹부요는 한숨을 푹 내쉬었다. 흙탕물을 뚝뚝 떨구며 몸을 일으킨 그녀는 우선 운흔 곁으로 가서 그의 상태부터 살폈다. 배까지 오는 내내 비연과 실랑이를 벌이느라 운흔을 몇 번이고 던졌다가 받았다가 했던 게 마음에 걸렸다. 겨우 붙어 있던 숨마저 끊어졌으면 어찌한단 말인가.

그러나 걱정과 달리 운흔은 아직 숨이 붙어 있었다. 너무 미약해서 긴가민가할 정도이긴 했지만.

자세히 살펴본 결과, 운흔이 목숨을 부지한 데는 다 이유가 있었다. 첫째로는 심장을 정확히 일곱 빛깔 광채에 갖다 댄 게 아니어서였고, 둘째로는 광채가 몸을 관통하지 않은 덕분이었다. 그녀가 그때 미적거리지 않고 무덤을 나간 게 운흔에게 대피할 시간을 벌어 줬을 수도 있고, 아니면 난생처음 사내 몸에 짓눌린 비연이 부끄럽고 분한 마음에 그를 곧바로 밀쳐 냈는지도 몰랐다.

어쨌든 간에 그나마 불행 중의 다행이었다. 만약 광채가 그대로 온몸을 관통했다면 설령 그녀가 자기 목숨을 대신 바칠 용의가 있다고 해도 운흔을 구하지는 못했을 것이다.

그렇다고는 해도, 현재 운흔은 숨만 겨우 붙어 있는 상태였다. 보통 사람들의 눈에는 시체나 다름없는 모습이리라. 얼굴은 핏기 하나 없이 창백했고 어금니는 악다물려 있었으며, 호흡은 온 신경을 곤두세우고 살피지 않으면 느껴지지도 않을 만큼 가늘었다.

그래도 맹부요는 기뻐서 하늘에라도 오를 수 있을 것 같았다. 그녀는 얼른 요신을 시켜 교룡왕의 내단이며, 종월이 준 약이며, 이 나라 저 나라에서 높은 자리에 있는 동안 진상받은 온갖 진귀한 약재들을 모조리 가져오게 했다. 항해를 시작하면서 다른 건 몰라도 약재만큼은 한가득 챙겨 온 그녀였다.

그걸로도 모자라 마지막에는 구미까지 잡아다가 내단 4분의 1을 억지로 토해 내게 했다. 사실 구미는 지난번에도 한 번 그만큼의 내단을 토해 낸 적이 있었다. 뇌동이 시켜서였다. 맹부요가 나찰의 달밤에 비연의 고술을 겁내지 않았던 것은 뇌동의 지시로 미리 구미의 내단을 먹어 두었기 때문이었다.

맹부요는 약재를 하나하나 확인해 서로 성질이 충돌하지 않는다는 결론을 내고서야 간절한 기대를 안고 약을 운흔의 입가로 가져갔다. 그러나 운흔은 뺨에 파랗게 핏줄이 섰을 정도로 입을 꽉 다물고 있었다. 마지막 순간에 얼마나 결연한 각오를 했는지를 알게 하는 모습이었다.

어렵사리 그의 입을 벌린 맹부요는 입 안을 보고 신음을 흘리는 동시에 눈시울이 붉어지고 말았다. 운흔의 입 안에는 핏물이 가득 들어차 있었고, 혀 중간에는 잇자국이 선명했다. 극한의 고통을 참아 내기 위해 자기 혀를 거의 잘려 나가기 직전까지 깨물었던 것이다.

맹부요 역시 그 무지개 광채 한복판을 통과해 봤기에 광채가 몸에 닿았을 때의 고통이 어느 정도인지 잘 알고 있었다. 온몸에 혼원 진기를 두르다시피 한 그녀도 빛줄기가 스치는 족족 심각한 상처를 입었는데, 하물며 광채의 근원을 향해 정면으로 뛰어든 운흔은 말해 무엇할까.

맹부요는 구멍을 빠져나오면서 봤던 운흔을 떠올렸다. 그는 창백한 얼굴을 하고 있었지만, 발음은 평소처럼 또렷했다. 어서 나가라며 그녀를 결연히 내몰던 동작 역시 거침이 없었다. 혀가 끊어지기 직전의 고통 같은 건 처음부터 끝까지 전혀 티 나지 않았고, 치명적인 상처를 입고 힘이 빠진 모습은 더더욱이 없었다.

그녀가 마음 놓고 떠날 수 있도록 표정을 관리하면서, 그는 대체 어떠한 극한의 정신력을 발휘했던 걸까.

입술을 앙다문 맹부요는 하늘을 보며 코를 훌쩍이다가, 잠시 후 운흔의 입에 억지로 약을 밀어 넣었다. 그러나 목구멍으로 넘어가나 싶던 약은 곧 핏물과 함께 도로 올라왔다. 치명상으로 인해 죽음을 앞둔 몸이 본능적으로 무언가를 삼키기를 거부하고 있는 것이었다.

맹부요는 더 이상 울음을 참을 수가 없었다. 갑판 위로 눈물이 빗방울처럼 쏟아졌다.

잠시 운흔을 뚫어져라 내려다보던 그녀가 돌연 상체를 낮춰 제 입술을 그의 입술 가까이 가져갔다. 결연하게, 조금의 거리낌도 없이,

그녀는 이와 혀끝을 이용해 운흔이 게워 낸 약을 다시 그의 입 안 깊숙이 밀어 넣었다. 입술과 입술이 맞닿았지만, 낭만이나 다정함은 없었다. 피의 달큼한 맛과 눈물의 소금기가 소리 없이 섞여 들었을 뿐이었다.

운흔의 입술도, 그 위를 덮은 맹부요의 입술도, 얼음장처럼 차갑기는 매한가지였다. 느릿느릿 미끄러져 내려온 눈물이 둘의 차디찬 입술을 적셨다. 씁쓸하고도 서글프게.

맹부요가 흐느끼며 속삭였다.

"부탁이야, 제발 삼켜……. 제발……."

마치 그녀의 눈물을 느낀 것처럼, 그녀의 부름과 애원을 들은 것처럼, 일생 간절히 갈망하였으되 감히 욕심내지 못했던 감촉이 입술에 닿음으로써 전율을 불러일으킨 것처럼, 운흔이 일순 흠칫하더니 스스로 목구멍 주변 근육을 움직였다. 그러자 그의 입 안에 머물러 있던 약이 마침내 꿀꺽 넘어갔다.

맹부요는 운흔에게서 긴장의 눈길을 떼지 못했다. 행여나 약을 다시 게워 낼까 걱정스러워서였다.

그러나 운흔은 얌전히, 지금까지 그래 왔듯이, 그녀의 요구를 따랐다. 그녀가 살아 주길 원한다면 그는 어떻게든 살아 내야만 했다.

잠시 후, 두 손을 모아 쥐고 긴 숨을 토해 낸 맹부요는 진흙으로 범벅이 된 갑판 위로 스르르 무너졌다. 갑자기 몸에서 힘이 쭉 빠져나가는 것 같았다.

철성과 요신이 일으켜 주려 했지만, 맹부요는 둘의 손길을 거절했다. 그녀는 운흔 곁에 누워 손에 잡히는 대로 약을 집어 먹는 한편, 중간중간 운흔을 보며 웃음을 흘렸다.

탁 트인 하늘과 찬란한 태양 아래, 진흙투성이 갑판에 드러누워 있는 두 남녀는 어디 한 구석 성한 곳이 없었다. 남자는 시체처럼 창백한 얼굴이었고, 조용히 하늘을 보고 있는 여자는 온몸이 멍 자국에 옷은 다 찢어져서 거의 넝마나 다름없었다.

분명 비루먹어 다 죽어 가는 똥개만도 못한 꼴임에도, 여자는 한없이 환하게, 뿌듯하게, 즐겁게 웃고 있었다. 풍랑도 잠시 숨을 죽인, 평화로운 한때였다.

그러나 맹부요의 웃음은 그리 오래가지 못했다. 그 첫 번째 원인은 사람 미치게 만드는 데 일가견이 있는 제비천이었다.

제비천이라는 작자는 주변인들이 어디까지 참을 수 있는가, 어디까지 학대를 견뎌 낼 수 있는가를 시험하기 위해 태어난 존재 같았다. 그자의 아찔하기까지 한 인성은, 감히 인류의 상상력에 대한 과감한 도전이라 칭하기에 부족함이 없었다.

츤데레수, 대형견공, 여왕공, 흑막수, 사이코공, 연하수 등등 전생에 수많은 개성적 인간 군상을 두루 접해 본 맹부요였지만, 그들 중 어느 누구도 제비천만큼의 다중성과 도전성을 지니고 있지는 못했다.

그는 대단히 품위 있는 태도로 사람을 가장 우아하게 죽일 수 있는 술법이 무엇인가를 논하며 친히 시범까지 보이다가도, 바로 다음 순간 시범 대상, 구미의 사소한 반항에 격분해 육두문자가 포함되어 있지 않아도 충분히 파괴적인 언사를 쏟아 내면서, 쿨 타임 없이 지속적이고도 전면적으로 구미의 온 집안 식구 안부를 물을 수 있는 인간이었다. 구미가 허겁지겁 도망가면서 '말이 좋아 귀한 짐승이지 생긴 꼬락서니 보니 근친혼으로 태어난 게 분명한' 나 같은 쓰레기를 왜 낳았느냐며 제 어미를 원망할 때까지……. 물론 이는 모두 무신의 입에서 나온 말이었다.

제비천은 일찍 자야 하는 타입으로, 저녁 먹고 바로 잠자리에 들고부터는 그 어떠한 소음도 허용하지 않았다. 누구든 떠들면 비연에게서 회수한 일곱 원귀 맛을 보게 될 거라는 협박이 있었기에, 나머지 사람들은 입 한 번 뻥끗 못 하고 어둠 속에 앉아서 졸음이 찾아올 순간을 기다리는 수밖에 없었다.

하지만 알다시피 잠은 자려고 할수록 안 오는 법, 그러다가 새벽 1시쯤이 되어 마침내 잠이 들려고 하면 제비천이 기상했다. 혼자 푹 자고 일어난 제비천은 물 마시랴, 세수하랴, 체력 단련하랴, 새벽 오줌발 세우랴, '차녀수양대법姹女修陽大法' 수련하랴, 할 일이 무척이나 많았다. 그쯤 되면 다른 사람들도 잠은 다 잤다고 봐야 했다.

제비천의 엄명으로 밥상머리에서는 대화가 금지됐다. 떠든다고 해서 얻어맞거나 하는 건 아니었지만, 대신 제비천은 일곱 빛깔 광채를 주변에 풀어놨다. 지옥에서 올라오는 듯한 그 비명 소리를 들으면 누구라도 소름이 오스스 돋으면서 식욕을 상실할 수밖에 없었다.

반대로 국수를 먹을 때는 꼭 소리를 내야 한다는 규칙이 생겼다. 제비천 어르신의 말을 빌리자면, 면은 자고로 후루룩후루룩 호쾌하게 먹어야 맛이었다. 아무 소리도 안 내고 먹어서야 면을 제대로 먹었다고 할 수 없고, 소리가 너무 작아도 제대로 먹었다고 할 수 없었다. 열 사람이 모여 국수를 먹으면 후루룩거리는 소리가 호통치듯 울려야 한다는 게 제비천의 지론이었다.

그런 까닭으로 매번 국수를 먹을 때마다 맹부요는 고막이 웅웅거리는 경험을 해야만 했다. 게다가 하필이면 주방에서 일하는 여인의 솜씨가 제비천의 입맛에 딱 맞아서, 그의 요구에 따라 식탁에 국수가 자주 올랐다. 얼마 못 가 요신의 입술이 퉁퉁 부어터진 건, 전적으로 후루룩 소리를 내느라 너무 무리한 탓이었다.

상남자 철성은 치욕을 견디다 못해 몇 차례 국수 그릇을 내던졌다. 그래도 마침 제비천의 기분이 좋을 때라서, 제비천은 철성의 태도를 크게 문제 삼지 않았다. 제비천의 반응은 '먹기 싫으면 말거라, 쫄쫄 굶다가 불어오는 바람이라도 마시고 싶어질 정도가 되면 면발도 자연히 후루룩찹찹 넘어갈 테니.' 하는 식이었다.

맹부요는 철성과 달리 치욕 따위에 크게 개의치 않았다. 일행 전원의 목숨을 지켜야 하는 위치에 있기에, 그녀는 먹어야만 했다. 배불리 먹어야 상처가 빨리 나을 게 아닌가.

남의 가랑이 사이를 기어가는 굴욕을 참아 낸 한신도 있는데 그까짓 면발 좀 후루룩후루룩 먹는 게 뭐 대수라고! 어디 괴롭히고 싶은 만큼 괴롭혀 보라지. 멋진 여자는 남자랑 일일이 싸우고 안 그러는 법이다.

게다가 원보 대인이 제비천의 손아귀에 있는 상황인데, 열 받는다고 콱 죽여 버리기라도 하면 어쩐단 말인가. 어디 가서 똑같은 놈으로 새로 구해다가 장손무극한테 안겨 줄 수 있는 것도 아니고.

근래 그녀는 온 신경이 운흔에게 쏠려 있었다. 그게 바로 그녀가 웃을 수 없는 두 번째 이유였다.

운흔은 여전히 의식이 없는 상태였다. 가지고 있는 약 중에 좋다는 것은 다 써 봤으나 효과는 예의 그 미약한 호흡을 유지하는 정도에 그쳤고, 부상 회복에는 이렇다 할 효능을 발휘하지 못하는 것 같았다.

맹부요는 본인의 공력을 희생해서라도 운흔을 치료해 보려 했지만, 술법이 남긴 상처는 일반적인 내외상과는 성질 자체가 달랐다. 아무래도 운흔은 몸만이 아니라 영혼까지 다친 듯했다. 맹부요가 가진 천하제일의 묘약으로도 운흔을 깨우는 건 불가능했다.

숨만 붙어 있다 뿐이지 나날이 쇠약해져 가는 운흔을 보며, 맹부요는 하루하루 피가 마르는 기분이었다. 술법이 남긴 상처가 얼마나 지독한지는 그녀가 제일 잘 알았다. 아직껏 온전한 시력을 되찾지 못한 자신의 눈이 있었기에. 이대로 허송세월만 하다가는 겨우 붙여 둔 미약한 숨마저 흩어지고 말 터였다.

배를 돌려서 종월을 찾아갈까도 했지만, 제비천이 자기는 궁창에 가야 한다고 우겼다. 잠들기 전부터 곤족 왕을 없애고 나면 다음 차례로는 궁창 장청 신전에 도전장을 내기로 계획을 세워 두었다는 것이었다.

제까짓 것들이 뭐라고 감히 스스로를 신이라 칭한단 말인가? 진정한 신인 무신을 놔두고서! 산에 호랑이가 두 마리일 수는 없듯이 오주에 신이 둘일 수는 없음이라!

그리하여 맹부요는 오늘도 한숨을 푹푹 내쉬면서 운흔에게 진기를 주입하고 있었다.

그런데 문득 창밖에 사람 그림자가 스쳐 가더니, 제비천 대인의 싸늘한 음성이 들려왔다.

"소용없다."

운흔에게서 손을 뗀 맹부요가 제비천 쪽을 돌아봤다.

저 죽지도 않는 영감탱이라면 분명 해결책이 있을 텐데.

그러나 며칠간 함께 지내면서 그 돼먹지 못한 인성을 똑똑히 확인한 뒤였기에, 말도 꺼내고 싶지 않았다.

아니나 다를까, 제비천이 툭 쏘아붙였다.

"뭘 보느냐? 어르신은 몹시 바쁜 분이시다. 그딴 데 신경 쓸 시간 없어."

맹부요는 속으로 생각했다.

그래, 종일 차녀수양공 수련하느라 몹시도 바쁘시겠지. 지난번에는 뭐랬더라, 자기 물건 끝에 원보 매달아서 바다에 담그면 상어도 낚을 수 있다고 했었나…….

"기분이 처지는구나."

제비천이 울적하게 말했다.

"능력이 있으면 뭐 하나, 쓸 데가 없는데. 여자 구경을 해 본 게 언제인지 모르겠다."

맹부요의 입가에 경련이 일었다.

배 타기 직전까지 하루에 열 명씩 상대했다더니 고작 며칠이나 됐다고…….

"어르신 마음에 흡족한 미녀를 구해 오면 치료해 주마."

맹부요를 쓱 한 번 쳐다본 제비천이 운흔을 가리켰다.

"싫거든 네 앞에서 서서히 숨이 끊어져 가는 꼴을 지켜보든가. 장담하는데, 아주 잔인한 경험이 될 게다. 단번에 즉사하는 걸 보는 것보다 훨씬 끔찍할걸."

맹부요는 눈을 내리깔았다.

댁이 말 안 해도 알아, 그게 얼마나 괴로운 일인지.

제비천이 넓은 소맷자락을 펄럭이며 자리를 뜬 후에도 맹부요는 멍하니 운흔 앞에 앉아 있었다. 파도는 잔잔하고 달빛은 서늘했다. 좁은 선실 안의 창백한 달빛을 털어 내려는 듯 선체가 바다 위에서 흔들렸다. 달빛 속에는 달빛보다 더 창백한 운흔의 숨결이 떠다니고 있었다. 있는 듯 없는 듯, 실낱처럼 가냘프게.

운흔을 빤히 응시하던 맹부요가 잠시 후 천천히 손가락을 뻗어 그의 코 아래에 가져다 댔다. 미약한 숨결이 거미줄처럼 가늘게 늘어지고, 또 늘어지는 게 느껴졌다.

이러다가 기어코 한계까지 늘어진 호흡이 소리도 없이 끊겨 바스러지는 날이 오고야 말리라.

달빛이 시렸다. 너무나도, 시렸다.

며칠 쉬다 보니 해구의 풍랑기가 끝났고, 항해가 재개됐다. 해구를 통과하면 곧바로 궁창이었다.

맹부요는 궁창에 당도하면 어디든 일단 항구에 배를 대고 여자부터 찾아 나설 생각이었다. 값을 얼마나 쳐달라고 하든지 간에 기루에서 제일 잘나가는 미녀를 데려와 제비천 어르신이 힘쓸 곳을 만들어 드릴 것이다. 기분 난 김에 운흔을 치료해 줄 마음이 생기도록.

날짜를 계산해 본 결과 해구를 통과하는 도중에 특별한 문제만 생기지 않는다면 운흔의 숨이 끊어지기 전에 여자를 조달해 올 수 있을 것 같았다.

거대한 배는 빠르게 파도를 가르며, 안정적으로 해구를 향해 나아가고 있었다. 선실 안, 호흡이 위태로운 운흔 곁을 지키고 있던 맹부요가 손을 들어 제 얼굴을 조심스럽게 어루만졌다. 남장을 워낙 오래 해서 이제 표정이나 걸음걸이까지도 완벽하게 사내 흉내를 낼 수 있었다. 귀걸이 구멍도 표시 나지 않게 처리했고, 가짜 목젖까지 만들었다.

그러나 그녀는 굳이 볼 필요도 없이 알고 있었다. 인피면구 아래에 숨겨진 자신의 진짜 얼굴을.

미인…….

사실 배 안에는 이미 준비된 미인이 있었다.

제비천은 과연 알까? 운흔, 미안해. 이기적인 날 용서해 줘. 난 마지막까지 희망의 끈을 놓지 못할 것 같아……. 부탁이야, 제발 며칠만 더 버텨 줘…….

이때 돌연, 선체가 크게 요동쳤다. 마치 무언가와 충돌한 것처럼.

폭풍인가?

소스라치게 놀란 맹부요가 선실 밖으로 뛰쳐나가 하늘을 살폈다. 그러나 맑게 갠 하늘에 폭풍우의 조짐 따위는 없었다. 선체가 살짝 기울어진 것 같기에 갑판 가장자리로 달려가 아래를 내려다봤지만, 배가 원래보다 약간 더 수면 아래로 꺼진 것 같다는 느낌이 들 뿐 정확히 무엇이 문제인지는 파악이 안 됐다.

맹부요가 의문에 빠져 있는 동안, 그녀가 거금을 들여 데려온 노련한 선원들 사이에서는 난리가 났다. 다급한 발소리가 갑판을 탕탕 울렸다.

맨 아래쪽 선실에 내려가 상황을 살펴본 선원들이 급하게 뛰어 올라오며 외쳤다.

"빌어먹을, 어떤 놈이 배에 장난질을 쳤어!"

"배 밑바닥에 구멍을 내 놨어!"

"어떻게든 막아!"

"못 해, 목재 이음매가 물살에 떨어져 나갔고 판목을 지탱해 줄 뼈대 자체도 망가졌어!"

"금방 침몰할 거야!"

"배를 버리고 도망쳐!"

"여기는 해구라고! 수심이 얼마인데, 뛰어내린다고 살 수 있을 것 같아?"

마지막 선원은 거의 울먹이는 목소리였다.

맹부요 역시 가슴이 철렁했다. 그녀가 자리를 비운 그날 밤을 틈타 물질에 능한 궁창 출신 섬사람들이 몰래 배 밑바닥을 훼손한 게 틀림없었다. 그것도 치밀한 계산하에, 길이 삼십 장에 달하는 거대 선박이 처음에는 별문제를 느끼지 못할 정도로만 건드려 놓은 듯했다. 그러다가 해구에 다다랐을 무렵부터 본격적으로 물이 들어오기 시작하도록.

배 안의 사람들을 몰살시키겠다는 의도였다. 섬에서 만난 지하 공간이 곧 절역이라 생각했건만, 또 다른 고비가 남아 있었을 줄이야.

갑판 위에 펼쳐진 광경은 흡사 종말의 날을 방불케 했다. 안 그래도 공황 상태로 이리저리 뛰어다니던 선원들은 배가 서서히 기울어지자 더 큰 혼란에 빠졌다.

맹부요가 제시한 어마어마한 보수와 요즘 같은 날씨라면 풍랑 걱정은 안 해도 되리라는 확신이 있었기에 항해에 따라나서기는 했지만, 선원들은 지금껏 절역 해구에서 살아 돌아온 사람이 없다는 걸 잘 알고 있었다.

그런 장소에서 배가 뚜렷한 이유도 없이 가라앉기 시작하자 선원들은 금방 공포감에 압도당했다. 다들 항해라면 이골이 난 사람들임에도 순간적으로 당황해서 어쩔 줄을 몰랐다. 맹부요의 호위병들이 선원들을 진정시키려고 노력 중이었으나 혼란을 수습하기에는 역부족이었다.

"뭘 그렇게 허둥대나!"

별안간 우레와도 같은 호통이 터져 나와 선원들의 귀를 먹먹하게 만들었다. 깜짝 놀라 소리가 나는 쪽을 쳐다본 선원의 눈에, 한 다리를 뱃전에 턱 걸치고 서 있는 맹부요가 들어왔다. 선체가 점차 기울어 가는 중임에도 맹부요의 자세에는 흔들림이 없었다.

"바다에 뛰어들어 봤자 죽는 거 알면 배 몰아! 갑판 아래에 방수판이 있으니까 물이 금방 들어차지는 않을 거다! 서두르면

배가 조각나기 전에 해구를 빠져나갈 수 있어!"

그녀가 팔을 휘두르자 철성을 위시한 호위병들이 '챙' 하는 소리와 함께 일사불란하게 칼을 빼 들더니, 뛰어내릴까 말까 망설이고 있는 선원들을 겨눴다.

"다들 본인 자리로 돌아가. 누구든 소란을 피우면 죽여서 해신의 제물로 던져 버릴 테니 그리 알고!"

맹부요가 손바닥으로 허공을 때리는 시늉을 했다. 그러자 멀찍이서 온몸을 부들부들 떨며 배 가장자리로 기어오르던 선원 하나가 무형의 힘에 '퍽' 하고 얻어맞아 제자리에서 360도를 돌았다.

"각자 자신이 할 수 있는 최선을 보여 주도록. 항해를 계속 한다!"

실로 위풍당당한 기세였다.

뱃전에 태산처럼 우뚝 버티고 선 맹부요는 표정 하나 변하지 않은 채, 금빛 햇살을 받으며 태양보다 더 강렬한 눈빛을 내뿜고 있었다. 그 눈빛을 본 선원들은 몸을 부르르 떨었다. 경외심이 솟구치는 동시에 어째서인지 안도감이 들었다.

하여, 모두 제자리로 돌아갔다. 조타수는 키를 잡고, 선체 보수 담당은 물을 막고, 몇몇은 침몰을 늦추기 위해 침상에 깔려 있던 널빤지를 옮겨 와 갑판 아래 방수판을 보강했다.

선원들이 진정된 걸 확인한 맹부요는 선실로 돌아가 운흔을 일으켜 앉힌 뒤, 질긴 밧줄로 자기 등에 묶었다. 철성이 따라 들어오자 맹부요가 말했다.

"내 뒤에 붙어 다니다가 혹시 밧줄이 풀리는 일이 생기면 네가 꼭 운 공자를 지켜 줘."

알겠다는 철성에게 나가서 선원들을 달래 주라고 지시한 후 돌아서자 문가에 느긋하게 기대어 있는 제비천이 보였다.

제비천이 묘한 눈빛을 보내며 말했다.

"좋지 않은 소식을 하나 알려 주지. 네가 업고 있는 녀석, 물에 젖으면 아마 오늘 밤을 못 넘길 거다."

맹부요는 눈을 질끈 감았다. 순간 가슴이 내려앉았다. 그간 차마 뱉지 못했던 한마디가 입 밖으로 튀어나오려는 찰나, 등에 업힌 운흔이 꿈틀하는 게 느껴졌다. 정말 움직였던 게 맞나 싶을 정도로 미세한 움직임이었지만, 그 미세한 감각을 놓치지 않은 맹부요가 기쁜 마음에 얼른 뒤를 돌아봤다.

운흔은 요 며칠 보여 줬던 모습 그대로였다. 조금 전의 움직임은 마치 착각이었던 것처럼.

하지만 맹부요는 어쩐지 확신을 얻은 느낌이었다. 혀끝까지 나온 말을 삼킨 그녀가 고개를 빳빳하게 세우고 대꾸했다.

"두고 보시지!"

제비천은 그녀를 보고 고개를 절레절레 젓더니, 이내 여유로운 걸음으로 소맷자락을 펄럭이면서 자리를 떴다.

맹부요는 멀어져 가는 제비천의 뒷모습을 보면서 생각했다.

물에 빠지는 건 피할 수 없을 듯한데, 이따가 저 작자 등에라도 매달려 볼까? 그랬다가는 한 방에 맞아 죽으려나?

배는 서서히 가라앉으면서도 전속력으로 앞을 향해 나아가고 있었다. 해구는 가장 위험한 유형에 속하되, 그나마 폭은 그리 넓지 않은 V 자 형태였다.

선원들이 온 힘을 다해 배를 모는 와중에도 갑판에는 점점 물이 차오르고 있었다. 앞쪽 수평선에 어렴풋이 검은색 선이 나타나자, 그게 육지임을 알아본 선원들 사이에서 기쁨의 함성이 터져 나왔다.

이때, 홀로 유독 굳은 표정을 하고 있던 나이 지긋한 선원 하나가 떨리는 목소리로 말했다.

"조부님께서 여기 와 본 적이 있었는데, 해구 가장자리가 육지와 거의 맞닿아 있으니까 만약 육지가 보이거든 해구는 다 지난 거나 다름없다고 하셨어. 배에서 보이는 육지까지의 거리는 실제와 차이가 날 때가 많긴 하지만……."

그러더니 판자를 끌어안고 물로 뛰어들면서 외쳤다.

"배가 침몰한다! 뒷일은 천운에 맡기고 다들 탈출해!"

배가 침몰한다!

선원들은 맹부요의 지시에 따라 미리 물에 뜰 만한 물건들을 하나씩 챙겨 둔 뒤였다. 급격한 침몰이 아니었기 때문에 돛이나 돛대가 넘어지면서 사상자를 낼 일도 없었다. 혼란은 피할 수 없었지만, 그나마 대비할 시간은 충분했던 셈이었다.

맹부요는 기름 먹인 우비로 운흔을 겹겹이 감싼 후 물로 뛰어들었다. 입수와 동시에 몸이 아래로 훅 가라앉았다. 등에 한 사람이 더 업혀 있는 데다가 우비의 무게까지 합쳐진 탓이었다. 각자 원보 대인과 구미를 챙겨 곁을 따르던 요신과 철성이 그 모습을 보고 황급히 다가와 그녀가 헤엄치는 걸 도왔다.

파도가 점점 거칠어지고 있었다. 벌써 6월 중순임에도 바닷물은 얼음장처럼 차가웠다. 대륙 북단에 자리한 궁창의 위치상 이곳의 해수 온도는 영하에 가까울 터였다.

맹부요는 애가 탔다. 자신은 운공으로 추위를 이길 수 있다지만 운흔은 어찌한단 말인가.

일행은 오후부터 날이 어둑어둑해질 때까지 쉬지 않고 헤엄을 쳐야만 했다. 몸이 꽁꽁 얼어붙었을 무렵에야 멀찍이 등불 비슷한 게 보였다. 세 사람이 기쁜 마음에 구조를 요청하려는데, 갑자기 거대한 파도가 몰려와 수정 벽처럼 일어서더니 셋의 머리 위를 덮쳤다.

눈앞이 격하게 요동치는 찰나, 맹부요는 숨을 참으면서 수면 아래로 고개를 집어넣었다. 그리고 다시 고개를 들었을 때, 주위에 보이는 것은 새파랗게 일렁이는 바닷물이 전부였다. 요신과 철성의 모습은 어디에도 없었다.

가슴이 덜컥 내려앉은 맹부요는 일행을 찾고자 반사적으로 물 밑으로 잠수했다. 그런데 이때 또 한 번 파도가 몰아닥쳐 그녀를 뒤쪽으로 와락 밀었다.

순간 물결 중간에서 무언가가 반짝 빛나는 것 같더니, 갑자기 앞가슴이 선뜩했다. 맹부요는 운흔을 묶어 둔 밧줄이 물살에 풀려 나간 줄 알고 깜짝 놀라 아래를 살폈다. 그 결과 예상과 달리 밧줄은 멀쩡했고, 대신에 가슴 앞쪽에서 기다란 하얀색 천이 너울거리고 있는 것이 보였다.

천을 보고 잠시 멍해진 맹부요는 한 박자 늦게 그것의 정체를 떠올렸다.

저거, 아무래도, 내가, 가슴 동여맸던 천 같은데?

가슴 동여맸던 천! 저게 언제 풀렸지? 파도에 휩쓸려서?

하지만 파도가 가슴 띠만 정확히 풀어 헤칠 수가 있어? 풀어 헤쳐…….

홱 고개를 돌리자 미소 띤 얼굴로 물속을 한가롭게 걸어오고 있는 사람이 눈에 들어왔다. 청삼 위에 맨 하얀 허리띠가 쪽빛 바닷물 속에서 마치 바람에 날리듯 춤을 추고 있었다. 자태만 봐서는 더할 나위 없이 고아했으나, 지나치게 사악한 표정이 그 고아함을 해치는 게 아쉬웠다.

그는 무척 감탄하는 눈빛으로 맹부요의 가슴을 비스듬히 흘겨보고 있었다. 곧 맹부요의 눈길을 느낀 제비천이 씩 웃더니 느릿하게 헤엄쳐 와 그녀의 얼굴을 향해 손을 뻗었다.

그 손길에 가면이 벗겨지자 제비천의 눈이 반짝 빛났다. 바닷속에서는 말을 할 수가 없었지만, 눈빛이 이미 모든 것을 설명해 주고 있었다.

맹부요는 당장 도망치려 했으나, 그녀는 운흔을 업고 있는데다가 아직 부상 중인 몸이었다. 그 몸으로 기운이 펄펄 넘치는 제비천이 기다렸다는 듯이 덤비는 걸 어찌 당해 내겠는가.

손을 뻗어 맹부요를 덥석 붙든 제비천이 다른 손으로 운흔을 낚아챘다. 당황한 맹부요가 운흔을 되찾아 오려고 기를 쓰고 달려들자, 그 틈에 제비천이 그녀의 허리에 팔을 감아 수면 위로 데리고 올라갔다.

순식간에 맹부요의 온몸을 더듬고 난 제비천이 감탄사를 뱉었다.

"미인일세! 미인이야. 이런 미인을 곁에 두고도 오늘에야 만져 보다니, 지난날들이 아깝구나……."

눈썹을 치켜세운 맹부요가 막 입을 열려는데, 제비천이 먼저 피식 웃으며 말을 가로챘다.

"어르신이 점을 쳐 보았느니라. 네 사주에 물에서 운우지정을 나눌 수가 들었더구나. 어차피 할 일, 오늘 이 자리에서 해치우자꾸나."

흠뻑 젖은 맹부요가 코웃음을 쳤다.

"나 참, 누가 밥맛 떨어지게 다 늙어 빠진 송장이랑!"

그러자 이번에는 제비천의 눈썹이 치켜세워졌다.

그의 역린을 건드린 말이었으니 다른 사람이었다면 이미 죽고도 남았을 터. 그러나 눈앞에 있는 여인에게는 살심이 생기지 않았다.

젖은 몸으로 바다 한복판에 떠 있는 여인은 가슴 띠가 풀려나가면서 여체의 곡선이 고스란히 드러난 채였다. 저 탐스럽게 부푼 가슴이라니.

물결에 에워싸인 여인의 자태는 더없이 매혹적이었다. 요염하게 피어난 한 떨기 흑옥색 연꽃이라 할까. 나긋나긋한 모습으로 반짝반짝 빛나는.

그런가 하면 얼굴은 단순히 어여쁘기만 한 게 아니라 호방

한 기개와 고귀한 기품을 풍겼다. 언뜻 요염한 몸태와 안 어울리는 듯한 조합이었지만, 그 상반된 매력이 여인만의 독보적인 아름다움을 더욱 돋보이게 해 주고 있었다. 지난 세월 동안 온갖 미인을 두루 섭렵한 그로서도 처음 만나 보는, 진정한 걸작이었다.

이처럼 존귀하면서도 요염하고, 야성적인 동시에 참하고, 개성, 재색, 무공, 몸매 중에 빠지는 것이 하나도 없는 절세미인을, 어찌 그냥 놓치겠는가?

"살리고 싶지 않은가?"

잠시 후, 제비천이 싸늘하게 웃으면서 자기 손아귀에 붙잡혀 있는 운흔을 가리켰다.

"가볍게 재미 한번 보자는 것뿐이야. 죽을 일도 없고 몸 상할 일도 없어. 게다가 차녀수양대법을 남녀가 함께 수련하면 공력이 증진되고, 내 신기에 가까운 술법력으로 극락을 보여 줄 수도 있느니라. 세상 어느 사내도 줄 수 없을 쾌락의 극치를 맛보여 주지. 그러는 김에 이 녀석도 살리고 말이야. 어때, 이 정도면 횡재하는 거 아닌가?"

맹부요의 냉담한 표정에 변화가 없자 제비천이 덧붙였다.

"이 녀석은 널 위해 목숨까지 바쳤는데, 그까짓 몸 한 번도 못 내어 주겠다? 이기적이기도 하지."

그 소리에 맹부요가 움찔했다.

곧이어 제비천이 품 안에서 부적 한 장을 꺼내더니 주문을 몇 마디 중얼거렸다. 부적을 물 위에 던지자 종잇장이 순식간에 작은 배로 변했다.

운흔을 그 배 안으로 던져 넣은 제비천이 웃으며 말했다.

“어때? 양쪽이 서로 원해서 맺는 관계였으면 좋겠구나. 억지로 하는 건 별로인지라. 거사를 치르고 나면 바로 저 녀석을 살려 주마.”

맹부요는 침묵했다. 아주 오래도록.

아무리 현대에서 온 영혼이라고는 하지만, 그녀는 전생에도 보수적인 축이었다. 정조 관념 따위는 무용지물이 되어 버린 세상에서도 끝까지 혼전 순결을 고집했을 정도로.

하지만 지금은……, 지금은 자기 때문에 운흔이 죽게 생긴 상황이었다. 이 상황에서 그까짓 얇디얇은 막 하나에 매달리는 건 너무 이기적인 짓이 아닐까?

어차피 이번 생은 그저 스쳐 가는 나그네로 살 작정이었고 딱히 누군가에게 몸을 줄 생각도 없었다.

그래, 그러니까 눈 딱 감고 한번 희생하자! 원래 세계로 돌아가면 자신은 여전히 깨끗한 맹부요일 테니…….

맹부요는 고개를 돌려 조각배 쪽을 쳐다봤다. 배 위의 운흔은…… 시체와 다름없는 모습이었다.

안 돼, 이렇게 보낼 순 없어!

더럽혀지는 건 몸이지 마음이 아니었다. 그 얇은 막이 아무리 중요하다고 해도 그걸 잃음으로써 한 생명을 살릴 수 있다면 아깝지 않았다.

맹부요는 이를 악물고 눈을 질끈 감았다. 그런 다음 앞섶 매듭을 풀었다.

제비천의 입꼬리가 말려 올라갔다. 그는 사소한 부분 하나도 놓치고 싶지 않은 양, 치욕과 분노가 교차하는 여인의 아리따운 자태를 핥듯이 감상하고 있었다. 곧이어 물속에서 치러질 거사에 대한 기대감과 흥분으로 눈을 빛내면서.

제비천이 흡족하게 웃으며 말했다.

"암, 그래야지! 한낱 껍데기는 아껴서 무엇 하나. 이 어르신이 한번 쓰게 해 주면 사람도 살릴 수 있고, 손해 볼 거 없잖아!"

맹부요는 눈을 감고 이를 악문 채로 아무 대꾸도 하지 않았다. 반쯤 풀어 헤쳐진 앞섶 안에서 새하얀 살결이 빛을 발했다. 바닷속에 순백의 연꽃이 만개한 듯한 광경이었다.

제비천의 눈은 이글이글 불타고 있었다. 압도적인 미색 탓에 눈앞이 다 아찔할 지경이었다.

잔뜩 흥분한 그가 맹부요를 향해 헤엄쳐 가려는 때였다.

"미안하지만."

누군가의 담담한 말소리가 끼어들었다.

"짐은 황후를 남에게 빌려줘 본 적이 없는지라."

〈부요황후〉 12권에서 계속